HAUTE SAISON

Adèle Bréau est une romancière et journaliste française. Sa trilogie *La Cour des grandes*, *Les Jeux de garçons* et *Les Devoirs de vacances* croque avec humour et férocité les jeunes parents d'aujourd'hui. Directrice de la mode au magazine *Gala*, elle est aussi la maman de deux petits garçons et autrice du blog adeledebrief.wordpress.com.

Paru au Livre de Poche :

ADÈLE BRÉAU

Haute saison

ROMAN

JC LATTÈS

ISBN : 978-2-253-26268-8 – 1re publication LGF

À tous ces saisonniers
qui enchantent les étés.

« C'est court, huit jours. »
Jean-Claude Dusse, *Les Bronzés*.

Chambre Goéland

C'est fou le nombre de gouttes d'eau qui ne font pas déborder le vase. Fanny a récemment lu une phrase de ce genre, et elle lui a sauté au visage. Il y a encore quelques semaines, jamais elle ne se serait crue capable d'être là, avec lui et les enfants, serrés les uns contre les autres dans ces deux chambres communicantes, prêts à jouer la symphonie du bonheur familial devant des dizaines d'inconnus sous le soleil de la côte basque. Enfin, soleil... Vu comme c'est parti, cet été a peu de chances d'être placé sous les meilleurs auspices. Alors le beau temps… ce serait étonnant.

Voilà des semaines que Fanny ne dort plus. Ou des mois. Elle ne sait plus. Et cette première nuit de vacances ne fait pas exception. Elle s'est carapatée au bout du lit, tout contre le bord, pendant que Victor ronfle bruyamment, affalé sur tout le matelas, les bras en étoile, maître de l'espace. C'est très inconfortable de dormir avec quelqu'un qu'on n'aime plus.

Ils sont partis ce matin. Elle a fini de boucler les valises hier soir. Pendant que les enfants dormaient et qu'il regardait une série, elle a achevé de fermer la maison qu'ils allaient abandonner pour deux semaines. Elle a arrosé les plantes, tiré les volets, vidé le frigidaire, jeté les ordures, et refait mentalement la liste de ce qu'elle aurait pu oublier tout en fumant une cigarette dans la rue, profitant de ce dernier instant de liberté et d'autonomie avant ces jours qu'ils allaient devoir passer ensemble. Dans la chaleur de cette fin juillet, l'air était doux, l'ambiance chaleureuse. Dehors, les gens semblaient heureux. Des couples se tenaient par la main. Les robes légères des femmes faisaient tourner les têtes de leurs amoureux, résolus à leur apporter le monde pour un sourire ou une caresse sur leurs cuisses dorées par le soleil. Des groupes de copines riaient de bon cœur en terrasse face à leurs verres de vin. La vie paraissait se jouer devant Fanny, comme sur un écran de cinéma sur lequel était projeté ce bonheur amoureux dont elle se sentait désormais étrangère. Oh et puis zut, elle exagérait sûrement. Ils n'avaient pas eu une très bonne année, c'est vrai. Mais peut-être que les vacances allaient tout réparer, en fin de compte. C'était déjà arrivé. Et ils étaient repartis pour une année supplémentaire, leurs blessures conjugales rafistolées dans la douceur de l'été.

Elle a respiré un grand coup, lancé un dernier regard à la boîte aux lettres et au décor familier de cette maison qu'ils habitent depuis que les enfants ont grandi, depuis qu'ils ont davantage d'argent et qu'ils sont moins heureux. En soufflant ses volutes dans la tiédeur de cette soirée, elle s'est promis d'essayer d'être douce, positive, enjouée. Bref, d'être celle que tout le monde attend qu'elle soit. Victor, les enfants et les spectateurs de cette félicité familiale qu'ils vont croiser chaque jour de leur séjour « au club ».

C'est Margaux qui leur en a parlé la première. Un de ses amis y va chaque année avec ses parents. « C'est super, maman, il y a plein d'activités, un club ados, des sports pour les adultes. Et puis la mer. S'il te plaît, maman ! » Nous, dans un club ? Quelle idée. Plutôt mourir que parler à des inconnus au réveil, partager sa table au restaurant, rire aux blagues douteuses de profs de sports collectifs ou applaudir aux tristes spectacles d'humoristes ratés à l'heure où vingt ans plus tôt elle enfilait une jupe pailletée pour se fondre dans les nuits catalanes. Et puis, au détour d'une réunion de parents, le sujet était revenu sur le tapis avec la mère du fameux copain. Une femme très chic, normale, s'était dit Fanny. Une femme dont elle aurait pu se faire une amie, si elle n'avait pas été si pressée, accaparée par mille sujets à régler – à commencer par sa vie de couple qui partait sérieusement en vrille. La femme chic lui avait vanté la situation admirable de l'hôtel-club, qui donnait sur la promenade d'Anglet. La simple évocation de « promenade » était venue à bout de ses réticences. Des chambres à bas prix pour une vue exceptionnelle. Un séjour les pieds dans l'eau où les enfants nagent dans le bonheur pendant que leurs parents peuvent enfin prendre le temps de lire, se reposer ou faire des balades dans la région, si belle.

Et surtout, de se retrouver, avait ajouté la femme avec un clin d'œil qui avait fait frémir Fanny.

Puis l'idée avait peu à peu fait son chemin. Un soir, elle a évoqué le sujet avec légèreté. « Tu sais que les clubs, finalement, il paraît que c'est vachement bien ? » Contre toute attente, Victor a rapidement été séduit par l'idée, lui qui veut toujours tester de nouvelles activités en famille. D'autant qu'il est fou de la côte basque – ce que Fanny ignorait totalement.

Ensemble, ils sont allés sur le site, ont regardé les prix qui, en effet, étaient assez attractifs. L'année ayant été difficile pour tous les deux, leurs finances ne leur permettraient pas, cet été, d'aller au bout du monde, ni même d'envisager un road-trip familial en France comme autrefois, lorsque les enfants adoraient encore partager des moments avec leurs parents. Aujourd'hui, même au restaurant, Jérémy et Margaux, à dix et quatorze ans, semblent rapidement gagnés par l'ennui, pianotant des textos sous la table et soupirant d'exaspération lorsqu'une énième dispute éclate entre eux – ce qui ne manque pas de se produire dès lors qu'ils programment une activité commune. Non, cette idée de club n'était peut-être pas mauvaise. Avec tous ces gens autour d'eux, ils ne pourraient pas gueuler. Les enfants se feraient des amis de leur âge et, qui sait, ce serait peut-être l'occasion d'un « nouveau départ ».

Ils ont débarqué au Club Océan tard en fin d'après-midi, après une route interminable et une chaleur caniculaire. Et c'est les yeux écarquillés d'horreur que

Chambre Goéland

Fanny est passée devant la foule luisante de crème et ivre de liesse qui se pressait au bord de la grande piscine. Puis ils ont rapidement pris possession de leur chambre familiale Goéland, un lieu propre sans grand charme et sans la fameuse vue spectaculaire sur l'océan. Et devant cette promesse non tenue, elle a eu du mal à contenir ses larmes.

Après avoir vainement tenté de s'endormir, elle se hisse dans son fauteuil, parcourt les quelques mètres qui la séparent de son sac, puis avale un somnifère pour plonger dans un sommeil sans questions, bercée par le roulis des vagues qui lui rappellent que, demain, les vacances pourront commencer.

Chambre Chipiron

— Les enfants, vous vous dépêchez ? Mamie a son cours de réveil musculaire à 9 h 15. Il faut qu'on ait le temps de petit-déjeuner, et que je vous dépose à la garderie ! Romy, tu as ton costume de bain dans ton sac ?

— Je sais pas. C'est maman qui a fait les valises.

— Maman, maman… On se demande où elle a appris à préparer un trousseau. Elle a quand même oublié les chaussons, les pyjamas, les crèmes solaires. À se demander si elle ne l'a pas fait pas exprès. Qui est-ce qui va devoir tout racheter ?

— Qu'est-ce que tu dis, mamie ?

— Rien, mon bonhomme. Mais tu n'as pas de tee-shirt anti-UV ? C'est très pratique, et le monsieur de la réception a bien spécifié qu'il en fallait un. Oh, et puis éteignez cette tablette !

— À la maison, on a le droit.

— Eh bien, justement. On n'est pas à la maison. Ici, c'est moi qui dicte les règles, et j'ai décidé que, cette semaine, nous allions la passer sans écrans.

Les deux enfants tournent la tête dans un même mouvement. Comme si leur grand-mère venait de leur annoncer qu'ils allaient cesser de se nourrir pour une période indéterminée. Romy, cinq ans, des nœuds plein les cheveux, l'observe avec de grands yeux encore embués de sommeil. Et Pierre, trois de plus, en lâche son doudou.

— Hein ? Mais… comment on va faire ?

— Eh bien, comme autrefois : quand j'étais petite fille et qu'on ne perdait pas sa courte vie à regarder des dessins animés idiots ou à cliquer sur des ordinateurs comme des zombies. On va jouer, se baigner, lire, se faire des amis. Enfin, surtout vous. S'ennuyer, même.

— S'ennuyer ? Ça sert à quoi ? demande Pierre.

— À plein de choses, tu verras. Allez, zou ! Pousse-toi que je fasse le lit.

— Il n'y a pas une dame qui vient le faire ?

— Non, mon petit lapin. Pas ici. Et d'ailleurs, ce serait pas mal que vous fassiez les vôtres. Je ne vais quand même pas m'enquiquiner tous les matins, j'ai assez donné, moi.

— Dans les hôtels où on va avec papa et maman, il y a des dames qui viennent faire le ménage dans la chambre. Même qu'elles laissent des chocolats sur les oreillers.

— Eh bien, au cas où tu ne l'aurais pas remarqué, ici, il n'y a ni papa ni maman. Et personne pour déposer des friandises sur ton oreiller, ramasser vos serviettes de bain laissées en tas. (Tout en parlant, elle se penche et replie, exaspérée, le tee-shirt sur lequel Romy vient de marcher sans ménagement.) Ou faire les sols chaque matin parce que vous avez la flemme de vous rincer les pieds avant de rentrer de la plage. *Capici ?*

— Capi quoi ?

— Compris ?

— Je veux rentrer à la maison, pleurniche le grand, alors que la petite se recroqueville sur sa couverture rêche.

Penchée sur le lit du dessus, dont elle tire rageusement les draps pour les border avec soin, Chantal songe que ces premières vacances passées tous les trois ne vont pas être de tout repos. Si cela n'avait dépendu que d'elle, elle ne serait jamais venue ici. A-t-on idée de s'occuper toute seule de deux enfants, à son âge ? Mais sa fille y tenait absolument. « Toutes les grands-mères font ça », ne cesse de lui répéter Lily. Comme si Chantal avait envie de remettre le couvert après des années passées à s'occuper des autres ! « Ça te changera les idées ! » Tu parles. Ils sont à peine arrivés que, déjà, elle rêve de s'enfuir. Retourner chez elle, reprendre son train-train. Surtout, elle n'a aucune envie de rencontrer qui que ce soit, malgré ce qu'elle raconte à Romy et Pierre : c'est ce que font les adultes ; et si eux sont ici, c'est pour aller s'amuser avec les autres au club enfants. Et c'est l'unique raison pour laquelle elle a finalement accepté de jouer les grands-mères modèles pendant une semaine.

Hier, alors qu'ils se rendaient au restaurant avec, pour elle, l'espoir de passer une soirée tranquille – c'est-à-dire seuls –, ils ont été accueillis par des

« jeux apéro ». Un jeune homme aux airs d'animateur de supermarché, visiblement ravi d'occuper cette scène privilégiée devant des vacanciers sans défense, s'est littéralement jeté sur eux.

— Bonsoir jeune demoiselle, bonsoir les enfants ! Vous venez d'arriver ? Joignez-vous à nous ! Oh, quelque chose me dit que mamie a une grosse culture générale. Si, si, ne secoue pas la tête, je le vois. On a affaire à une cruciverbiste, hein ? Une adepte de *Questions pour un champion* ! *Des Douze Coups de midi* ! Les enfants, ça vous tente de participer ? Il est encore tôt, et les frites ne vont pas s'envoler ! Allez, un petit cocktail, grand-maman ? C'est les vacances ! Ton nom, c'est, c'est… Liliane ?

Non, Chantal. Chan-tal, c'est pourtant simple. Et non, elle ne voulait pas de cocktail, pas plus qu'elle n'avait envie de répondre à un quiz de culture générale devant des abrutis gavés aux jeux télé, ni qu'on la tutoie, ni de dîner tard parce que c'est « les vacances ». De toute façon, dans son cas, ça ne veut rien dire. Elle est retraitée, alors… Les mois sont un peu pareils. Sauf qu'en cette saison il fait trop chaud, que les magasins sont bondés et que tout le monde semble vouloir qu'on s'amuse, qu'on se « recentre », qu'on se « lâche ». Elle a horreur de cette débauche de joie imposée. Des corps qui se dénudent, des bouées gonflables, de la crème qui colle autant que le sable qui jonche déjà le sol de leur chambre Chipiron.

Mais il fallait bien que quelqu'un s'occupe des loupiots cet été. Et il était hors de question de les prendre chez elle, seule. Alors Lily a voulu tout régler. Chantal a refusé. Elles ont partagé. Et pour la première fois de sa vie, la voilà embarquée dans l'aventure « club de vacances » pour une longue semaine.

Après avoir poliment congédié l'animateur-sangsue, ils ont tous les trois fait la queue, un plateau à la main, derrière des inconnus enchantés de patienter pendant leurs congés payés pour atteindre enfin de grandes bassines remplies de légumes, de pâtes et de riz guère plus appétissants que ceux proposés par leurs cantines d'entreprise. La plupart souriaient, arborant fièrement premiers coups de soleil et bracelets « pension complète », faisant claquer leurs tongs sur le sol carrelé de la salle immense en lorgnant avec gourmandise cette nourriture de centre de détention pour adultes incapables de gérer leurs vacances sans l'aide de professionnels du bonheur artificiel. Puis, ils ont pris place, les enfants et elle, sur une petite table au fond du restaurant, bien à l'abri de l'agitation générale. Et ils ont englouti rapidement ces sinistres victuailles alors que beaucoup s'étaient installés dehors, fiers de dîner « en terrasse » de cet édifice longtemps surnommé « la verrue du littoral », d'après le chauffeur de taxi qui les y avait déposés.

Bien sûr, les habitants de cette région « ensoleillée toute l'année » ont depuis accepté ladite verrue, trop heureux d'accueillir dès les premières chaleurs tant de vacanciers avides de dépenser leur maigre pécule dans les échoppes de plage alentour. Carapatés autour de leur triste table beige dont personne n'avait voulu, Chantal et les enfants ont regardé à travers la vitre les autres dévorer en riant leurs assiettes trop généreusement remplies de mets désassortis, comme on regarde la télévision sans y penser, simplement pour combler le silence et ne pas intégrer l'idée qu'on n'a rien à se dire.

— On y va, mamie ?

Romy la regarde fixement, fière d'avoir fait son lit dont Chantal tirerait bien les draps trop mollement rabattus à son goût. Mais elle se retient. Elle est sûrement un peu trop rigide. Mentalement, elle raye la première case de son compte à rebours estival : il est 8 heures, on est dimanche, et il lui reste sept jours à endurer.

Pelouse des champions

— Tout le monde va bien ?

— …

— Alors, on a mal dormi ? J'entends rien ! Tout le monde va bieeeen ?

Quelques « oui » timides parviennent à couvrir la musique rythmée qui sort d'une petite enceinte posée dans l'herbe. Tous regardent leurs pieds, ou l'horizon. Il y a quatre femmes et un homme. Deux d'entre elles sont des « seniors », la troisième affiche une bonne trentaine dynamique, sourire jusqu'aux oreilles, équipement complet aux couleurs fluorescentes. La dernière doit avoir seize ans. Son expression, mélange de désespoir et de vide abyssal, demeure insondable. L'homme est sans âge. Cheveux poivre et sel, short usé, corps trop maigre planqué sous un large tee-shirt aux couleurs d'un supermarché.

Le soleil brille fièrement dans le ciel bleu franc. Pas un nuage à l'horizon. C'est plutôt rare, ici. Les clients vont être contents pour leur premier jour. Sinon, c'est toujours l'enfer. Ils défilent les uns après les autres à la réception. « Vous avez des solutions ?

Des randonnées ? Une salle de projection ? Et je fais quoi, moi ? » Comme si, en plus de tout le reste – les serviettes dans les chambres, la pression de l'eau, les horaires des activités, des repas ou des spectacles du soir –, j'étais responsable de la météo. De mon poste, je les vois chaque matin faire leurs mouvements, suivre joyeusement le coach, essayer de muscler en huit jours ce qu'ils ont laissé à l'abandon le reste de l'année. Le premier jour, ils sont rouillés, timides, et encore blancs. Comme aujourd'hui.

Je ne connais pas ce nouveau professeur. Il est arrivé hier pour remplacer Framboise. Avec femme et enfant, il a investi une des chambres de l'hôtel réservées au personnel. Il a l'air un peu dur, brutal. J'en toucherai deux mots à Jean-Michel.

— Il va falloir se réveiller ! On n'est pas là pour se reposer. Je plaisante. Bon, comme on n'est pas très nombreux ce matin, je vous propose qu'on se place tous en demi-cercle. Un, deux… ah, une retardataire. Viens, installe-toi. Tu as un tapis ? Ils sont derrière moi, sers-toi. Bravo à ceux qui se sont levés tôt. J'en vois certains qui étaient avec moi pour le footing de 8 heures, c'est courageux. Vous êtes sûrs que vous allez tenir toute la semaine ? Alice ?

— Anne-Lise.

— Pardon. Donc, Anne-Lise était là à 8 heures. Pour ceux que ça intéresse, on se donne rendez-vous tous les jours sur la plage, juste devant l'hôtel, après le lever du soleil. C'est encore désert. On fait quelques échauffements et on court jusqu'à Lacanau.

— …

— Je plaisante ! Non, on court tranquille, retour à l'hôtel à 9 heures. Et là, c'est *open bar* sur le petit déjeuner. Ça vous dit ?

— …

— Bon, je suis sûr que la motivation viendra après cette première heure de réveil musculaire. Je me présente : moi, c'est Yannick. À vous, maintenant. On va faire le tour des prénoms, même si je ne suis pas sûr de tous les retenir. On a donc Alix…

— Anne-Lise.

— Voilà. Et toi, c'est ?

— Chantal.

— Parle plus fort, désolé, avec le bruit des vagues, je ne t'entends pas.

— Chantal.

— Top, Chantal. Tu essayes d'être à l'heure, demain ?

— En fait, je dépose les enfants à la garderie à 9 heures aussi. Alors c'est compliqué.

— La garderie ! Elle est rigolote, celle-là. Faut te détendre, Chantal. Ici, c'est un mini-club, pas l'école.

— Ah oui. Le mini-club.

— Bon, tes enfants… Ils peuvent peut-être y aller tout seuls ? Tu sais, c'est *safe*, ici.

— Ils ont cinq et huit ans. Ce sont mes petits-enfants.

— Tes petits-enfants ? Mais tu as eu les tiens à seize ans, ma parole. Bon, et ta voisine ?

— Alexandra.

— Alex, génial, une jeune qui ne fait pas la grasse matinée. Et toi ?

— Moi ?

— Oui, le seul mec. Tu t'appelles comment ?

— Euh… Jean-Claude.

— Jean-Claude Dusse, j'adore, je m'en souviendrai ! Je plaisante, bien sûr. Et vous, madame ?

— Jocelyne. J'étais là la semaine dernière et…

— Top ! Allez, assez parlé, c'est parti ! Personne n'a mal quelque part, une blessure, quelque chose que je devrais savoir ?

— Si, moi j'ai les genoux fragiles.

— Pas de problème, Jean-Claude. Du coup, tu fais bien attention, tu ne plies pas trop, tu ne forces pas. On est en vacances ! Bon, mais qui dit vacances ne dit pas forcément transat, glaces et abdos raplaplas, pas vrai ? Pour ceux qui veulent, après, il y a CAF, cuisses-abdos-fessiers, c'est très complet ! Et puis on enchaîne avec l'aquagym. Mais ça, c'est pas moi qui le fais. Il faut bien que je me repose. Ce soir, pour ceux qui le souhaitent, il y a la marche nordique. Commencez à sautiller pendant que je parle. Oui, toi aussi, Jean-Claude. Alex, pas trop hauts les genoux, on est tranquille. Tu te défouleras sur le cours d'après. Donc, trois, deux, la marche nordique, c'est une marche avec des bâtons. Ça développe bien les bras et ça permet d'accélérer la vitesse. On peut faire du vingt kilomètres à l'heure. Ah, je t'ai eue, ma Chantal. Non, on y va gentiment. Pour ceux que ça intéresse, le rendez-vous est à 21 heures devant la réception. Ne mangez pas trop. Je vous connais. En plus, ce soir, c'est la soirée marocaine. Alors, mollo sur le couscous. Plus haut, la jambe, Jocelyne. Voilà. Quelle santé ! On longera la côte sur les hauteurs, jusqu'au phare de Biarritz, là on s'arrêtera boire une petite bière. Je déconne, Jean-Claude. Ah mais je vois que ça commençait à t'intéresser ? Coquin ! Allez, on la prendra à l'arrivée. Bon, on lève les bras maintenant. Voilà, dix de chaque côté. Les pieds bien au sol, on serre la ceinture abdominale, on contracte les fessiers. Parfait. Voilà, on ne lâche rien. Coucou, Maryline ! Maryline, c'est la big boss du club enfants. Chantal, tu dois la connaître. Pas trop dur ? Ils sont gentils, cette semaine ? Non, parce que parfois… Continuez, continuez, je vais monter un peu la musique. Regardez la mer, comme c'est beau. Ça va vous donner du courage. C'est un spot dingue pour s'entraîner, on est d'accord ? Moi, je n'ai jamais vu ça. J'imagine que vous non plus. Pour ceux qui se posent la question, je viens de Belgique. Il y a des Belges, ici ? Non ? Chantal, tu viens d'où ?

— De banlieue parisienne.

— Houla ! Pas folichon, non ?

— Si, j'aime bien.

— Bien sûr, je plaisante. Et toi, Alex ?

— De Bretagne.

— Eh bien, ça n'a pas l'air de t'enchanter. Pourtant, c'est génial la Bretagne. Les crêpes, la bière, les kouign-amanns. Hein ? Et toi, Jean-Claude ?

— De Marseille !

— Un Marseillais ! Attention, avec Chantal, ça va faire des étincelles. OM ? PSG ? Bon, nous les Belges, on n'est plus très copains avec le foot français de toute façon ! On la retient, la Coupe du monde. Allez, on est bien échauffés, on commence à transpirer ? Si on ne transpire pas, c'est qu'on ne travaille pas. Buvez un coup, et au sol !

Il est à peine 9 h 30 et la queue à la réception est plus longue qu'un lundi de septembre devant Pôle emploi. Dommage que ceux-là ne soient pas allés suer leur exaspération avec le coach belge, ça les aurait peut-être calmés.

Réception

Je travaille au Club Océan depuis huit semaines. Et, plus exactement, depuis quatre étés, date à laquelle j'y ai débuté comme saisonnier. La première année, j'avais dix-huit ans et pas mal de galères derrière moi. J'habite Anglet depuis toujours. Chez ma grand-mère et son compagnon. L'été, ici, c'est la fête, avec les estivants, le soleil, le surf et les plages bondées. Mais l'hiver, c'est autre chose. Les jeunes du coin, il faut se les farcir. Avec leur machisme grossier, la certitude qu'ils ont d'être supérieurs au reste du monde, aux femmes, les uns aux autres. Le mec de ma grand-mère, c'est différent. Lui, il vient d'ailleurs – c'est l'impression que j'ai toujours eue me concernant. Alors, quand j'ai finalement trouvé ce job d'été, pendant que tous les gars de mon âge hésitaient entre prof de surf et sauveteur-dragueur de touristes sur chaise haute, façon *Alerte à Malibu* hexagonal, ça a été une libération. Ici, on me respecte. J'ai commencé en bas de l'échelle et, aujourd'hui, je suis responsable de l'accueil des clients. J'ai trois employés sous ma responsabilité, des extras à qui j'apprends les rudiments du métier – comment gérer les irascibles, les timides, les épuisés, les collants, ceux qui veulent faire de toi leur meilleur ami…

Ici, c'est pas le Club Med, même si ça en a les allures et que certains pensent qu'au tiers du prix ils peuvent avoir les mêmes services. Alors notre sourire, notre patience, notre serviabilité, c'est une façon de faire passer la pilule du ménage pas fait dans les chambres, des plats tout juste passables au restaurant, des spectacles conçus avec des bouts de ficelle. Oui, on rattrape tout ça avec l'enthousiasme d'une poignée d'amateurs désireux de faire oublier pour quelques jours à des inconnus les sacs de chagrin qu'ils transportent toute l'année.

— Bonjour. Je peux vous aider ?

— Oui, l'aspirateur ne fonctionne pas dans ma chambre.

— Allons bon. Quel nom ?

— Surfing Paradise.

— J'appelle le ménage, ils vont s'en occuper.

— Quand ?

— Eh bien… dans la matinée.

Sourire. Toujours.

— Pas plus tard, alors. Parce qu'il y a déjà du sable partout.

— Bien sûr. Je les préviens.

— Qu'est-ce que vous attendez ?

— Pour ?

— Les appeler ?

— Que les femmes de chambre soient disponibles. Pour le moment, elles sont en service. Je les préviens au plus vite, vous pouvez me faire confiance.

Confiance. Un mot-clé. Une des valeurs du club.

— Et puis après, vous ferez quoi ? Vous m'appellerez dans ma chambre, peut-être ? Il n'y a même pas de téléphone.

Sourire. Respirer par le ventre.

— Ne vous inquiétez pas. Profitez de vos vacances, je m'occupe de tout. Lorsque vous reviendrez après le déjeuner, votre aspirateur sera parti en réparation.

— En réparation ? Non mais vous vous foutez de moi ? Et pourquoi pas en construire un nouveau avec des pièces détachées, tant qu'on y est ? Non mais on rêve ! J'exige un nouvel appareil avant la fin de la matinée, sinon je… je…

— Sinon quoi ? intervient une voix à l'origine indéterminée.

J'ai beau avoir entendu quelqu'un répondre au vacancier furibard – un quadragénaire en polo élimé, aux cernes sombres et cheveux fatigués –, je ne vois personne. Et je suis sûr qu'il ne s'agissait pas d'un enfant. L'homme pivote sur ses talons, prêt à en découdre avec cet inconnu qui a l'outrecuidance de lui signifier son impatience. Un instant, j'ai peur qu'il ne se mette à gueuler et ne fasse un scandale. Mais non, il baisse la tête et s'arrête net. Ses épaules se relâchent d'un coup. Et il fait à nouveau volte-face, me lance un regard noir, pointe son index sur moi et me menace :

— Midi, au plus tard.

— Je ferai mon possible, monsieur. Bonne matinée.

En sortant de mon champ de vision, le type en colère révèle la présence d'une femme en fauteuil roulant qui me sourit, manifestement ravie d'avoir fait fuir ce rageur. Aussitôt, je me lève pour qu'elle puisse s'avancer vers le comptoir – parce que, même si l'hôtel est parfaitement équipé pour accueillir les « personnes à mobilité réduite », je ne peux pas baisser mon pupitre. J'en profite pour lui adresser un clin d'œil qu'elle reçoit avec une jolie grimace. Elle a compris que je la remerciais. Et dans ses yeux, je lis qu'elle est satisfaite de profiter pour une fois de sa situation. Ivana a elle aussi été en fauteuil après son accident. Alors les évitements, les regards en biais, les petits arrangements avec sa conscience, je connais ça par cœur. Je respire un grand coup, reprends ma gentille expression « club » et continue ma mission « arrivées ».

— Madame ?

— Fanny.

— Moi, c'est Germain.

— Oui, c'est indiqué sur votre badge. Dites-moi, Germain, pensez-vous qu'il soit possible d'échanger notre chambre en rez-de-jardin contre une vue mer ?

— Je crains que ce ne soit un peu tard. Je vais quand même regarder ce que je peux faire. Mais pour ce genre de demande, il est préférable de nous envoyer un petit mail en amont. Le gros des répartitions a été fait vendredi. Vous êtes arrivée hier, c'est ça ?

— Oui.

— C'est une chambre pour… deux ?

— Quatre. Mon mari et moi, et les enfants.

— Non… Ah si, j'en ai une, mais elle n'est pas très pratique pour les fauteuils. Loin de l'ascenseur.

— Mais accessible ?

— Oui, bien sûr. Tout l'hôtel l'est.

— Vue mer ?

— Paradisiaque.

— Alors, banco.

— Sûre ?

— Sûre. On ne va pas se laisser emmerder pour cinquante mètres de couloir, n'est-ce pas ?

— Ni cent cinquante ?

— Vous êtes dur, Germain.

— Je fais ce que je peux, madame.

— Fanny.

— Alors, Fanny, on la prend, cette chambre Étoile de mer ?

— Les architectes de cet hôtel sont de vrais poètes, dites-moi.

— Je ne vous le fais pas dire.

— C'est d'accord. Mais vous n'êtes pas censé tutoyer les clients, Germain ? J'imagine par ailleurs que le transfert des valises est effectué par la clientèle ?

— Absolument, madame. Fanny. Mais dans votre, ton cas, je pense que je peux m'arranger et envoyer un ou deux gars pour vous aider.

— C'est hors de question. On va se débrouiller. Et il faut bien que cette fichue carriole serve à quelque chose. Merci pour ton aide, Germain. Et bon courage avec les grincheux du jour, que je sens fulminer dans mon dos. Mais, comme je suis là, ils n'osent pas moufter.

Elle me fait à son tour un clin d'œil, se retourne vers les dizaines de mécontents venus réclamer leur dû et leur lance un « bonne journée ! » plein d'hypocrisie auquel seuls quelques-uns daignent répondre mollement. Je la regarde pousser énergiquement les roues de son fauteuil, sa longue chevelure châtain tombant en cascade sur ses épaules déjà hâlées. Au loin, je la vois s'arrêter devant un type plutôt bel homme, au visage fermé. D'un coup, Fanny a cessé de rayonner. Elle rentre les épaules, son sourire s'est envolé et, si je n'entends rien, je sens bien que le ton monte.

J'ai vu tellement de couples subir l'épreuve obligée des vacances en famille alors qu'ils ont passé le reste de l'année à composer, à s'éviter ou à se quereller. Sous le soleil, ils pensent oublier tout ça, espèrent renouer avec le bonheur. Parfois, ça marche. Surtout ici, parce qu'ils ne sont pas seuls, parce que chacun peut mener sa petite vie avant de se retrouver le soir pour parler de cet idiot du cours de gym ou du crétin de la réception – moi, en l'occurrence. Mais souvent, c'est aussi ici que s'écrivent les fins tristes des belles histoires. Sur une serviette de bain ou dans le secret d'une chambre louée pour les vacances.

— Oui, que puis-je faire pour vous ? Votre douche ?

Chambre Surfing Paradise

C'était vraiment une idée de merde : aller s'enfermer tout ce temps dans un club de grands-mères avec les filles. Si ses parents ne vivaient pas si loin, bien sûr, ce serait différent, il aurait pu s'organiser. Ce n'est pas faute d'avoir essayé de changer ses jours, d'ajouter ceux de septembre à ceux de juillet pour pouvoir partir à l'étranger, mais non, comme d'habitude, Madame est restée inflexible. Fermée, têtue, incapable de faire un pas de côté. Avec les copains, ça ne l'aurait pas fait. Il s'y est pris au dernier moment de toute façon. Arthur avait déjà validé ses trois semaines habituelles dans le Perche chez ses beaux-parents, et partir avec Charles et des gamins, c'est une hérésie.

Au Club Océan, il y a des activités pour les enfants, la mer, la piscine. C'est ce que lui a dit la fille de la compta, celle à qui il se confie depuis mars. Depuis qu'Annabelle a vidé son armoire et est partie sans préavis. Certes, il aurait pu davantage se renseigner, vérifier le type de clientèle et le standing des chambres aussi… parce que franchement. D'accord, c'est propre. Mais ils pourraient tout de même accrocher un tableau, un vase, merde, une déco, quelque chose. Quand il rêvait sa vie d'adulte à quatorze ans, il ne s'imaginait pas vingt-cinq ans plus tard dans un tel cloaque. Un établissement familial bas de gamme de station balnéaire pour salariés lambda, enchantés de s'enfermer aux côtés de gus pas bien évolués avec lesquels « faire connaissance », voire lier des amitiés qu'ils oublieront une fois revenus dans leurs patelins dont personne n'a jamais entendu parler.

Il les a entendus, hier soir, tous ces ravis de la crèche. Hors de question qu'il leur adresse la parole. Rien ne l'y oblige, de toute façon. Le matin, il déposera les filles à leur club pour enfants et il rentrera vite fait dans la chambre pour travailler un peu et regarder des séries. Quoique, sans clim, ce n'est peut-être pas la meilleure des options. Le bord de la piscine fera bien l'affaire, s'il évite de croiser les regards ou les corps mous et rougis des gogos du club. Il l'a bien énervé, ce gars de la réception, avec sa fausse courtoisie, son langage ampoulé et ses sourires polis. Il a horreur des types qui affichent leur supériorité avec des mots savants et des amabilités de convenance. Ça le rend dingue. Comme plein d'autres choses.

11 heures. Dans une heure, si l'aspirateur n'est pas là, il ira voir le directeur. C'est comme ça que ça se passe, non ? Performance, ponctualité, exigence. Hein, Matthias ? Vous êtes discipliné, vous, comme type. Je veux ce rapport sur mon bureau demain matin. 8 heures. Allô, Matthias ? Je ne comprends rien à la *slide* 32. Ah, vous êtes au restaurant ? Bon,

vous me renvoyez ça dans la soirée ? Ses parents lui ont toujours appris ça. À obéir, à être conciliant, à respecter sa hiérarchie. Alors le Dubouche, il en a profité.

Il ne sait plus comment les choses ont commencé. Ou plutôt, comment tout ça s'est insidieusement installé. La fille de la compta, elle dit qu'il en fait trop, qu'il se laisse exploiter, qu'il va finir par péter un plomb, qu'il a des droits. Qu'il est trop poli. Avec Dubouche – pas avec les autres, ça c'est sûr. Qu'il devrait aller en parler à la DRH, ou aux syndicats. Mais ça lui apporterait quoi ? Il se ferait virer. Ou bien il serait poussé vers la sortie, discrètement. Proprement. C'est comme ça qu'on fait, il le sait. Le Dubouche, la hiérarchie, tous les cols blancs resteront à leur place, c'est évident. Alors, non. Il préfère serrer les dents et attendre que ça passe.

Et puis, toutes les journées ne sont pas si terribles. Certaines sont même agréables. D'ailleurs, il va regarder ses mails. Il ne devrait pas, il le sait. Il les a lus, ces articles débiles que les sites balancent chaque été. Où on vous dit de débrancher, de vous ressourcer, vous détoxer. Comme si on était des plantes ou quelque chose de ce genre. D'enregistrer un message d'absence qui explique que vous êtes « en congé », avec « un accès restreint » à votre courrier, que vous reviendrez le 14 août. Mais le Dubouche, les messages d'absence, il n'aime pas ça. Il trouve que ça fait tire-au-flanc, gugusse des affaires, ringard des années 2000. Aujourd'hui, il faut être joignable partout, n'importe quand. C'est du H24, le taf, aujourd'hui, Matthias. Il n'y a plus d'horaires, plus de frontières, on est *world-wide*, et ce n'est pas parce qu'il est minuit ici que ça change quelque chose.

Merde, c'est quoi, ce wifi ? Y a pas de réseau ? À vingt kilomètres de Biarritz, on construit encore des hôtels qui n'ont pas de wifi ? Pardon ? Fallait payer d'avance. Et ça ne prend pas la carte bleue, ce système ? On est où, là ? On est où, putain ? Et il ne peut même pas appeler la réception ? Comment il va pouvoir bosser, lui, dans ces conditions ? Avec les filles à récupérer à midi ? Il pète les plombs. Ouais, il pète vraiment les plombs.

Club enfants

Elle va être en retard. 11 h 55. Le temps de prendre l'ascenseur. À cette heure-ci, il risque d'être bondé. Avec tout le monde qui va déjeuner. Elle n'aurait pas dû aller à ce cours d'aquagym ; elle le sentait. Le prof a débordé. Le premier a commencé en retard, et puis les suivants, pareil. Résultat, il est presque midi. Les gens n'ont aucune discipline, c'est effarant. Comment elle fait, elle, avec les petits ? Elle n'a pas de mari pour aller les récupérer comme les autres dames du cours de gym. Enfin, les « dames »… c'était plutôt des jeunes. La quarantaine. Elle était la plus vieille, comme d'habitude.

Elle a aperçu tout à l'heure quelques grands-mères qui papotaient à la piscine ; les autres devaient être dans leur chambre à regarder la mer, à lire ou à faire des mots croisés. La bonne nouvelle, c'est qu'il n'y a pas la télé, alors ça leur permet d'éviter de regarder les jeux, enfermées alors qu'il fait si beau dehors. Elle se demande ce qui leur prend, à certaines. Passé un « certain âge » – elle déteste cette expression –, on dirait qu'elles décident de fermer boutique. Pour ce qui est de l'amour, des bonshommes et de la bagatelle, elle comprend. Mais pour le reste ? Tant que le corps fonctionne, pourquoi le caler dans sa chaise pliante ? C'est pour ça qu'elle n'a plus de copines. Elles sont toutes résignées. Elles la traitent de frappadingue parce qu'elle s'active dans tous les sens. Mais on n'a qu'une vie. Et puis, elle n'a plus personne dont s'occuper. Personne à soigner, à nourrir, à dorloter, à veiller. Non, rien qu'elle-même, son reflet au matin et quelques années à combler. Alors, autant rester en forme. Et puis, faire tout ce sport, ça l'aide à ne plus penser. À Suzanne, sa mère, à ces dernières années. À ses parents. Elle sait bien qu'à son âge on est censé avoir oublié son enfance. Que les commerçants, les passants, les contrôleurs de train et même ses petits-enfants la voient comme une femme sans passé. Mais elle aussi a été une petite fille, et elle a malheureusement bonne mémoire – d'ailleurs beaucoup la lui envient. Elle se souvient de son père qui est resté en retrait toute sa vie avant de s'éteindre sans bruit, telle une bougie qu'on aurait oubliée. Et de Suzanne qui, jour après jour, a vu ses souvenirs s'effacer un peu plus, comme sur une ardoise d'écolier. Ses parents lui manquent. Même si elle est vieille et qu'elle sait que c'est dans l'ordre des choses qu'ils soient morts. C'est malgré tout terrible de n'avoir plus personne au-dessus de la tête.

Voilà pourquoi elle court, prend soin d'elle-même avec la discipline d'un grand champion. Elle ne veut pas que ses cuisses ramollissent, que la gravité s'impose, que de mauvaises choses germent au fond d'elle et l'empêchent d'espérer que tous les possibles lui soient à nouveau accessibles. Elle a toujours huit ans, mais personne ne le voit. Et le sport, ça lui permet d'y croire encore un peu.

Chantal décide d'abandonner l'ascenseur, trop risqué. Elle prend l'escalier, c'est l'avantage de sa condition physique. Dans le couloir, alors qu'elle presse le pas, elle aperçoit une famille à l'air triste. Le père ploie sous un monceau de valises et grommelle des propos peu amènes. Il y a deux enfants, une grande fille et un garçon. L'adolescente pousse sa mère, qui est dans un fauteuil. Elle les a déjà croisés hier dans l'hôtel. Ça lui fend le cœur, de voir cette jolie femme privée de son autonomie. Elle aimerait savoir ce qui lui est arrivé. Est-ce qu'elle souffre d'une simple fracture, ou est-elle privée de ses jambes pour toujours ? Est-elle née comme ça, ou s'agit-il d'un accident, d'une maladie ? Soudain, les paroles d'une chanson de Nicole Croisille lui reviennent : « Qui m'aimera quand je ne serai plus que la moitié d'une femme. » Déconcertée par cette pensée, Chantal se demande si tout le monde réagit comme elle. Si tous les jours on pose à cette dame la même question. Si elle doit expliquer chaque fois ce qui lui est arrivé. En parvenant à sa hauteur, elle la salue d'un rapide « bonjour », mais ne peut s'empêcher d'éviter son regard. Et lorsqu'elle entend la femme lui répondre gentiment, Chantal sent la honte la submerger.

Dehors, il fait une chaleur écrasante. Les familles réunies cheminent en sens inverse de sa course. Pourvu qu'ils n'aient pas fermé le mini-club ! Il est 11 h 59. Elle s'en veut tellement de ne pas être à l'heure. Elle se prend à imaginer les enfants, errant seuls dans l'hôtel, racontant à qui veut l'entendre que leur grand-mère les a abandonnés pour aller à l'aquagym. Elle presse le pas, le ventre noué. Et puis zut, elle se met à courir, rongée par la culpabilité. Pourtant, à son arrivée au club enfants, la salle est encore pleine de gamins ravis et de parents détendus qui bavardent avec les animateurs et animatrices. Chantal n'a jamais aimé ces ambiances de cours d'école. Sa fille pense qu'elle n'est pas normale. Les autres grands-mères adorent l'heure des mamans, lui répète-t-elle souvent. Qu'est-ce qui ne tourne pas rond chez elle, pour préférer la solitude et les cours de gym à sa famille ? Déjà qu'elle n'aimait pas ça à l'époque, on peut dire que ça n'a pas vraiment changé, songe-t-elle. Bon, d'accord, s'il faut rendre service de temps en temps, pourquoi pas. Mais faire croire à sa fille qu'elle pourrait combler le vide de son existence avec ces activités de nounou blasée, certainement pas.

Il fait une chaleur de bête, dans ce local. Ça sent un peu la sueur, la couche sale et la crème solaire. Les enfants ont entreposé leurs affaires dans de petits casiers. Devant elle, un monsieur récupère sa fille. Elle est ravissante. Elle a de longs cheveux bruns et brillants et porte un tee-shirt à paillettes. Il a l'air dépassé. C'est normal. Si les hommes savaient y faire avec ces choses-là, ça se saurait ! Bernard, lui, ne l'a jamais aidée. Et elle ne s'en est pas plus mal portée.

Le père a l'air épuisé, et très agacé. Où est sa femme ? Il sue à grosses gouttes en essayant de passer la bretelle du sac du club sur le dos de la fillette, il s'énerve. Il va lui faire mal.

— Attendez, je vais vous aider.

Piscine Océan

— On va à la piscine ? Oh allez, mamie, dis oui, dis oui !

— Il est déjà midi, c'est l'heure du déjeuner. On ira tantôt.

— Mais on dîne jamais à midi, nous, avec papa et maman.

— C'est le déjeuner, bécasse. On ne dîne pas !

— Je confonds toujours. Mais on dîne pas du déjeuner à midi. Si ?

Romy regarde Pierre, inquiète. Est-ce qu'elle a dit une bêtise ? Toujours est-il qu'elle n'a pas vraiment faim. Elle a mangé plein de biscuits au club. Il y a une grande corbeille dans laquelle ils peuvent piocher quand ils veulent. Du coup, elle en a profité. À la maison, elle n'a pas trop le droit de manger du sucre. Sauf celui des fruits. Elle adore trop ce club. Tout le monde est gentil, et elle s'est fait deux copines. Océane et Perrine. Romy les a entendues dire qu'elles iraient à la piscine.

— Bien sûr que non. Maman dit que c'est pas chic, de déjeuner trop tôt, lui rétorque son frère.

— Je te le répète, ici, c'est moi qui décide, pas ta mère et ses idées bien arrêtées sur ce qui se fait ou pas. Elle ne va pas nous enquiquiner !

L'homme seul a souri. Elle le jurerait. Pourtant, lorsqu'elle tourne la tête vers lui, il a repris son expression neutre, concentrée. Chantal ne sait pas si elle doit marcher à son côté. Après qu'elle l'a aidé à harnacher la petite, Pierre et Romy ont surgi, en sueur, lui racontant plein d'anecdotes incompréhensibles, ravis de leur matinée. Pendant ce temps, l'homme seul signait la décharge pour quitter le mini-club avec sa fille tandis qu'une autre, plus grande, apparaissait. Une ado. Ou une enfant ? C'est vraiment difficile de leur donner un âge aujourd'hui, songe Chantal. Elle observe la jeune fille du coin de l'œil. Elle a des seins, ou du moins un embryon de poitrine, et un téléphone portable. Mais son visage porte encore les rondeurs tendres de l'enfance. L'ado a attendu sagement près de son père et sa sœur, avec l'air de ne pas vraiment les connaître ; ce qui est idiot, parce qu'il est évident qu'ils sont tous les trois de la même famille. Ils se ressemblent beaucoup. Chantal a eu envie de leur dire combien elle les trouve beaux, parce que c'est vrai. Mais elle s'est retenue.

— Mamie, on pourra acheter Lilo ?

— Hein, qu'est-ce que c'est que ça ? demande Chantal, main dans la main avec sa petite-fille.

— Le gros doudou, mamie ! Le doudou du club.

Il s'agit de l'inévitable mascotte de l'hôtel – une espèce d'écureuil hilare.

— C'est trop bébé, soupire Pierre.

— Non, non. On ne va pas tout acheter. Et puis tu en as plein, des doudous !

— Oh, s'il te plaît, mamie.

— Moi aussi, papa, je pourrais avoir Lilo ? s'enquiert timidement la plus jeune des deux filles de l'homme seul.

Chantal n'avait pas remarqué qu'ils marchaient tous les trois à côté d'eux. Le petit chemin, qui conduit du club enfants à la piscine, puis au restaurant et aux chambres, est le seul qu'on puisse emprunter. Pourtant, Chantal aimerait bien pouvoir s'extraire de cette intimité qui la met mal à l'aise. D'ailleurs, le père seul n'a pas l'air d'avoir vraiment envie de lier connaissance. Malheureusement, les fillettes se liguent pour réclamer à cor et à cri ce fameux Lilo vendu à prix d'or à la réception de l'hôtel. Et lorsque Romy lâche la main de sa grand-mère pour prendre celle de sa jolie petite camarade, les adultes doivent se résigner à esquisser un geste de politesse. Chantal opte pour un vague sourire entendu, auquel l'homme répond sans témoigner davantage de chaleur.

— On verra, chérie, dit-il à sa fille.

— Tu viens à la piscine ? propose la fillette à Romy.

— Oh oui, hein, mamie ? On peut aller à la piscine ? Juste un petit peu, avec ma copine Héloïse. On déjeunera après. Juste cinq minutes, mamie, s'il te plaît.

Chantal aimerait tant pouvoir faire preuve d'autorité. Lui répondre que non, c'est non. Qu'elle est déjà passée par la piscine et qu'elle l'a vue bondée, investie par des dizaines d'individus rougeauds planqués sous les parasols. Mais elle n'ose pas devant l'homme seul. Elle a déjà dit non pour le doudou.

— Cela ne vous dérange pas ? ose-t-elle en s'adressant au père qui continue de marcher sans même faire claquer ses chaussures de cuir sur le sol brûlant.

— Pardon ?

— Que les filles jouent un peu ensemble à la piscine, ça ne vous dérange pas ? Vous aviez peut-être prévu autre chose ? De rester en famille ? Ou peut-être que vous n'allez pas du tout à la piscine ? Les enfants, ils adorent s'organiser des trucs entre eux et puis on découvre que ça n'arrange personne, finalement.

— Pas du tout.

Chantal attend qu'il continue. Qu'il embraye sur autre chose, qu'il explique ce « pas du tout ». « Pas du tout » quoi ? Je ne suis « pas du tout » d'accord avec vous ? Les enfants ne s'organisent pas entre eux, vous me semblez bien permissive, madame ? Ou « pas du tout », ça ne me dérange pas que ces deux fillettes, qui ont l'air de bien s'entendre, jouent ensemble à la piscine. « Pas du tout », nous n'avions rien prévu de faire en famille, et puis de quoi je me mêle ? Ou nous ne sommes « pas du tout » une famille ? Mais non, il continue de marcher en regardant droit devant lui. Sa fille aînée les devance de quelques mètres. Elle tapote sur son téléphone, en fronçant les sourcils. Pierre, lui, sautille, comme si chaque pas était une promesse de bonheur. Romy et Héloïse, elles, se chuchotent des secrets, comme si elles se connaissaient depuis toujours. C'est peut-être ça, qu'essayent de recréer ces clubs pour familles qui n'osent pas partir seules. Replonger des adultes solitaires dans l'évidence des liens naturels qui unissent les êtres, une évidence devenue suspecte, incongrue, encombrante avec le temps.

Si elle-même a été un peu forcée d'échouer dans ce huis clos à l'enthousiasme factice, elle ne comprend pas ce que l'homme seul est venu y faire. Parce que s'il est clair qu'ils ne deviendront jamais les meilleurs amis du monde, ni ne bavarderont des heures sur un transat, Chantal estime que son voisin pourrait tout de même faire un petit effort. Lorsqu'ils atteignent le grillage qui ceint les trois bassins de l'hôtel-club, au moment où elle s'apprêtait à lancer la conversation, c'est lui qui finit par rompre le silence.

— Du coup, ça ne vous dérange pas ?

— Pardon ?

— Si Héloïse joue avec votre petite-fille, peut-être pouvez-vous les surveiller ? Ça m'arrangerait. Je dois bosser un peu dans ma chambre. Et on ne va pas les regarder ensemble. C'est inutile, n'est-ce pas ? Quant à Noémie, elle se gère toute seule. Pas vrai, chérie ?

— Carrément.

— « Carrément… », répète-t-il, en levant les yeux au ciel. Et puis, elle veillera aussi sur sa petite sœur.

Si vous pouvez juste jeter un coup d'œil de temps en temps, c'est super. À charge de revanche, d'accord ?

— Euh… Oui. Bien sûr. Mais… on vous retrouve où ?

— Eh bien, ici. Je passe les prendre dans pas longtemps. C'est vraiment l'affaire de quelques minutes. Merci, vous me rendez un fier service. Hélo, tu as tout dans ton sac ? La crème, le maillot, les petits bras ? Elle nage un peu mais c'est mieux qu'elle les mette. Papa revient pour manger, d'accord ?

La fillette écoute à peine les recommandations de son père. Déjà, Pierre et l'ado Noémie ont composé le code d'accès à la piscine, et foncé vers les vestiaires, suivis de près par Romy et Héloïse. Et, alors que le père seul murmure un rapide « merci », se fendant enfin d'un vague sourire de circonstance avant de tourner les talons, Chantal sent l'angoisse lui étreindre la poitrine. Non mais qu'est-ce que c'est que ce type ? Se retrouver avec quatre gamins à charge ? À son âge ? Qu'est-ce qu'ils ont tous, ces parents pas fichus d'assumer leur progéniture ? Elle n'a rien demandé. Et pourquoi n'aurait-elle pas envie d'aller dans sa chambre, elle aussi ? Pour passer un coup de fil, faire quelques abdos fenêtre fermée pour ne plus entendre ces hurlements qui lui vrillent les oreilles ?

Devant les casiers disposés dans les vestiaires, Romy et Héloïse ont ouvert leurs sacs à dos, faisant immanquablement tomber leurs affaires sur le sol recouvert d'eau poisseuse dans laquelle tous les clients se sont rincé les doigts de pied. Chantal tente de ne pas y penser lorsqu'elle ramasse, affolée, les petits costumes de bain trempés.

— Ne restez pas là ! Venez vous changer dans les cabines. Zut, il n'y en a que deux. Comment est-on censé faire ? On est combien, dans ce club ? Trois cents, six cents ?

— C'est ta grand-mère ? s'enquiert Héloïse, qui ne l'écoute pas plus que Romy, ravie de cette amitié nouvelle.

— Oui ! C'est ma mamie. On la voit pas trop, d'habitude. Mais cette année, elle nous emmène à la mer parce que mes parents, ils travaillent. Et maintenant que mon arrière-grand-mère est morte, elle a du temps pour s'occuper de nous.

— Romy ! Tu n'es peut-être pas obligée d'embêter ton amie avec nos histoires de famille. Tiens, enfile ça. Et donne-moi ta culotte. Regarde comme ta copine est organisée. Elle est déjà prête.

— Vous pouvez me faire une natte ?

— Allons bon. Une natte ? Mais… pourquoi ?

— Pour pas emmêler mes cheveux. Et ça fait moins mal dans le bonnet.

— Ah, c'est vrai, le bonnet. Ils nous auront tout fait ! Après la ceinture obligatoire, le machin anti-UV, les vitamines, les légumes bio, le bonnet de piscine en plein mois de juillet !

— Pourquoi en juillet c'est pas bien, madame ?

— Eh bien…, je ne sais pas, moi. Disons qu'en hiver, à la piscine municipale, je peux comprendre.

C'est sportif. On fait des longueurs. Mais là. Au soleil. Enfin, je ne sais pas. Ça vit, les poux, l'été ? Romy, tu n'as pas de bonnet, toi ?

— Si, maman me l'a mis dans mon sac.

— Ah… Pour une fois qu'elle n'oublie pas une affaire…

— Quoi ?

— Rien, ma chérie. Habille-toi, et mets ton bonnet. Il est où, ton frère ?

— Chez les garçons.

— Il va nous attendre, hein ? Non, parce que je ne peux pas être partout, moi. Et toi, ta sœur, elle est où ?

— Avec son téléphone.

— Ça ne veut rien dire, ça, « avec son téléphone ». Elle est dehors ? J'espère qu'elle a bien compris qu'elle devait rester avec moi. Parce que vous êtes tous sous ma responsabilité, donc soyez sages. Et ne me racontez pas de carabistouilles.

— C'est rigolo comme vous parlez. Ma sœur, elle doit être devant la porte. Elle est très sérieuse. Elle est toujours première de sa classe. Moi, j'ai pas encore de notes mais quand je serai grande, je serai première aussi. Je travaillerai beaucoup, comme mon papa. Ma maman, elle travaille dans un musée. Moi, j'adore chanter…

— Oui, oui. Tu nous raconteras ça tout à l'heure. Mais avant, il faut vraiment que je sache où sont les deux autres. Surtout ton frère, Romy. J'espère qu'il n'est pas allé tout seul dans la piscine. J'imagine qu'il y a des maîtres-nageurs ? D'ailleurs, il vaut peut-être mieux aller directement au petit bassin. Où sont vos brassards ? Oh non, il faut les gonfler. Attendez-moi deux secondes. Je vais quand même jeter un coup d'œil.

Chantal étouffe dans cette cabine, enfermée avec les deux petites. La sueur dégouline sur sa poitrine. Elle pousse la porte et respire un grand coup. Devant les miroirs, une femme très bronzée remet ses seins en place dans son maillot à balconnets. Quand leurs regards se croisent, celle-ci tourne immédiatement la tête et repart, souveraine, en direction de la piscine. Devant les vestiaires, Chantal tombe sur Noémie qui l'attend sagement.

— Tu n'as pas vu Pierre ? lui demande-t-elle.

— Qui ?

— Le frère de Romy. Le petit garçon avec le tee-shirt Superman.

— Spider-Man ? Non.

— Oui, non. Sûrement. Alors, tu l'as vu ? Il est allé se changer chez les hommes.

— Ah, je n'ai pas regardé.

Chantal n'ose pas entrer dans le vestiaire des hommes. Certains doivent être nus. Et la vision fugace d'un mâle bedonnant et très brun faisant glisser son maillot mouillé le long de ses cuisses blanches, laissant apparaître un sexe rabougri et non moins pâlot, achève de l'en dissuader. Cramponnée au mur en crépi, les yeux ostensiblement fermés pour signifier à chacun qu'elle n'est pas une abominable voyeuse, elle crie :

— Pierre ? Pierre ? C'est mamie, tu es encore là ?

Elle tend l'oreille mais n'entend que le clapotis des pieds du monsieur dont elle a entraperçu l'intimité.

— Pierre ?

Le gros monsieur désormais rhabillé passe devant elle et la dévisage avec suspicion.

— Tu cherches quelqu'un ?

— Mon petit-fils. Ça vous ennuierait d'aller regarder s'il est là ? Moi, je ne peux pas vraiment.

— Il n'y a plus personne, là-dedans ! Il a dû foncer à la piscine avec ses copains. C'est ta première fois au club ?

— Hein ? Oui, répond-elle en jetant des coups d'œil alentour. Elles sont passées où, les filles ? Non mais, c'est pas vrai !

— Ne t'inquiète pas. Ici, les gamins sont entre de bonnes mains. Ils vont, ils viennent, ils font leur vie. Y a jamais de problème. Moi, c'est Éric !

— Je… merci. Ah, vous êtes là ! Je vous cherchais partout. Vous n'avez pas vu Pierre ?

— Si, mamie, il est dans la grande piscine avec son copain Mateo. On peut y aller, maintenant, nous aussi ?

— Ah ! Mateo, c'est mon gamin. Très bon choix. Allez, détends-toi. Tu vas voir, tu vas pouvoir te reposer, ici. Les papis et les mamies, ils adorent. Parce qu'ils peuvent montrer qu'ils gardent les petits tout en se la coulant douce.

Chantal se demande pourquoi il la tutoie. Et si c'est bien à elle qu'il s'adresse. Non, parce que, autant elle déteste qu'on lui donne du « madame » condescendant, en lui parlant comme si elle avait un pied dans la tombe, des os en verre et pas toute sa tête, autant l'idée qu'un inconnu s'adresse à elle de façon aussi familière lui paraît totalement grotesque. Et, contrairement à l'homme seul, celui-ci ne semble guère disposé à la laisser tranquille. Au contraire, il attrape son sac sans ménagement et continue à partager son expérience enchanteresse du club. Une fois passé le pédiluve, toujours flanquée de son accompagnateur pipelet, Chantal marque un temps d'arrêt. La scène qui s'offre à elle est pire encore que ce à quoi elle s'attendait.

Tout autour des trois bassins, les chaises longues ont été prises d'assaut. Chaque famille a balancé un peu partout serviettes, sacs, lunettes et magazines, marquant un territoire visiblement acquis de haute lutte et en un temps record. En quelques heures à peine, la piscine du club a pris des allures de parc aquatique psychédélique. Certains déambulent nonchalamment, en claquettes, sans se mouiller. D'autres font consciencieusement des longueurs, tentant de se frayer un chemin entre les centaines d'enfants qui ne cessent de sauter, plonger, faire des vrilles ou des « bombes » en essayant d'attirer l'attention de leurs parents qui s'en fichent pas mal, trop occupés à griller au soleil de midi, papotant avec leurs voisins ou des interlocuteurs piochés dans leur répertoire téléphonique, feuilletant un journal ou plus rarement un livre. Tout ce petit monde est agglutiné, heureux et insouciant. Chantal vacille devant l'horreur de ce spectacle.

— Tiens, regarde, je t'ai trouvé de la place. T'as de la chance, tu sais ? Normalement, après 11 heures, c'est fini. Et encore, cette semaine ça va. Le club n'est pas plein. Mais la semaine prochaine, avec le chassé-croisé, je ne te raconte pas. Deux transats, ça te suffit ? T'es toute seule ?

— Non, je suis avec les enfants.

— Ça, j'ai compris. Mais t'as pas de mari avec toi ?

— Non.

— Veuve ?

— Non plus.

— Bon, super alors ! répond le fameux Éric, guère intéressé par le pourquoi du comment de la non-présence d'un époux dans la vie de sa nouvelle connaissance. Je te laisse ? Peut-être à plus tard ?

Chantal ne l'écoute pas. Elle cherche du regard les fillettes, qu'elle finit par repérer dans le petit bassin, riant aux éclats sous les éclaboussures d'une fontaine. Noémie se dirige vers elle et, sans un mot, dispose sa serviette sur l'autre transat, étend ses longues jambes juvéniles et continue de pianoter sur son téléphone. Enfin, Chantal aperçoit Pierre, qui joue avec le fils d'Éric, lequel leur lance une blague qu'elle n'entend pas. Elle se rend compte que, si elle connaît son prénom, elle-même ne lui a pas donné le sien. Elle ne l'a même pas remercié de lui avoir porté son sac. Et trouvé une place. Peut-être devrait-elle se lever pour aller s'excuser. Elle doit d'abord mettre de la crème, faire une photo pour Lily, et puis souffler un peu parce qu'elle a eu bien trop d'émotions pour un premier jour de vacances.

Alors qu'elle s'allonge enfin sur sa fouta reçue en cadeau pour son abonnement au club de lecture, elle aperçoit la femme en fauteuil. À trois mètres d'elle à peine. En bikini et lunettes noires, endormie au soleil. Seul son fauteuil replié près d'elle témoigne de sa différence. Une nouvelle fois, Chantal se sent honteuse de s'étonner de la voir là, en maillot, à bronzer « comme les autres » dans ce club de vacances. Pourtant, elle ne parvient pas à la quitter des yeux et finit par oublier le vacarme alentour.

Salle de spectacle

La première année, je n'ai pas osé. Même s'ils étaient nombreux, dans l'équipe, à parler de ça comme d'une sacrée expérience. Monter sur scène. Entendons-nous, j'avais vu leur spectacle et, honnêtement, ça ne faisait pas rêver. Bien sûr, la salle était pleine, les enfants applaudissaient à tout rompre et les parents faisaient des allers-retours entre le bar et les fauteuils, visiblement pas mécontents d'assister à cette représentation faite de bric et de broc, de costumes en papier crépon et de décors en carton. La première année, tout était différent. J'étais venu là pour travailler, c'est tout. Pour sortir des jupes de Malia, oublier tout le reste, gagner un peu d'argent, et me planquer, surtout, parce que ça faisait un paquet d'années que j'évitais la plage, les spots de surf et les terrains de volley pour qu'on ne voie pas que j'étais seul. Toujours. Je ne sais pas quand ça a commencé, ça remonte à si loin que je ne m'en souviens plus. Peut-être qu'on naît comme ça. Avec une inaptitude totale aux relations humaines. Avec la peur de l'autre. Celle de déplaire, de décevoir, de dire ce qu'il ne faut pas. L'angoisse des interactions, du silence qui s'installe, d'être jugé ennuyeux, pas assez drôle. Inutile.

Toute ma scolarité, je l'ai traversée seul dans la cour de récréation. Ces moments de distractions entre les cours, que tous mes camarades attendaient avec tant d'excitation, je les redoutais. En classe, on m'imposait un voisin, bien obligé de tolérer mon compagnonnage que certains jugeaient parfois opportun – j'étais très bon élève. Dans la chaleur de la salle de classe, je savourais ces moments doux où je me laissais porter par le courant du savoir, obéissant au rythme imposé, sans possibilité de regroupement. En cours de gym, c'était différent. Un chef d'équipe choisissait les siens. « Paul, tu viens avec nous. Patxi. Léo. Clara. Bon, on vous laisse Germain. » Je passais même après les filles. Je dis ça sans misogynie. Au contraire, ce sont les seules qui m'ont parfois laissé entrevoir la possibilité d'un sentiment, la naissance d'une amitié, qui ont quelquefois témoigné d'un intérêt pour ce que je pouvais exprimer, observer ou ressentir. Je voyais bien que pour eux la virilité était une valeur cardinale, et m'enrôler après les filles, c'était une manière de signifier que je n'étais rien. Un être transparent. Qui n'existe pas vraiment. Quelqu'un qui n'a pas d'amis, ne fait ni surf, ni pelote, ni foot, ni moto. Quelqu'un qui n'a même pas de père pour faire le lien avec le reste du village. Et qui n'a plus de sœur.

La première année au Club Océan, j'étais surtout venu tirer le rideau sur cette solitude. « Essayez, monsieur Etcheberry. C'est vrai qu'il y a pas mal de relationnel, mais ça vous fera peut-être du bien ? » m'avait suggéré la fille de l'agence intérimaire, que j'avais contactée pour décrocher ce fichu job d'été. En réalité, j'espérais trouver quelque chose dans la manutention. Un travail mécanique, qui n'exige qu'un peu de soin et de concentration. Visser des bouchons sur des bouteilles, mettre des produits en rayon au supermarché, faire le ménage dans les chambres. Un boulot où je n'avais qu'à la boucler… Bref, une mission qui ne nécessiterait aucune compétence relationnelle. Mais non, elle n'avait que ce job saisonnier de réceptionniste au Club Océan. « Vous savez, celui qui longe la mer ? C'est un bel endroit. Il y a une super ambiance. Les employés y sont heureux, on a de très bons retours. Allez, je suis sûre que ça sera dans vos cordes. Parfois, il suffit de se lancer, même vers ce qui nous fait le plus peur. Qu'est-ce que vous risquez, hein ? »

— Oh, Germain, tu rêves ? On a besoin de toi pour le final !

Jean-Michel adore ça, la scène. Il a beau être le directeur de l'hôtel, il ne peut pas s'empêcher de participer aux spectacles. De prendre le micro, de sentir la chaleur des projecteurs sur son visage, d'enfiler des costumes extravagants et ridicules, de faire des sketches affligeants parfois, de se prendre des bides, et même de répéter ses vannes vingt fois par jour à l'accueil du restaurant pour amuser ses clients. Il ne s'est sans doute jamais remis de ses rêves d'artiste.

Je crois que le club lui a offert une réplique acceptable de la vie qu'il imaginait petit.

— T'as répété la choré ? me lance Maryline, pressée d'en finir, parce qu'elle n'a qu'une heure – le temps de la sieste des poussins – pour revoir sa partie.

— Oui, un peu.

— Tu fais chier, Germain ! Comment ça, « un peu » ? T'as vu ce que ça donnait, hier ? On n'était même pas synchros. Tu le crois, ça, Jean-Mi ? Il n'a jamais vu le clip de *Thriller*. Franchement, ça existe, ça ?

— Oui, pour tous les gens nés après les années 2000…, dis-je, pas très sûr de moi, parce que Maryline n'est pas du genre commode.

Ni du genre à rire de son âge – presque trente ans –, que tout le staff adore lui rappeler.

— Ça, mon petit bonhomme, tu vas me le payer au centuple.

— Oui, maman.

— C'est pas fini, vous deux ? intervient Carole, notre chorégraphe de fortune, désignée comme telle parce qu'elle a fait quatre ans de danse à l'Opéra avant de s'en faire congédier à la puberté parce que ses seins étaient devenus trop encombrants.

Elle tape dans ses mains et tripote son portable pour envoyer la musique. Un, deux, trois, pied à droite, bras levé et hop, demi-tour. J'essaye de me concentrer pour me souvenir de ce qu'on a répété hier, mais je suis à la peine. J'ai beau être habitué, les arrivées me mettent sur les rotules. Et puis les spectacles, c'est en fin de saison qu'on les connaît vraiment bien. Alors me voilà au côté de Maryline, faisant du play-back sur le morceau iconique de ce chanteur que je n'ai pas connu. Heureusement, j'ai pu regarder le clip sur YouTube. J'entends mal la musique qui sort de la minuscule enceinte, apportée par Carole. Évidemment, à cette heure-ci, il n'y a personne en régie pour nous aider. Pas plus que les costumes, les lumières, et la fumée qui doit être envoyée quand je me transforme en mort-vivant pendant que tous les autres viennent danser autour de moi. Non, à 15 heures, la salle est aussi sombre et triste que mon pas de danse est pathétique. Pourtant, je tends les bras du mieux que je peux, je me cambre, je pointe les pieds, mais rien n'y fait. Carole semble lasse et Maryline fait sérieusement la gueule. Elle est marrante : elle a juste à marcher dans cette partie du numéro. Je ne sais pas pourquoi ils m'ont choisi, moi. Parce que, si je ne suis pas mauvais danseur, on ne peut pas dire que je brille par mon sens du rythme. Mais Jean-Michel y tenait. « Mettez-moi Germain sur *Thriller*. » Sur le moment, je n'ai rien compris. Dès lors qu'on ne me demandait pas de faire la dernière en Lilo, j'étais d'accord pour tout. Parce que ce spectacle, ce sera pour le vendredi, et ce n'est pas rien. Le dernier soir. Celui où les vacanciers se disent au revoir. L'acmé de leur séjour au club. Celui dont ils garderont le plus grand souvenir. Alors, il faut qu'il soit réussi. Grandiose. Et que la mascotte Lilo soit là jusqu'au coucher des enfants. Les autres jours, on tourne pour enfiler ce costume étouffant à l'heure de l'apéritif. Et puis de temps en temps un petit quart d'heure dans la journée, histoire de créer la surprise. Mais la der' en Lilo, c'est la punition. Du coup, « Germain sur *Thriller* », ça m'allait bien.

— On fait une pause ? dis-je.

— De toute façon, je dois filer dans cinq minutes… Mais tu comptes faire comment, pour être prêt ?

— Il me reste six jours, t'inquiète…

— Carole, tu n'es pas inquiète ?

— Ça n'est pas moi qui serai sur scène, lâche Carole, toujours laconique.

— Non, mais moi, si. Et Fred, Loïc, Greg, Julie, Ava, Jean-Mi…

— Oui, tout le monde. C'est bon, j'ai compris. C'est le final.

— Je ne te le fais pas dire. Alors, j'espère que je peux te faire confiance. Qu'*on* peut te faire confiance. Et que tu ne vas pas comme d'habitude passer tes soirées et tes nuits à ton comptoir, planqué derrière tes boîtes de clés, à t'occuper de tes clients, même à minuit…

— Maryline, calme le jeu, l'interrompt Carole, toujours sans la regarder.

— C'est ça ! Allez, moi, j'y vais. J'ai des gosses à gérer.

Et tandis que j'observe sa silhouette énergique, en short, baskets et tee-shirt jaune des animateurs du club, qui traverse l'allée centrale, je sens à nouveau la blessure de l'enfance. Ce rejet. Comme souvent, malgré mes récents progrès, je reste tétanisé. Mon nouveau moi fiche le camp, laissant ressurgir l'ombre triste d'un gamin timide et maladroit.

— Bon, je vais y aller, moi aussi, dis-je à Carole en ramassant mes affaires.

— Je peux t'aider, tu sais ? suggère-t-elle tout en prenant des notes sur un bout de papier.

Mais, sans savoir pourquoi, je fais mine de ne pas l'avoir entendue. Je lance un « à plus tard » idiot et faussement enjoué, et m'éloigne d'un pas déterminé. Comme si rien ne s'était passé et qu'elle n'avait pas assisté à mon désarroi. D'un geste trop brutal, je pousse la porte à battants, fonce tête baissée pour être certain de n'avoir personne à saluer, puis me précipite tel un naufragé sur la terrasse déserte qui surplombe la mer. Enfin je respire à pleins poumons l'air salé qui peu à peu me console, en même temps qu'il sèche les larmes que je n'ai pas pu contenir.

Sur la promenade

— Je croyais que tu n'aimais pas qu'on te pousse.
— Quand c'est toi, c'est différent.

C'est aussi pour cette raison que Fanny a choisi ce club. Son accessibilité à la plage. En fauteuil, tant de choses vous sont interdites, comme cette joie simple de se promener avec sa fille en longeant la mer, au milieu des vacanciers « ordinaires », sans se poser de questions, sans l'appréhension de se trouver coincée par une volée de marches, un sol qui empêche, emprisonne le fauteuil, des regards gênés qui disent tant de choses. Ah, désolée, effectivement, ça va être compliqué, mais vous pouvez vous mettre dans le petit coin, là-bas ? Ah non, nous n'avons pas de rampe, vous savez, c'est un vieux restaurant. Pour accéder au terrain de pétanque ? Ah oui, il faut passer par le chemin de sable. Alors, certes, il y a toujours la possibilité de demander. Gentiment, poliment. Excusez-moi, pourriez-vous m'aider pour les marches ? Non, il faudrait une autre personne, vous n'y arriverez pas tout seul. Les têtes qui se tournent et les inconnus pressés qui font semblant de ne pas entendre. Ou les types très fiers qui ont l'impression de donner un rein, et ceux qui n'écoutent rien et pensent pouvoir la soulever comme la poussette qu'ils descendent dans le métro. Mais le fauteuil fait quinze kilos, et elle soixante de plus. Du coup, ils s'énervent et grimacent. Parce que bon, ils ont quand même autre chose à faire que de se péter le dos en portant une handicapée qu'ils ne connaissent pas. Oh, et puis trouver quelqu'un d'autre, quelle plaie. Dire merci beaucoup quand elle a finalement trouvé deux gaillards serviables qui l'ont aidée à franchir l'obstacle minuscule qui contraignait tous ses désirs. Dépendre des autres. Elle a horreur de ça.

Depuis que Fanny est toute petite, elle déteste qu'on l'aide. D'aussi loin qu'elle se souvienne, elle a toujours voulu faire les choses seule. Ses devoirs, les gâteaux, apprendre à lire, son piano, et même monter les meubles en kit. Elle n'aimait pas expliquer, attendre, subir la lenteur des autres, leur incompréhension, leurs humeurs. Elle préférait s'occuper des choses par elle-même quitte à y passer des heures, à devoir visser ses étagères avec un couteau à beurre parce qu'elle n'a pas envie de demander où est la caisse à outils. « Tu ne veux pas que je t'explique, Fanny ? Ce serait plus simple. » Non, non. Même Victor. Elle ne lui a jamais laissé d'espace pour qu'il l'épaule. Même lorsqu'ils étaient très amoureux, qu'elle était parvenue, pensait-elle, à s'abandonner enfin, qu'elle n'avait plus eu peur qu'un incendie se déclare dans la nuit parce qu'elle avait compris qu'il resterait là, avec elle, à lui tenir la main sous les draps pour un bon bout de temps. Ça le rendait dingue, qu'elle ne veuille aucune assistance. Enfin Fanny, ça n'a rien à voir avec ton handicap, tu peux quand même accepter que je passe te prendre en bagnole à ton bureau pour t'emmener au restaurant ! Mais j'ai une voiture, à quoi ça rimerait que tu fasses ça ? Retrouvons-nous là-bas, je peux bien y aller toute seule. Évidemment que tu peux, c'est juste que ça m'aurait fait plaisir, c'est tout. Eh bien, pas à elle. Elle aimait sa voiture, la chaleur de l'habitacle, cette sensation de maîtriser son destin, de pouvoir aller où elle veut sur un coup de tête. Sans penser aux volées de marches, aux autres qu'il faut remercier, au sourire qu'il faut garder parce qu'on est tellement dépendant d'autrui qu'on ne va pas non plus faire la gueule.

Le jour où elle a rencontré Victor, elle était dans cet état d'esprit là. Au volant de sa vieille Citroën, encore ivre de colère après un type dont elle se souvient à peine du nom. Un étudiant aux Beaux-Arts très séduisant qui se prétendait artiste et passait le plus clair de son temps à traîner chez elle, à vider son frigidaire et à réfléchir à son avenir pendant qu'elle bossait déjà, de 9 heures à 19 heures, dans une petite boîte où elle avait trouvé un bel équilibre. Le soir, lorsqu'elle rentrait, éreintée, elle le retrouvait au même endroit, englué dans le vieux sofa que sa mère avait bien voulu lui léguer et qui avait fini par quitter les lieux en même temps que son occupant favori.

Oui, elle se souvient très bien de cette rupture molle et sans éclat parce que c'est aussi ce jour-là qu'elle avait rencontré Victor. Après avoir demandé à l'artiste sans œuvre de descendre son sofa moche dans la rue, parce que ça, même avec deux jambes valides, elle ne pouvait pas le faire – contrairement à tout le reste, avait-elle marmonné assez fort pour qu'il l'entende –, elle lui avait déclaré que lui aussi pouvait y rester, dans la rue. Que leur histoire avait assez duré. Qu'elle n'avait jamais existé, qu'elle se résumait à deux pauvres rapports sexuels hebdomadaires, à un lave-vaisselle qu'ils vidaient à tour de rôle et à la certitude qu'ils ne vieilliraient pas ensemble. L'artiste avait un peu rechigné, tenté d'obtenir un délai. Comment allait-elle se débrouiller, sans lui ? Hein ? Dans son état ?

Oui, ce matin-là, elle était pleine de colère. Elle avait appelé le bureau pour prévenir qu'elle était un peu souffrante, qu'elle viendrait probablement dans l'après-midi, et s'était jetée dans sa voiture parce qu'elle aimait la vitesse quand elle avait envie de tout casser. Parce que ça lui rappelait la sensation divine de l'asphalte sous ses semelles, du corps qu'on force, qui lutte, sue, et finit par se vider de sa rage. Et c'est en ralentissant qu'elle avait vu l'affiche, sur un rond-point. « Partagez votre pouvoir, donnez votre sang à la salle municipale. » Tiens, pourquoi pas ? Ça lui prendrait une bonne heure et on lui offrirait un café. Et puis, elle devait beaucoup au personnel soignant. Avant, elle se fichait bien de tout ça, mais désormais, la simple vue d'une blouse lui donnait envie d'aider, de rendre ce qu'on avait fait pour elle, même à son petit niveau. Elle s'était garée sur une place handicapés – seul avantage à son état, si on met de côté les insultes de ceux qui ne voient pas le fauteuil dessiné sur la chaussée, ou qui trouvent qu'elle est un peu trop mignonne pour prétendre à cette place de choix sur laquelle putain on ne peut pas se mettre et qui reste vacante toute la journée parce que bon, entre nous, y en a quand même pas tant que ça ! Puis elle s'était présentée à l'accueil. Oh, madame, vous voulez passer devant moi ? Allez-y.

Les gens gentils, c'est presque pire, pour vous faire sentir la différence. Non, je ne suis pas malade, avait-elle répondu poliment. Je viens donner mon sang, comme vous. Avait-elle été opérée récemment, pris de la drogue, eu des relations sexuelles sans protection avec un partenaire qui lui-même aurait pu en avoir ? Était-elle allée récemment en Asie, en Amérique latine, en Afrique ? Avait-elle eu un rhume, une infection quelconque ?... Fanny avait répondu consciencieusement au questionnaire, avait rendu sa copie et attendu qu'on vienne la chercher. Et c'est là qu'elle avait vu l'homme qui allait bouleverser sa vie. Contrairement aux autres donneurs plongés dans leur téléphone, leur journal, leur livre ou leurs pensées, il se tenait tête droite, souriant, comme prêt à reprendre une conversation commencée quelques instants auparavant. Se sentant soudain aimantée par ce sourire, elle avait poussé son fauteuil vers lui, pris place à son côté et soutenu son regard, puisqu'il n'avait cessé de la dévisager. Pas tel un prédateur, ou un curieux qui se demanderait comment baise une handicapée, mais comme un être plein de candeur, simplement désireux de découvrir les autres et de connaître leur vie.

Et c'était exactement ce qu'il était. Ainsi qu'elle le découvrit ce 26 avril 2006, le jour où Victor était entré dans sa vie.

— Je pourrais m'inscrire à un stage de surf ? demande Margaux, tandis qu'elles passent devant une de ces cabanes en bois qui affichent leurs tarifs et leur joie de vivre à côté de monceaux de combinaisons trempées et de planches entreposées le long de la mer.

— Oui, pourquoi pas ? Mais tu ne veux pas qu'on attende de voir si ça intéresse ton frère ?

— Ça m'étonnerait. Il a craqué sur une fille, au club.

— Ah bon ?

— Quoi ? Ça devait arriver, tu sais, maman. Il n'est plus un bébé, malgré ce que tu penses.

— Je ne pense rien. C'est juste… inhabituel.

— Oui, bon. Ne t'inquiète pas. De toute façon, à cet âge-là, les garçons se contentent de rester entre eux et de ricaner quand la fille passe devant eux. Ça ne devrait pas aller plus loin, cette histoire. Non, juste pour te dire qu'à mon avis il n'a pas envie de sortir de l'hôtel. On ne devrait pas beaucoup le voir, cette semaine. Ce matin, il était déjà douché, en short, baskets aux pieds, et assis sur son lit à 8 heures du matin. Complètement cinglé, celui-là. À la maison, on doit le secouer comme un cadavre pour le réveiller.

— Le mot « cadavre » associé à ton frère, excuse-moi, ma chérie, mais j'ai du mal.

— Maman !

— Tu comprendras, quand tu auras des enfants. Dans très longtemps, bien entendu.

— Bien sûr, maman, répond en souriant Margaux, qui connaît bien les angoisses de sa mère.

Ou plutôt la manifestation des angoisses de sa mère. Car si elle pouvait vraiment voir au fond d'elle ce qui se passe, elle serait encore plus incrédule qu'elle ne l'est devant tant de désordre. Parce qu'au fond d'elle, et Fanny le sait, on croirait un bureau mal rangé, ou plutôt la chambre d'ado d'une mère trop triste pour avoir osé toucher à quoi que ce soit, même longtemps après que celui-ci eut quitté la maison, construit sa vie et alors qu'il n'a plus aucun plaisir à y passer du temps. Oui, au fond de Fanny, on trouve des photos de Margaux et Jérémy bébés, des polaroïds de Victor, de petites cartes maladroites décorées de gommettes et de cartes « Bonne faîte, maman », des bodys minuscules qu'elle n'a toujours pas jetés, des livrets scolaires, des photos de classe de maternelle, des coccinelles en pâte à sel aux ailes arrachées, des après-midi de pluie blottie contre ses enfants encore petits, des soirées à lire trop tard pour eux, sa chaise calée contre le lit de Margaux, Jérémy à moitié endormi sur ses genoux, qu'elle câline en imitant la voix de l'ogre qui leur fait si peur. La tête de Fanny est remplie de souvenirs de plus en plus lointains, de bibelots empoussiérés, de vestiges d'un passé dont elle peine à se délester.

— Vous êtes très gentille, avec votre maman, glisse une vieille dame à Margaux, avant d'ajouter à l'adresse de son amie qui l'accompagne : Comme c'est triste, pour cette femme.

Margaux et Fanny n'y font même plus attention. Les bons jours, elles en rigolent, même. Elles jouent à deviner parmi une foule qui va leur dire quoi. Quelles jeunes filles vont s'écarter en sursautant comme si elles pouvaient être contaminées, quel enfant va montrer Fanny du doigt à ses parents qui, très gênés, le gronderont, quelle femme de son âge baissera les yeux, et se demandera probablement quelle aurait été sa vie si on lui avait ôté cela. Personne n'est indifférent à sa différence.

— On va demander ? Pour ton stage ?

— Oh, merci, maman.

— Attends, je n'ai pas dit oui.

Elles se frayent tant bien que mal un chemin dans la cohue qui déambule mécaniquement le long des planches de bois. Dans un sens ou dans l'autre, mais sans dévier jamais. Pardon, pardon. Arrivée au comptoir, Margaux s'adresse au jeune homme qui ne voit pas Fanny. Il y a du désir, dans sa voix. Il fanfaronne.

— T'as d'jà pris des cours ? Tu m'as l'air assez sportive.

Fanny a appris à traduire les intonations. Elle pourrait décrire les gens rien qu'à leur voix, leur façon d'appuyer sur certaines syllabes, de s'essouffler parce qu'ils sont émus ou fâchés.

— On n'a plus beaucoup de cours de libres, mais on va pouvoir te trouver ça. Une jolie fille comme toi. T'es de la région ? Je ne t'ai jamais vue.

Et Margaux qui glousse comme une idiote, visiblement ravie de faire naître tant d'enthousiasme chez ce piège à filles saisonnier. Sauf qu'elle a quatorze ans, et que c'est un peu jeune pour susciter le désir de qui que ce soit, songe Fanny.

— Bon, ma chérie, on y va ?

— Oui, maman, j'arrive. Il faut bien que je m'informe ! répond Margaux en levant les yeux au ciel.

Il y a un silence, parce que le jeune homme se demande s'il s'agit d'une blague. D'ailleurs, peut-être qu'il ne pense rien. Impatiente, Fanny décide toutefois de mettre fin à ce trop long échange. Elle s'ennuie et, jusqu'à preuve du contraire, c'est encore elle qui paye, et qui décide si un crétin musclé peut, ou pas, engager une longue conversation avec sa progéniture à peine pubère. Elle a beau avoir adoré *Point Break*, elle va devoir jouer les rabat-joie. Elle déteste se voir dans le rôle de la ringarde qui ne comprend rien et voit le mal partout, mais elle sait bien ce que les garçons de cet âge-là ont en tête. Surtout ceux qui traînent près de l'océan. Merci, elle a donné. Alors, elle contourne la cabane et se plante devant la porte laissée ouverte, par laquelle ne cessent d'entrer et sortir de jeunes gens en combi ouverte jusqu'à la taille et aux joues striées de peintures de guerre anti-UV. À leur façon de ne pas s'intéresser au manège de leur jeune collègue, elle a vite compris que son attitude ne tient guère du coup de foudre subit pour une néovacancière pas encore bronzée, mais d'une habitude à laquelle lui-même ne prête sans doute plus attention.

— Nathan, je crois qu'il y a quelqu'un qui veut te parler, lance un gaillard immense au tatouage tribal entortillé autour d'un torse musclé sur lequel Fanny essaye de ne pas trop s'attarder.

Nathan sursaute lorsque ses yeux finissent par croiser ceux de Fanny – les gens voient toujours le fauteuil en premier. Elle, c'est plus tard. Quand ils sont curieux.

— Oui, madame ? Je peux vous aider ?

Il semble osciller entre l'incrédulité – on voit tellement de choses, de nos jours, peut-être y a-t-il une façon de surfer sans ses jambes ? – et le rire nerveux, puis fait un clin d'œil à sa cliente.

— Bien sûr.

Elle sourit très largement. Parce qu'elle adore ça, que ça neutralise l'adversaire et qu'elle a compris que, pour ne pas susciter la pitié, il valait mieux paraître heureux. Elle a vu que beaucoup de gros, de vieux ou de timides faisaient comme elle. Puis, elle reprend :

— Je suis la maman de la petite jeune fille qui vous demande des renseignements depuis tout à l'heure. J'ai cru comprendre que vous aviez une place pour elle ? Je peux vous régler ? On doit aller faire un footing sur la plage et ça commence à taper, vous ne trouvez pas ?

— Maman ! s'exclame Margaux qui est venue la rejoindre.

— Oui… oui, pour le cours du matin ? On peut commencer demain. À 13 heures ?

— Ça n'est pas très pratique. Et ça n'est pas vraiment le matin. Il n'y a pas plus tôt ?

— Maman, ça dépend de la marée.

— Oui, madame, chaque jour elle se décale. Après-demain ça devrait être vers midi, et ainsi de suite.

— Bon, mais tu ne déjeuneras pas avec nous demain, alors ? Jusqu'à quelle heure sert le restaurant ? Ils n'ont pas dit 14 heures à la réunion de bienvenue ?

— Maman, chuchote Margaux, manifestement désireuse de mettre un terme à cette conversation plus que gênante.

« Malaisante », dirait-elle. Ou peut-être le dira-t-elle vraiment.

— Vous êtes au club ? s'enquiert Nathan, qui se détend peu à peu.

— Oui ! C'est juste à côté. Vous connaissez ?

— Tout le monde connaît, ici. C'est la première fois que vous y séjournez ?

Fanny songe qu'un garçon qui dit « séjourner » ne peut pas être foncièrement mauvais. Qu'il a peut-être été élevé par une fana de mots croisés, de Scrabble, ou qu'il est fort érudit et passionné de vocabulaire.

— Oui. Et vous, vous y êtes déjà allé ?

— Parfois, oui. Le soir…

Fanny n'aime pas vraiment le petit sourire qu'il esquisse en prononçant ces mots. Mais leur échange est interrompu par l'arrivée d'un groupe, qui rentre trempé à la base après deux heures intensives passées à se faire rouler dans les vagues. C'est en tout cas ce que comprennent Fanny et Margaux à leurs exclamations aussi ravies qu'épuisées. Une quinquagénaire s'allonge même de tout son long devant les portants à combinaisons, les bras en étoile, en criant : « Je veux mourir ! » Une bande d'hommes et de femmes de son âge s'esclaffent. Fanny les observe en souriant. Elle leur envie cette joie de groupe, cette insouciance des vacances entre amis, où l'on retrouve le temps de quelques semaines la candeur de l'enfance, la légèreté des jeunes années. À moins que ce ne soit elle. Ou plutôt eux, qui se sont laissé gagner par la mesure, la monotonie, qui se sont éloignés peu à peu des autres, de leurs amis, de leurs familles, avant de s'éloigner l'un de l'autre. Pourtant, il ne s'est rien passé. Pas de dispute, de drame ou de tromperie. Simplement, ils ont commencé à inviter moins. Parce que, le soir, ils étaient crevés. Que le week-end, ils aimaient se retrouver en famille avec les petits, et que les enfants des autres les agaçaient souvent – Margaux et Jérémy étaient tellement parfaits. Pour les vacances, ils avaient pris le pli de partir à quatre, refusant généralement les quelques propositions qui avaient cependant perduré. Peut-être qu'ils ont eu tort de ne plus faire l'effort. Peut-être que c'est ça, le secret des couples qui durent : rester ouverts, entourés d'une bande comme à l'adolescence.

Fanny en profite pour remplir son chèque. Ces joyeux quinquas lui ont fichu le blues. Leurs rires résonnent un peu trop fort dans ses oreilles, comme un rappel de ce qu'elle a perdu. Ses amis – ou plutôt leurs amis – et son amour pour Victor. À moins qu'il ne soit encore là, tapi au fond d'elle, enseveli sous les photos de classe, les dessins de fête des Mères et les coccinelles en pâte à sel. Mais elle a beau fouiller, s'efforcer d'exhumer les sentiments qui étaient déjà si forts quand ils avaient partagé leurs Pepito après avoir donné leur sang, elle ne trouve rien. Rien que des cendres et le désir de fuir ce club angoissant. Parce que, s'il y a bien une chose dont elle n'a pas envie aujourd'hui, c'est de déjeuner avec le père de ses enfants avec une macédoine de légumes en boîte et le silence pour compagnon.

— Allez, pousse-moi, ma chérie, on va aller visiter un peu les environs.

Chambre Surfing Paradise

Heureusement qu'il a dégoté la mamie. Sinon, il aurait dû coller les filles devant l'iPad pendant qu'il ajoutait sa *slide*. Qu'est-ce qu'ils ont foutu, les juniors ? Il leur avait bien recommandé de tout lui envoyer avant son départ. « C'est bon, Matthias, tout est OK. Tu peux partir tranquille. » Tu parles. S'il pouvait exercer sur eux la même autorité que celle qu'il subit lui-même... Il s'en veut. Il s'en veut tout le temps. Il est pris en étau. Entre le Dubouche qui l'exploite, le presse jusqu'à la dernière goutte pour ne rien perdre de ce collaborateur efficace et soumis, et puis les autres qu'il doit superviser. Hein, Matthias ? Les RH ont été formelles : problèmes de management. Vos collaborateurs sont livrés à eux-mêmes ; ils ont besoin qu'on les félicite, qu'on débriefe, qu'on leur *apprenne quelque chose*. Mais quand trouverait-il le temps de faire ça ? « Prenez une journée, Matthias, figurez-la sur un cercle, voilà. Quelle proportion diriez-vous que vous accordez à l'organisation de vos tâches professionnelles ? Et personnelles ? Ensuite, prenez chacune de ces tranches et subdivisez-la. Vous voyez, ça n'est pas très compliqué. »

On lui a collé une coach. Comme s'il avait le temps d'intégrer ça dans son putain de planning. Aujourd'hui, tout le monde se prétend coach. Mais chacun sait que c'est des conneries, non ? Alors pourquoi est-ce qu'on a pris sur le budget formation de la boîte pour payer cette bonne femme qui vient chaque vendredi après-midi s'enfermer avec lui deux heures dans une salle de réunion pour lui parler comme à un gamin ? « Vous devez apprendre à vous adresser à vos collaborateurs avec compassion, bienveillance. Vous êtes un bleu, c'est très bien. Les bleus sont méticuleux, appliqués. Mais ils ont du mal à travailler en équipe, contrairement aux rouges et aux jaunes, qui savent emmener les autres. Ce n'est pas parce que vous êtes exigeant avec vous-même que les autres peuvent encaisser la même chose. Faites-vous un point hebdomadaire avec tous vos N–1 ? Les félicitez-vous ? Prenez-vous des nouvelles de leur santé ? De leur famille ? De leur bien-être au travail ? C'est important, Matthias, le bien-être au travail, vous savez ? Primordial, même, aujourd'hui. Vous ne le savez peut-être pas, mais dans l'entreprise de demain, on prend ça très au sérieux. Et demain, c'est aujourd'hui. Vous comprenez ? »

Le Dubouche, ça n'a pas l'air de le toucher, les injonctions de l'entreprise de demain. Pourtant, il est rouge, à ce qu'il paraît. À aucun moment il ne lui a demandé où, quand et comment il partait en vacances. Au boulot, personne ne sait qu'il est en train de se séparer – il pense encore « en train de se séparer », mais pour Annabelle l'affaire est pliée. Elle est comme lui, pragmatique, concrète, inflexible. C'est pour ça que ça avait si bien collé entre eux, malgré leurs différences de culture. Ils s'étaient rencontrés en école d'ingénieur. Des filles, il n'y en avait pas beaucoup. Des types comme lui, en revanche – réservés et interchangeables –, il y en avait des pelletées. Alors il n'avait pas bien compris pourquoi cette jolie blonde aux cheveux ondulés avait porté son choix sur lui plutôt que sur un de ces bourgeois venus valider un diplôme avant d'intégrer la boîte de papa ou de prendre un poste de directeur dans la région familiale. Sans doute Annabelle avait-elle justement envie de rompre avec une tradition qui lui pesait, elle la petite dernière d'une fratrie de cinq passés par Saint-Cyr, Normale ou médecine.

Car si ce choix d'une école en région avait déjà surpris la famille, ce provincial sans histoire ramené un vendredi soir d'octobre après dix mois de relation plus ou moins clandestine, ça avait continué d'étonner. Quoique. Avec Annabelle, on ne savait jamais à quoi s'attendre. C'est toujours la surprise avec les petits derniers. Chez les Brunet, Matthias avait toujours eu l'impression de faire partie de ces bibelots rapportés de voyage, qu'on pose « pour rire » sur la cheminée à côté de la pendule du XVIIIe siècle puis qu'on finit par oublier, parce que malgré leur incongruité ils finissent par se fondre dans le paysage.

Recroquevillé au-dessus de son écran, Matthias sent sa nuque se tendre. Demain, il ne pourra plus bouger. C'est chaque fois la même chose, quand il travaille en dehors du bureau. Et puis cette chambre, ça n'est vraiment pas possible. Il crève de chaud, dans son pantalon de toile et sa chemise à manches courtes. Alors il ouvre la fenêtre en grand. Ces quatre baies en longueur qui laissent entrer la lumière et l'horizon infini sont peut-être la seule chose qu'il aime bien dans ce cagibi.

Accoudé à la balustrade de son rez-de-jardin au centre du bâtiment, Matthias s'allume une cigarette en observant pour la première fois depuis son arrivée ce lieu étrange. Il contemple la mer à perte de vue, les vagues dans lesquelles les vacanciers se jettent, sous la surveillance des sauveteurs qui se donnent des airs de vedettes de série. D'aussi loin, les rouleaux semblent trop minuscules pour susciter tant de cris effrayés et de proximité enthousiaste. Ça l'énerve, tout ce bonheur estival et insouciant. Est-ce qu'il est le seul à ne pas pouvoir se débarrasser de ses soucis ? Personne ne travaille donc dans ce putain de pays ? La plage est recouverte de serviettes et de parasols multicolores, sous lesquels s'abritent bébés et personnes âgées venues profiter en famille. Mais profiter de quoi ? Du sable qui reste entre les orteils ? Du sel qui gratte et attaque la peau brûlée par le soleil ? Matthias a la plage en horreur. Ça lui rappelle son enfance. L'ennui mortel à perte d'été, la glacière, les regards embarrassants de tonton Vincent. Même quand ils étaient partis en voyage de noces, avec Annabelle, il n'avait guère profité des étendues dorées et désertes qu'ils avaient pourtant arpentées pendant leurs huit jours aux Maldives. Ça leur avait coûté une fortune, ce voyage. L'intégralité de la cagnotte des cadeaux de mariage. Elle avait tout planifié. Il n'avait rien dit. Car il voulait avant tout qu'elle soit heureuse. Et qu'il avait appris à ne pas gêner. À éviter les conflits. À mettre en veilleuse ses dégoûts et ses désirs personnels ; parce que sinon, comment on s'en sort, hein ?

Sur la pelouse vert pétard gisent encore les plots et les petits cercles de plastique probablement disposés là pour un cours de sport – celui qui lui a fait fermer sa fenêtre tout à l'heure parce que les cris du prof l'empêchaient de se concentrer. Matthias remarque que l'affluence autour des trois bassins de natation a diminué. Mais les affaires restent – il faut bien conserver sa place, songe-t-il avec mépris.

Merde, 13 heures ! Il ne peut tout de même pas laisser les filles trop longtemps à cette grand-mère qu'il ne connaît pas. Matthias écrase sa cigarette contre le chambranle et coince le mégot contre la vitre. Il trouvera bien un moyen de s'en débarrasser, d'autant qu'il a promis aux filles d'en finir avec cette mauvaise habitude prise ces derniers mois. Depuis qu'Annabelle l'a jeté hors de sa vie. Depuis qu'il est seul. Partout. Et plus encore ici où les gens paraissent tellement proches.

Avant de claquer la porte, il vérifie qu'il a bien pris son téléphone professionnel, ses lunettes de soleil et la clé de la chambre. Il hésite un instant, ouvre la valise qu'il n'a pas encore pris le temps de défaire, attrape son maillot de bain et l'observe comme s'il s'agissait d'un objet inconnu. Puis son portable vibre. Alors il le repose et dévale les escaliers.

Restaurant Océan *(Chantal)*

— Mamie, viens, on a trouvé une table dehors. Une grande table qui donne sur le club enfants. La dame m'a dit que c'était pour six ou huit. Comme ça, on peut tenir avec Héloïse et Noémie. Et leur papa.

Chantal fait semblant de ne pas avoir entendu. Ah non. Déjà, prendre ses repas avec d'autres vacanciers, elle refuse. Mais alors avec ce père mutique, merci bien. Comme si ça ne suffisait pas qu'il lui ait laissé ses gamines pendant plus d'une heure, qu'il soit arrivé très en retard en s'excusant à peine. Il faudrait de surcroît lui faire la conversation pendant le déjeuner ? Et continuer à jouer les nounous bénévoles ? Quoique. Les filles sont gentilles, bien élevées. La grande a l'air de s'ennuyer avec Pierre et Romy, mais la petite s'amuse bien. Elle les occupe et, du coup, ça la repose.

Évidemment, il n'y a presque plus rien à manger. Le coin dessert est pris d'assaut par des adultes en claquettes aux épaules écarlates. Chantal s'étonne. De son temps, on faisait vraiment n'importe quoi avec le soleil. On y restait des heures, on oubliait sa crème, parfois on mettait même de l'huile d'olive pour brunir plus vite. Mais elle pensait que les gens étaient devenus raisonnables. Qu'ils avaient compris que le soleil flétrit, creuse des maladies dans la peau des salariés mis sous cloche le reste de l'année. En tout cas, elle ne fera bronzer que ses jambes. Pas le visage. Et avec un indice solaire élevé. Comme pour les enfants. Elle en a badigeonné les filles du père mutique. Il ne lui avait donné aucune indication, évidemment. À se demander pourquoi il les a emmenées ici. Il passe son temps dans sa chambre. Sur ses mails, ses calls, ses réunions virtuelles, lui ont raconté les petites. Comme si c'était normal, de faire semblant d'être en vacances. Alors que le reste de l'année, il n'a pas l'air de les voir davantage.

Derrière elle, ça s'impatiente. Malgré une insouciance de façade, pour les gens, la nourriture, même médiocre, ça reste sacré.

— Madame, on peut avancer ?

Oh, et puis ils l'enquiquinent, tous. S'ils étaient arrivés plus tôt, elle aurait pu prendre la tortilla. Mais tout a été raflé. Elle voit passer Romy avec une assiette immense, qu'elle tient dangereusement en équilibre.

— Ma chérie, fais attention.

Chantal abandonne le riz, qui a l'air sec comme un coup de trique.

— Tu as quoi dans ton assiette ? Enfin mais… des frites avec des coquillettes, une saucisse, une crème brûlée, un fondant au chocolat et du camembert ?

— Bah quoi ?

— C'est n'importe quoi, ce self. On est chez les zinzins ! Où est ton frère ?

— Là-bas, avec le papa d'Héloïse et Noémie.

Chantal sent sa mauvaise humeur gagner du terrain. Une place l'attend effectivement à la table du père débordé. Ils se sont tous installés en plein soleil, derrière une autre tablée joyeuse et bruyante.

— Ma chérie, on va avoir trop chaud dehors. Vraiment, ce n'est pas raisonnable. Je pense qu'on va remercier le papa d'Héloïse et Noémie et se trouver une petite place à l'intérieur. D'autant qu'on sera à côté des desserts.

— J'en ai déjà, des desserts ! Et puis, il n'y a personne, à l'intérieur. Allez, mamie. S'il te plaît.

Agrippée à son immense assiette, Romy penche la tête sur le côté et fait la moue qui lui permet habituellement d'obtenir ce qu'elle désire – particulièrement avec son père. Chantal sent sa volonté fléchir malgré elle – elle a faim, les cuisines vont fermer. Après tout, ce n'est qu'un mauvais moment à passer. Et rien ne la force à parler. Les gens se croient toujours obligés de meubler les silences, mais parfois mieux vaut ne rien dire que raconter n'importe quoi. Elle observe à nouveau cette grande table en plastique couverte de nourriture, et contemple la foule alentour qui lui évoque un décor factice installé exprès pour elle. Alors, vaillamment, elle franchit la baie vitrée qui la sépare de ce théâtre de gaieté à ciel ouvert.

Un léger vent balaye les arbres. Derrière des tentures, les plus frileux peuvent profiter de la douceur de l'air. Les autres se félicitent de leur emplacement, obtenu de haute lutte. C'est en tout cas ce qu'a cru comprendre Chantal, qui a écouté les bavardages de ses voisins de chaise longue, habitués du club : « Tu nous prends la grande du fond, Gérard ? Comme la dernière fois ? »

Chantal les repère au loin, ainsi que leurs connaissances du jour. Ça rit fort, là-bas, tandis que ledit Gérard dépose sous les hourras des carafes de rosé remplies directement à la fontaine. Si Chantal les trouve bien trop excentriques, elle songe que le père des petites pourrait se lâcher davantage. Avec sa chemise stricte, son pantalon de toile et ses chaussures de ville, il détonne vraiment.

— Mamie ! Qu'est-ce que tu fabriquais ? On a presque fini, s'exclame Pierre, les pieds sur sa chaise, écrasant une frite entre ses doigts suspects.

— Je faisais la queue, comme d'habitude. C'est fou, ça. Ils pourraient mettre en place un système d'horaires, vous ne trouvez pas ? Vous êtes en pension complète ? demande-t-elle parce que, depuis hier, plein de gens posent cette question autour d'elle.

Le père dépressif lève la tête, manifestement surpris qu'on lui adresse la parole.

— Non, je ne crois pas. Je ne sais plus ce que j'avais choisi, répond-il laconiquement tandis que Chantal s'installe face à lui, à la place que les enfants lui ont hélas réservée.

— Quel bracelet avez-vous ? s'enquiert-elle poliment.

Le père tourne ses yeux sombres vers elle, visiblement déconcerté. Il se coupe les cheveux trop court, songe Chantal. C'est dommage, ça lui donne une allure sévère.

— On vous a bien donné un bracelet ? À la réception. Nous, on a le rouge. On est en pension complète. Et on en a un supplémentaire, « all inclusive ». Pour les boissons. Ce n'est pas moi qui l'ai exigé. C'est ma fille. Enfin, mon gendre. C'est totalement idiot, je ne bois pas d'alcool. L'eau du robinet me suffit largement. Ils proposent même du vin à volonté, vous avez vu ?

— Non. Enfin, je n'ai pas fait attention. Nous sommes arrivés hier, et je dois dire que je passe le moins de temps possible dans les parties communes.

— Moi aussi. Il y a un de ces vacarmes ! C'est à se demander comment font les gens l'hiver. J'en entendais certains tout à l'heure à la piscine qui semblent passer leur vie dans ce genre d'établissement. C'est votre premier séjour en club ?

— Oui. C'est dingue, vous devez être la dixième personne à me poser cette question. À croire que le monde se divise en deux catégories. Ceux qui ne sont jamais partis en club, et les experts en la matière. Enfin, pour ma part, ce sera également la dernière.

Il a baissé la voix pour que les enfants ne l'entendent pas. De toute façon, les trois petits se fichent pas mal de ce que les adultes racontent, et ils ont bien raison. Pierre et Romy semblent subjugués par ces nouvelles camarades qui ont l'air d'en savoir beaucoup sur tant de sujets. Et possèdent des consoles, ce qui ne gâte rien. Chantal aimerait dire au père qu'elle a interdit les écrans durant leur séjour, qu'elle est contre ces engins de malheur. Surtout à table. Mais non, on n'intervient pas dans l'éducation des autres.

— Vous ne vous plaisez pas, ici ? chuchote Chantal, à l'instar de son interlocuteur, si bien que de loin on pourrait croire qu'une belle complicité les lie.

— Non. Bon, c'est le début. Mais je fais surtout ça pour les filles. Pour qu'elles s'occupent. Moi, je n'aime pas les vacances.

— Ça nous fait un point commun ! s'enthousiasme Chantal, ravie d'avoir trouvé un être moins enjoué que le reste de cet aréopage à l'euphorie angoissante.

— Vous… n'êtes pas en vacances tout le temps ? Enfin, vous travaillez toujours ? demande-t-il, gêné.

— Je suis retraitée, si c'est la question que vous vous posez. Mais vous apprendrez qu'on ne se défait pas aussi facilement d'une vie rythmée par l'alternance des jours travaillés avec les congés. Vous me faites rire, vous, les quadragénaires. À penser que nous autres n'attendons que de vous aider ou de mourir sans rien faire. Mais vous savez, vous avez beau nous regarder comme des étrangers, que vous le vouliez ou non, vous serez un jour à notre place. Et ce jour-là, vous n'aurez pas forcément envie de faire vos courses au cœur de l'après-midi ou de partir en vacances hors saison.

Les enfants se sont arrêtés de parler, surpris par le ton de Chantal qui est monté d'un cran. Elle serre très fort ses couverts entre ses deux mains. Peut-être songe-t-elle inconsciemment à les utiliser contre son interlocuteur. Contre le reste du monde qui la regarde comme si elle n'était plus là.

— Tout le temps en vacances, marmonne-t-elle en secouant la tête et en croquant vigoureusement dans un morceau de pain.

Non mais, ce n'est pas ce crétin qui va l'abattre. Déjà qu'il lui a fait rater son cours de yoga. Oh, et puis, elle décide de l'en informer :

— Vous m'avez fait rater le yoga de 13 h 30 ! lui lance-t-elle la bouche pleine, sous le regard effrayé de son petit-fils.

— Pardon ? répond-il, surpris par cette retraitée passée « en mode *warrior* », comme dirait Noémie, laquelle a miraculeusement levé la tête de son écran.

— Oh, je sais ce que vous pensez. Qu'à mon âge on a autre chose à faire que du yoga. N'est-ce pas ? Eh bien, non. J'avais envie d'y aller. De profiter de ce mini-club pour lequel vous êtes venu, et d'aller me détendre dans ce cours inclus dans le pack pension complète.

— Mais pas du tout, je n'ai rien dit. Allez-y, à votre cours. Je m'en fiche complètement ! Je ne vous retiens pas, maugrée-t-il.

— Ah oui ? Ah oui ?

Brusquement, Chantal prend conscience du volume de sa voix, qui a porté jusqu'aux tables voisines, devenues mystérieusement silencieuses. Elle a envie de tirer la langue à leurs occupants, de leur hurler qu'on ne regarde pas les gens comme ça, que c'est mal élevé, et est-ce qu'elle leur en pose, elle, des questions ? Mais elle se retient. Parce que ce n'est pas ce que l'on attend d'elle, et parce qu'elle a encore sept jours à passer ici.

— Et qui va emmener Romy et Pierre à leurs activités ? Je n'ai plus le temps maintenant, si je ne veux pas être en retard. Et c'est votre faute !

— Eh bien… moi. Et puis, vous devriez vous détendre un peu sur les horaires. J'ai bien compris qu'une retraitée dans votre genre a mille choses à faire et pas une seconde à elle… Mais *keep calm*, on est en vacances. C'est vous-même qui l'avez dit.

Chantal a envie de lui rétorquer que ça lui va bien de répondre ça, lui qui passe ses journées en godasses à glands dans sa chambre d'hôtel. Qui adresse à peine la parole à ses enfants et consulte son portable toutes les trois minutes. Mais elle n'a pas le temps. Elle se contente de le fusiller du regard. C'est bien sa veine, elle est tombée sur le client le plus désagréable de l'hôtel. Mais elle souffle un grand coup, embrasse les enfants, et puis elle tourne les talons avant de lancer un « à tout à l'heure » qui s'adresse à tout le monde et personne à la fois.

— Madame ! l'appelle le père exécrable. Vous avez oublié votre paréo.

Excédée, Chantal fait volte-face, attrape le tissu et réplique :

— C'est une fouta. Pas un paréo. Et je m'appelle Chantal. Pas madame.

— Et moi, c'est Matthias.

Mais Chantal est déjà partie au petit trot, slalomant entre les tables, avant de se cogner contre le fauteuil roulant de la jolie maman croisée ce matin. Morte de honte, elle revient sur ses pas et se confond en excuses sous le regard amusé de son interlocutrice, avant de repartir en boitillant discrètement.

— Elle s'en fiche, on dirait, lâche Pierre après son départ.

— De quoi ?

— De ton prénom, ma mamie, elle s'en fiche.

— Ah. C'est réciproque. Bon, je vous emmène ?

Restaurant Océan *(Fanny)*

— Elle est rigolote, cette dame, vous ne trouvez pas ?

— Qui ça ? marmonne Victor sans détacher son regard des trois dernières saucisses qu'il a arrachées au plat collectif.

— La dame âgée qui est toujours en tenue de sport.

— Pourquoi « toujours » ? On vient d'arriver. Je ne vois pas du tout de qui tu veux parler.

— Probablement parce que tu ne fais attention à personne.

— Pourquoi tu dis ça ?

— Pour rien, soupire Fanny.

Chacun replonge le nez dans son assiette. Fanny ne sait même pas pourquoi elle s'est montrée agressive avec Victor. Il n'était pas obligé de remarquer cette cliente de l'hôtel qu'ils ont croisée ce matin dans les couloirs. Sans doute aimerait-elle qu'il s'intéresse, s'enthousiasme, cherche à ressusciter leur harmonie d'antan. C'est ce qu'elle a tenté de faire en leur proposant de passer en revue ces personnages aussi banals que passionnants qui les entourent. Avec l'espoir qu'ils imaginent ensemble leurs vies, commentent leurs comportements, leurs looks, leurs incongruités ou leurs silences. Mais personne n'a voulu la suivre dans ses tentatives désespérées de ressusciter leur lien. Quant à Victor, il semble avoir définitivement baissé les bras.

— C'est la grand-mère d'un garçon qui est dans mon groupe, intervient Jérémy, rompant le silence. Un petit.

— Qui ça ? demande distraitement Fanny qui est passée à autre chose.

Elle réfléchit comme souvent à la manière dont sa vie se déroulera dorénavant. Quand elle aura quitté Victor, qu'il faudra vendre la maison, se partager le chat et les enfants, prendre une aide à domicile, peut-être, pour elle. Trouver un logement adapté, pas loin de son bureau. Avec un garage, un ascenseur qui monte jusque chez elle, une rampe, des portes larges et des placards bas. Tout ça la fatigue d'avance.

Alors, comme à son habitude, elle préfère observer les autres. Ce club, c'est une aubaine. L'occasion rêvée d'étudier ses semblables. Ils viennent de partout, de tous les milieux, sont de tous les âges. Leur seul point commun : leur désir d'accéder à l'un des engagements du Club Océan – « Des enfants comblés ». Fanny est heureuse que Margaux et Jérémy le soient. Elle a compris qu'ils étaient satisfaits d'être là. Même Jérémy, et ça la soulage tellement.

— Vous faites quoi, cet après-midi ? s'enquiert Fanny.

— Je crois qu'on fait des Olympiades, répond Jérémy. Je peux prendre de la glace ?

— Tu en as déjà pris hier soir, lui fait remarquer son père.

— Oh, il est en vacances.

— Ouais, papa. En plus, le reste, j'aime pas.

— Tu ne devais pas faire un régime ? intervient Margaux.

— Ferme-la ! réplique son frère en se levant d'un bond.

— C'est vrai, ça, Margaux. On ne t'a rien demandé. Quel besoin as-tu de lui parler de ça ? Ce ne sont pas tes affaires, d'autant que, d'après le médecin, il faut dédramatiser. Et puis, je te rappelle que tu n'es pas sa mère.

— Oh, je dis ça pour lui. C'est quand même idiot de faire des efforts toute l'année pour manger des mauvaises glaces à tous les repas au moment où on se met en maillot.

— Laisse ton frère tranquille, grommelle Victor. Moi aussi, je vais prendre une glace.

— Je peux sortir de table ? suggère Margaux, vexée.

— Non. Déjà qu'on ne se voit pas, on reste au moins ensemble durant les repas. Vous vous souvenez ? C'est la seule règle qu'on s'est fixée. Tu as un train à prendre ?

— Non… C'est juste que… j'ai fini de manger. Et il y a des gens de mon groupe, là-bas. Regarde, ils ont bien le droit, eux. Leurs parents ne les forcent pas à rester des heures devant une assiette vide.

— Margaux…

— OK, OK.

— Toi aussi, tu fais des Olympiades, cet après-midi ? tente Fanny, pour relancer cette conversation devenue poussive.

— J'imagine. Je ne scrute pas le programme comme Jérém'. Je me laisse porter. Maman, je peux utiliser mon portable ?

— On en a déjà parlé.

Victor revient seul à la table, une énorme coupelle pleine de crème glacée recouverte de chantilly et de minuscules bonbons multicolores. Lorsqu'il s'assoit, Fanny remarque ses avant-bras rouges. Comme d'habitude, il a refusé de mettre de la crème solaire. Elle se garde bien de lui faire la remarque. Voilà un bon moment que ses tentatives pour prendre soin de lui sont accueillies au mieux avec froideur, au pire avec humeur.

— Jérémy n'est pas avec toi ?

— Non, il est parti avec des copains, répond Victor en la fixant droit dans les yeux.

Il lui signifie ainsi qu'elle n'a pas à s'interposer. Et elle le comprend aussitôt. Parce qu'ils ont beau ne plus réussir à communiquer, ils se connaissent néanmoins par cœur.

— Maman ! gémit Margaux, prisonnière de ces deux adultes qui la retiennent parce qu'ils redoutent de rester seuls.

— D'accord, tu peux y aller, toi aussi ! capitule Fanny.

Un instant, elle espère que Margaux va comprendre. Qu'elle aimerait qu'ils aillent prendre un café tous les trois après le déjeuner – Victor est toujours moins irascible lorsqu'un des enfants est là. Hélas, la jeune fille leur colle à chacun une bise et s'éloigne en sautillant, dans son short en jean que Fanny juge bien trop court. Désormais, ils sont seuls à table et cette perspective la met très mal à l'aise. Victor a chaussé ses lunettes de soleil et regarde au loin sans rien dire.

— Tu as fini ? demande-t-elle pour rompre le silence qui les enveloppe.

— Oui. Et toi ?

— Je crois. Les gâteaux avaient l'air bons ?

— Je n'ai pas bien regardé. Peut-être. Il y avait un gâteau basque, je crois.

— Je n'aime pas ça.

— Ah.

Et à nouveau ce silence. C'est d'une tristesse. Pour un peu, Fanny en pleurerait. Elle a toujours détesté le gâteau basque. Victor a donc tout oublié ? Parfois, elle a l'impression qu'il y a un autre homme à sa place. Son indifférence et son mutisme sont encore plus douloureux que s'il lui jetait à la figure sa colère, son ennui, son ras-le-bol. Parce que c'est forcément le cas. Elle ne peut pas être la seule à éprouver la vacuité de leur vie de couple et à envisager une décision qu'il faudra prendre tôt ou tard.

Et s'il restait avec elle parce qu'elle est en fauteuil ? S'il s'interdisait de la quitter par crainte du jugement des autres ? À l'hôpital, il a bien des collègues. Des médecins, des infirmières avec lesquels il a dû sympathiser, raconter sa vie… Les corps froids et les humeurs sombres. Mais faut-il forcément rencontrer quelqu'un d'autre pour avoir envie de partir ? Ce n'est pas son cas à elle, mais elle souhaite désespérément que leur histoire évolue. Qu'ils se quittent, ou qu'ils s'aiment à nouveau.

— Tu veux qu'on fasse quelque chose tous les deux ? propose-t-elle.

— C'est gentil, mais je vais aller nager un peu dans la mer. Tu veux que je t'aide pour quelque chose ?

— Non, ça n'est pas « gentil », murmure-t-elle.

Puis elle se reprend, lui adresse un grand sourire parce que, comme toujours, elle considère qu'il vaut mieux faire envie que pitié. Puis elle défait le frein de son fauteuil et lui lance :

— Bon, eh bien, moi, je vais essayer de m'intégrer. Je vais m'inscrire au tournoi de tir à l'arc. On se retrouve à la chambre en fin de journée ?

— OK.

Et, avant que Victor n'ait le temps de saisir les poignées de son fauteuil, Fanny donne un grand coup de poignet et file vers le bar, d'où jaillissent des éclats de rire. Une boule de tristesse gonfle dans sa gorge, qu'elle ravale rapidement parce qu'il est hors de question que Victor la voie pleurer, et moins encore que des inconnus pensent qu'elle est en détresse.

Pelouse des champions

— Bon, les jeunes, on a bien déjeuné ? Tout le monde est en forme ? Hé, vous les lâchez, ces portables ?

Margaux lève les yeux au ciel. Elle aussi trouve ça complètement idiot, de sortir à tout bout de champ son téléphone. Comme le font les « enfants de son âge », dirait sa mère – ce qui l'exaspère au plus haut point. Il faudra bien qu'elle se rende compte qu'elle n'est plus vraiment une enfant. Pas encore une femme, d'accord – quoiqu'elle ait ses règles depuis un an –, mais en tout cas plus en âge de passer tout son temps avec ses parents et son petit frère.

Heureusement, ils sont très nombreux au club cette semaine. Du coup, il a fallu séparer le club ados en deux groupes. Les 11-13 ans et les 14-16. Et c'est carrément génial, parce que ça permet à Margaux d'éviter de se coltiner Jérémy, qui, même si elle l'adore, commence sérieusement à l'énerver. Déjà qu'elle doit partager sa chambre avec lui... Hier soir, ils se sont étripés pour se répartir les trois tiroirs de l'unique commode. Margaux en voulait deux.

Mais lui, évidemment, a exigé de diviser équitablement celui du milieu. Et comme Margaux n'a pas pu s'empêcher d'emporter plus que nécessaire… On ne sait jamais. L'année dernière, Marie est allée dans un établissement de ce style avec ses parents et elle est sortie avec deux garçons différents. Un pendant le séjour et un autre le dernier soir. « Dernier soir, dernière chance, n'oublie pas ! » lui a-t-elle envoyé sur WhatsApp après que Margaux lui a décrit les lieux, déçue par les garçons qu'elle avait déjà pu croiser au restaurant – « des monstres ».

La soirée d'hier a été pénible. Ils sont arrivés tard, après des heures de trajet. Voyager avec sa mère n'est jamais simple, même si elle se débrouille très bien toute seule. Mais ils ont eu beau opter pour la voiture plutôt que le train – trop de monde, le fauteuil à hisser dans le wagon, l'assistance à prévenir… –, ils ont subi comme d'habitude l'indifférence générale envers les handicapés. À la station-service, les toilettes adaptées étaient hors-service. Ils ont dû en chercher une autre. Le ton est monté entre ses parents, comme de plus en plus souvent. Est-ce que c'est la faute de sa mère, tout ça ? D'autant qu'elle s'est occupée de tout : l'hôtel, la location de voiture, les travaux qui ont commencé à la maison. Bref, tout est remonté, même si tous les deux étaient en tort. C'est ce que Margaux avait envie de leur balancer. Alors elle a mis ses AirPods et regardé en boucle des vidéos sur YouTube parce que lire en voiture, ça lui donne envie de vomir. Lorsqu'ils ont fini par sortir de l'autoroute, pour longer la côte tandis que le soleil était moins brûlant contre le pare-brise, Margaux a enfin eu la sensation d'être en vacances. Elle a baissé la vitre pour sentir l'odeur de la mer et du vent qui s'est engouffrée dans l'habitacle. Fascinée, elle a contemplé longuement les énormes vagues au loin, les surfeurs glissant sur l'eau telles de minuscules marionnettes manipulées par une main invisible. « Vous avez vu, comme c'est beau ? » s'est-elle exclamée, rompant un long silence de plusieurs heures, seulement interrompu par la voix horripilante du GPS. « Au prochain rond-point, tournez à gauche… Tournez à gauche. Vous êtes arrivé à destination. »

Ils se sont garés sur le parking du club. Margaux et Jérémy ont aidé leur mère à descendre pendant que Victor sortait les bagages. Puis ils se sont approchés de ce long chemin en lattes de bois sur lequel déambulaient des dizaines de vacanciers. Certains étaient encore en maillot, les cheveux pleins de sel, ou emmitouflés dans des sweats à capuche épais qui leur donnaient un air détendu et cool – Margaux s'est dit qu'elle devait absolument trouver elle aussi un sweat comme ça pour ressembler à ces bandes de jeunes bronzés. D'autres, en pantalons clairs et chemises pastel, se promenaient le long des bars et des restaurants, désireux de prendre l'apéritif face à la mer ou de s'attabler pour le premier service avant que les petits ne s'endorment. Margaux a un instant espéré que les longues heures de route allaient disparaître au profit de cette atmosphère estivale. Pourtant, Victor, qui avait absolument voulu conduire une bonne partie du trajet, ne desserrait pas les dents. Et puis, ils ont eu du mal à trouver l'entrée de l'hôtel jusqu'à ce qu'un couple bienveillant compose pour eux le code du portail. « Nous aussi ça nous est arrivé, le premier jour », ont-ils expliqué en souriant, visiblement pas rancuniers. Margaux a tout de suite trouvé les lieux sinistres. Dans l'allée qui les menait à la réception, ils ont croisé une ribambelle d'enfants minuscules qui lui ont fait craindre le pire quant à l'âge moyen de ceux dont elle allait partager les activités pendant une semaine. Où étaient donc les garçons promis par Marie ? Et les sublimes profs de sport et les animateurs sexy qui faisaient fantasmer ? Comme cet acteur de *Dirty Dancing*, qu'elle avait regardé avec sa mère avant de partir au club, et qui lui avait fait croire que cette semaine pourrait bien bouleverser sa vie amoureuse. Puis Victor a fait la queue à la réception pour récupérer la clé de leur chambre, et ils ont foncé au restaurant avant qu'il ne ferme. Ils sont en pension complète, mais Margaux aurait préféré qu'ils rejoignent les jeunes heureux et hâlés aperçus le long de l'océan. Quoique… Elle n'aurait pas forcément apprécié d'être vue en compagnie de toute sa famille. C'est trop la honte. Ça, il faut que sa mère le comprenne. Et ça n'a rien à voir avec son fauteuil. Elle a toujours été la première à parler du handicap de Fanny. À l'école, à ses copines qui étaient souvent gênées la première fois qu'elles venaient à la maison. Non, vraiment, ça n'a jamais été un problème. Mais, à quatorze ans, même si on a une jolie maman sympa, on n'a pas envie de se promener en famille le samedi soir. C'est comme ça.

— Tu viens d'arriver ?

Perdue dans ses pensées, Margaux sursaute.

— Oui, hier soir. Et toi ?

— Moi aussi. C'est ta première fois au club ?

— Oui, et toi ?

— Ici, oui. Mais j'en ai fait d'autres.

— Et alors, ça te plaît ? Moi, pour l'instant, je trouve que c'est la loose.

— Ah oui ? Tu aurais envie de quoi ?

— Je ne sais pas... De mecs mignons.

— Ça... On n'est pas servies, glousse la fille en désignant du menton un groupe de trois ados mal dégrossis – shorts trop longs, moustaches naissantes et grandes lunettes de soleil pour se donner un style, probablement.

Puis elle reprend :

— Je m'appelle Lena.

— Moi, Margaux.

C'est vraiment une grande avancée que d'avoir fait si vite la connaissance de cette fille. Pour s'intégrer dans un groupe, Margaux le sait, il faut d'abord être deux. Si on reste seul trop longtemps, ça peut tourner mal. Comme pour Jérémy, qui en a tellement souffert cette année. Et la précédente. Jérémy est un « handicapé social », selon sa mère – elle l'a entendue utiliser cette expression un soir où elle s'interrogeait sur les difficultés de son fils. Fanny se demandait s'il était gêné par elle, parce qu'il ne ramenait jamais personne à la maison. Et puis, il y avait eu cette histoire de blouson, que des grands lui avaient volé. Peut-être qu'il n'avait pas envie de montrer à ses amis que sa mère n'était pas comme les autres parents. Son père est devenu fou quand elle a employé le terme de « handicapé ». Il lui a reproché de vouloir tout ramener à ça, au handicap, de dramatiser les choses. Il a répliqué que son fils était normal, merde, et qu'ils n'allaient pas se créer de faux problèmes en plus de ceux qu'ils avaient déjà. Encore une fois, ça a mal tourné. Évidemment, Margaux s'en est voulu de n'avoir rien vu, ou pas voulu voir que quelque chose clochait. Mais Jérémy a quatre ans de moins qu'elle. À leur âge, c'est énorme. Quant à Jérémy, il a prétendu que tout allait bien. Alors ils ont décidé de le croire.

— Tu restes tout l'après-midi ? demande Margaux à Lena.

— Oui, pourquoi ? C'est un peu obligé, je crois.

— Mes parents ont signé l'autorisation de sortie. Pas les tiens ?

— Si. Du coup, on pourrait aller se promener.

— Bonne idée, répond Margaux en faisant ostensiblement tourner sur son poignet le bracelet « all inclusive ».

— OK, répond Lena, avant d'ajouter : mais on prévient le mono.

— Comme tu voudras.

Alors, Lena fend le groupe d'ados ramollis par la chaleur et la digestion, balançant ses jolies jambes ultra-bronzées tandis qu'elle chuchote à l'oreille de l'animateur, décidément très beau – quoique trop âgé, selon Margaux. Vivement que le temps passe, pense-t-elle en jetant un coup d'œil circonspect sur les 14-16 ans qui, eux, ne se gênent pas pour la détailler en ricanant bêtement.

— C'est bon, on peut y aller ! lance Lena en lui prenant la main.

— Tu lui as dit quoi ?

— Rien, qu'on allait prendre l'air. Qu'on serait là pour la répétition du spectacle dans une heure.

— Un spectacle ? Mais j'ai aucune envie de faire ça.

— Tu rigoles ? C'est génial. Je les fais à chaque séjour. En février, j'ai joué Dalida à Serre-Chevalier. Tu aurais vu mon costume. Une robe moulante tout en paillettes et une perruque avec des cheveux blonds longs et très épais. La fille qui faisait le maquillage m'avait dessiné des traits d'eye-liner incroyables. Autant te dire que tous les mecs du club sont tombés fous amoureux de moi. Non et puis l'ambiance de la scène, j'aime vraiment trop ça.

— Tu veux être animatrice de club de vacances ?

— Pourquoi pas ? Enfin, je veux surtout devenir artiste ! Chanteuse, comédienne, peu importe du moment que je suis sur scène, que je fais partie d'une troupe, et que je me couche avec les applaudissements du public dans les oreilles…

— T'es marrante, toi.

— Pourquoi ?

— Je ne sais pas. Toutes mes copines rêvent d'être youtubeuses ou influenceuses. Pas actrices ou saltimbanques devant un miroir à ampoules tout autour. Ça demande beaucoup de travail, non ?

— Plus que de se mettre du fond de teint devant un smartphone, ça c'est sûr, raille Lena en sautillant sur l'herbe avant d'exécuter un saut périlleux parfait.

— Où est-ce que tu as appris à faire ça ?

— Oh, partout. Je travaille tout le temps. Sur mon corps, d'abord, parce que c'est mon outil. Je travaille aussi ma voix, et je garde une bonne hygiène de vie. C'est comme ça qu'on atteint son but. Tiens, je te montrerai mon carnet de mantras. J'en ai plein. Je l'utilise tous les jours.

— Ça te fait un point commun avec les influenceuses, plaisante Margaux.

Tandis qu'elles quittent l'enceinte du club, elle pense à Fanny, qui a tellement confiance en elle, en sa grande fille raisonnable qui ne pose jamais de problème. Lena doit le sentir, puisqu'elle essaye de la rassurer :

— T'inquiète pas. On ne va pas s'éloigner. Et puis regarde, le premier bar, il fait partie de l'hôtel. Tu peux même m'offrir un granité avec ton bracelet !

Au tennis-club

— Alors, jeune fille, on est venue s'inscrire au cours confirmés ?

— Oui… j'ai raté celui de ce matin. Est-ce qu'il y a encore des places pour le reste de la semaine ?

— Mais bien sûr ! On n'est pas à la mairie, ici. On vient quand on veut. Lorsqu'on a la pêche, et qu'on a envie, ou alors on sèche si on a passé la soirée au night. Je t'ai vue au réveil musculaire tout à l'heure, non ?

— Oui, Chantal…

— Eh bien, tu n'arrêtes pas, Chantal ! Il faut aussi te détendre un peu. Enfin, je te dis ça, mais moi aussi, c'est le sport qui me relaxe, finalement. J'aime bien ton côté grand-mère dynamique.

— C'est vous qui faites le cours ?

— Ah, non ! Je suis seulement là pour la gym. Le footing du matin. Et le stretching le soir, en alternance avec la marche nordique. Au coucher du soleil. Tu devrais venir. C'est mon premier, tout à l'heure. On n'y verra pas le rayon vert parce que c'est un peu tôt, mais il paraît que, vers 21 heures, on est idéalement placé du restau pour l'apercevoir. Tu l'as chopé, hier ?

— Quoi donc ?

— Le rayon vert ! Tu es bien arrivée hier, non ? Ou peut-être que tu étais là la semaine dernière ?

— Non, c'est mon premier jour. C'est quoi, le rayon vert ? demande poliment Chantal tout en cherchant des yeux quelqu'un qui pourrait la tirer de ce mauvais pas.

— T'inquiète, moi non plus je ne connaissais pas. C'est Jean-Michel, le directeur de l'hôtel, qui m'en a parlé. Tu connais Jean-Michel ? Bref, ce rayon, c'est un truc dingue qu'on distingue quand le soleil se couche dans la mer. Le dernier rayon, quand il touche l'eau, bam ! Il devient vert. Avant que le globe disparaisse dans l'océan. Comme ça, en une seconde. Un truc à voir au moins une fois dans sa vie, paraît-il. Le club est connu pour ça. Parce qu'il est idéalement situé. Ce n'est pas facile, tu sais. Certains habitants de la région ne l'ont jamais vu. De ce que j'ai compris, même ici, il y a ceux qui y croient, et ceux qui n'y croient pas. Mais je peux t'assurer que je ne partirai pas d'Anglet sans l'avoir photographié. Tu m'écoutes ?

— Oui, oui. Savez-vous où est le prof de tennis ?

— Au club-house, j'imagine. Tu sais que ça n'est pas l'heure des cours collectifs ?

— Oui, seulement je ne suis pas libre pour les leçons en groupe, puisque je fais la gym avec vous.

— Toi.

— Quoi, moi ?

— Non, dis-moi « toi ». Tu sais, au club, il n'y a pas de vouvoiement. Pas d'âge, et pas de discussions de boulot.

— Tant mieux. Pour une fois qu'il y a quelque chose d'astucieux dans cette organisation.

— Tu n'es pas bien, ici ?

Alors que Chantal s'apprête à râler une nouvelle fois, quelque chose la retient. Ce professeur de sport n'a pas à subir ses remarques. Il n'y est pour rien, le pauvre. D'ailleurs, son cours était plutôt pas mal – et Chantal s'y connaît en la matière. Et puis, à y réfléchir, depuis qu'elle a laissé les enfants au père irascible, elle passe un bon moment. Elle a apprécié sa séance de yoga, donnée par une jeune femme très douce au bord de l'océan. Pas trop près, pour ne pas être embêtés par le sable. Ni trop loin, pour pouvoir entendre le ressac qui apaise. Oui, ç'avait été un moment très agréable. Ensuite, elle est sortie du club et s'est installée sur la plage, à l'écart, là où la baignade n'est pas surveillée, et donc la foule moins dense. Autour d'elle, il y avait seulement quelques amoureux qui faisaient la sieste, des solitaires comme elle qui bouquinaient, des jeunes filles qui discutaient. Elle aurait dû en profiter pour aller ranger un peu la chambre, passer un coup de balai. Ou bien aller prendre une douche. Téléphoner à sa fille, pour la rassurer. Ou se laver les cheveux – ils sèchent toujours mieux à l'air libre. Mais pour la première fois depuis longtemps, Chantal s'est laissée aller à ne rien faire. Elle a simplement scruté l'océan, comme s'il pouvait lui apporter des réponses aux questions qu'elle n'ose pas se poser. Depuis combien de temps n'a-t-elle pas été seule face à la perspective de n'avoir rien à accomplir d'important ?

Pendant des mois, des années, elle a pris soin de Suzanne. Quand Chantal s'est retrouvée à la retraite, elle n'a pas eu le temps de paniquer, de se demander ce qu'elle allait faire de tout ce temps qui s'offrait à elle, de ce sas vertigineux qu'il allait falloir investir. Parce que Suzanne est tout de suite tombée malade. Et que tout a été progressif, lent, mais inéluctable. Au diagnostic originel se sont ajoutés jour après jour d'autres maux qu'il a fallu gérer, endiguer, panser. Alors Chantal s'est oubliée dans ce nouveau sacerdoce. Elle y a mis un point d'honneur. Mais à quel prix.

— Si... Enfin, je n'ai pas vraiment de point de comparaison.

— Tu n'es jamais partie en vacances organisées ?

— Jamais en vacances tout court, surtout.

Stupéfait, le coach la dévisage comme si elle venait de lui avouer qu'elle n'avait jamais fait l'amour ni goûté le Coca-Cola.

— Qu'est-ce que tu me racontes ? C'est impossible, ça.

— Bien sûr, j'ai déjà pris des congés. D'autant que je travaillais dans l'Éducation nationale. Mais je n'ai jamais quitté ma région. Ni ma maison.

— Ça alors... Comment ça se fait ?

— Pas le temps. Pas l'argent. Pas l'occasion. C'est si surprenant que ça ?

— Ah oui ! Surtout aujourd'hui. Tout le monde peut se payer des vacances, non ? Ne me dis pas que tu vois la mer pour la première fois !

— Je l'ai vue avec mes parents quand j'étais petite fille. On allait parfois dans la maison d'une grand-tante en Normandie. Je me souviens du sel qui pique le nez et des petites épuisettes qu'elle me donnait pour m'occuper.

— Et, depuis toutes ces années, tu ne l'as jamais revue ? C'est dingue !

— Dites donc, ça ne fait pas si longtemps, plaisante Chantal, surprise de se laisser aller à rire avec cet inconnu.

— Pardon. C'est vrai, tu es encore très jeune. Et très en forme. Pour ton âge.

Chantal ne relève pas. D'habitude, les gens qui pensent lui faire un compliment en lui disant qu'elle est « bien conservée » ou, pire, qu'elle a dû « être une belle femme » l'exaspèrent. Comme si, à partir de la cinquantaine, on n'avait plus qu'à se contenter de sauver les meubles. D'écoper chaque jour un radeau qui prend l'eau. D'avoir la politesse de cacher les outrages du temps sur un visage, et la perspective d'une fin inéluctable qu'on n'aime finalement pas plus voir sur les traits d'autrui que sur les siens. Mais ce type a l'air gentil, plein de bonne volonté. Et Chantal n'a aucune envie de lui faire subir un de ses coups de sang. Quoi qu'il en soit, ils sont interrompus par l'arrivée bruyante du professeur de tennis, accompagné de trois jeunes femmes visiblement sous le charme de son agréable compagnie. En effet. Ce n'est pas parce qu'elle a « passé l'âge » que Chantal ne sait plus repérer un bel homme. Et celui-ci en fait indéniablement partie. Un peu intimidée, elle s'avance vers lui. Elle a eu raison, le professeur, très aimable, la renseigne sur les possibilités de trouver un ou une partenaire. Oui, bien sûr, il suffit de venir ici en matinée, il y a toujours des gens qui veulent jouer. Mais elle peut aussi laisser une petite annonce, qu'il accrochera au tableau de liège. Et est-ce qu'elle veut participer au grand tournoi ? Chantal refuse poliment, mais accepte de rédiger un petit mot indiquant qu'elle souhaite faire des échanges avec un joueur de son niveau, en toute détente, de préférence l'après-midi. Puis elle laisse son numéro de téléphone portable, parce que ce sera plus simple, lui explique l'apollon que ses fans attendent avec impatience. Jusqu'à ce que débarque une quinzaine d'adolescents escortés par deux animateurs braillards, interrompant du même coup tout espoir de rapprochement pour les trois jeunes femmes.

La langueur de l'après-midi se dissipe peu à peu, alors que les éclats de voix du groupe viennent emplir le local qui, s'il perd alors en quiétude, gagne incontestablement en gaieté. Le professeur de tennis, ou plutôt le « chef des sports », comme c'est indiqué sur son badge, allume même une enceinte d'où s'échappe un tube de l'été que Chantal pense reconnaître pour l'avoir déjà entendu au supermarché. À moins que ce ne soit hier, à leurs jeux apéro. Peu importe, c'est le propre des tubes de l'été que de passer partout. Et si elle était un peu honnête, Chantal admettrait qu'elle ne déteste pas ces notes joyeuses et légères qui échauffent la bonne humeur générale. Il est 16 heures, il lui reste un peu de temps avant d'aller chercher Pierre et Romy au mini-club – s'ils n'ont pas été enlevés par Matthias-le-père-psychopathe. Alors, sans savoir pourquoi, elle pose une fesse sur le tabouret de bar qui jouxte celui du coach et observe ces jeunes gens qui se découvrent, inaugurent des amitiés fulgurantes, se dévorent des yeux tout en testant leurs raquettes avec de larges mouvements dans le vide.

— Oh, les jeunes, faites attention, sinon on annule la disco de demain soir !

— Naaaaan ! répondent-ils, faussement effrayés, parce qu'ils ont bien conscience qu'ils sont là pour s'amuser.

— Vous enseignez ici depuis longtemps ? ose Chantal, parce que le fonctionnement de cette microsociété finit par l'intriguer.

Yannick vient tout juste d'arriver. Il est saisonnier et passe de club en club. Pas toujours pour le même groupe, d'ailleurs. Mais il aime bien cette chaîne-là. Pas des plus confortables, mais familiale et sans prise de tête, avec des clients simples. Pas des bourgeois habitués à se faire servir. Le reste de l'année, il est salarié dans une salle de sport, en Belgique. Il s'y sent bien. Il y travaille depuis des années, et certains de ses collègues sont devenus des amis. Depuis quelque temps, il développe aussi son activité personnelle sur son compte Instagram. Il y poste des *lives*.

— Tu connais les *lives* ? Tu devrais t'y mettre, toi qui adores le sport. C'est une bonne solution pour suivre sa « routine perso » sans avoir à subir les horaires d'une salle ou à faire des kilomètres pour la rejoindre.

Yannick lui montre son compte, et les vidéos qu'il a postées. Ce matin, il a pris quelques photos au lever du soleil avec son groupe de joggeurs. Sa communauté aime les photos de ciel bleu, d'océan, et les cours filmés dans de beaux endroits.

— Tu savais que les photos les plus « likées » sont à dominante de bleu ?

Il a de la chance, quand il voyage pour son travail, il a souvent à disposition de beaux décors. Cette année, c'est un peu particulier parce que, pour la première fois, il n'est pas venu seul mais avec Patricia, sa compagne. Il l'a rencontrée il y a trois mois seulement mais ça a été le coup de foudre. Elle est commerciale et a débarqué un beau jour à la salle pour vendre des boissons énergétiques qu'elle voulait placer dans les distributeurs. La jeune femme, plutôt gironde, lui a aussitôt tapé dans l'œil, et il s'est précipité dans la rue en short et maillot moulant pour la rattraper. Que pouvait-il faire d'autre ? Il n'a pas réfléchi, ça s'est fait comme ça. Il a pris son numéro et, le soir même, ils se sont échangé plein de messages. Le lendemain, ils se sont retrouvés dans un bar dont ils ont fait la fermeture sans même s'en apercevoir.

La semaine suivante, Yannick lui présentait Lena, sa fille de quatorze ans. Depuis, il se demande comment il a pu vivre sans Patricia aussi longtemps. Le club prévoyant des facilités pour les familles des employés, Yannick a obtenu une belle chambre tribu, donnant sur la mer, dans l'aile du personnel. La petite est enchantée, et Patricia aussi, car jusque-là elle n'avait jamais quitté Anvers. En revanche, elle déteste le sport. C'est fou, non ?

Chantal sourit. Elle aime les belles histoires, même si elle a toujours trouvé étrange cette propension qu'ont certains à se livrer de la sorte, à raconter leur vie comme si c'était la chose la plus naturelle du monde. Chantal ne s'est jamais ouverte à personne, elle a toujours tout gardé pour elle. Pour autant, elle ne juge pas cet homme qui parle trop fort et lui offre un peu de lui-même. Mais Chantal doit le quitter, parce qu'il se fait tard et qu'elle doit récupérer les enfants. Oui, oui, retrouvons-nous ce soir. De toute façon, où irait-elle ?

Soudain, elle regrette d'avoir lié connaissance avec lui. C'est bien sa veine. À présent, elle va être obligée de lui faire la conversation chaque fois qu'elle le croisera. Alors elle le salue froidement, et part en courant vers l'autre extrémité de l'hôtel.

Plage du rayon vert

— Héloïse, ne va pas trop loin dans les vagues !

Matthias imaginait pouvoir se détendre un peu, s'asseoir et regarder les filles jouer dans l'océan. Lorsqu'ils ont quitté tous les trois le mini-club tout à l'heure, il a dû continuer son call jusque dans le local où on récupère les enfants. Il murmurait des « oui, oui, bien sûr », fronçait les sourcils sous l'œil réprobateur des autres parents. Merde, était-il le seul à bosser même en vacances ? Les nouvelles technologies et les téléphones pros n'ont-ils pas forcé tout le monde à s'adapter à ce rythme de travail constant ? À moins que ce ne soit le Dubouche qui prenne ses aises. Ou lui, Matthias, qui ne sache pas « décrocher », ainsi qu'Annabelle le lui reprochait si souvent. Il aurait bien aimé les y voir, tous ces donneurs de bons conseils, s'ils recevaient comme lui des mails jusqu'à 2 heures du matin lui demandant des « retours » sur des notes de synthèse ou de « jeter un coup d'œil » sur un doc… Qu'est-ce qu'il est censé dire ? « Désolé, les gars, je suis en vacances » ?

Pourtant, lorsqu'il a accepté d'emmener Héloïse, Noémie et une de ses copines que lui a refourguée sans scrupule la mère, ravie parce qu'elle n'est « pas très plage », Matthias pensait consacrer un peu de temps à ses filles. Il a travaillé tout l'après-midi dans la touffeur de sa chambre.

Oui, il allait se détendre, prendre un magazine – il n'a pas ouvert un seul de ceux achetés à l'aéroport. C'est vrai que la situation est pas mal, songe-t-il. Sauf que, pour que les filles se baignent, ils ont dû se rabattre sur la zone surveillée, et donc bondée. Et puis, il s'est rapidement rendu compte qu'il ne pouvait pas laisser Héloïse toute seule. Les sauveteurs, vissés à leurs chaises hautes, ont beau siffler dès qu'ils sentent le danger, les vagues sont vraiment hautes. Et gobent en un instant les plus petits baigneurs qui sautillent au bord de l'océan, les faisant rouler comme dans une machine à laver avant de les rejeter, hagards, sur le sable trempé, sous l'œil terrifié de leurs parents. Ceux-ci sont tous là, debout, bras croisés, en rangs d'oignons devant la marée humaine, prêts à rattraper un pied, une jambe, ou à plonger dans les rouleaux lorsqu'ils sont trop menaçants.

Depuis une demi-heure, Matthias observe ce spectacle. Héloïse qui court en riant vers l'horizon. Son cœur s'emballe lorsqu'il la perd de vue un instant. Pour la première fois depuis leur arrivée, il a retiré ses chaussures et même ses chaussettes, qu'il a honteusement abandonnées sur sa serviette sous l'œil moqueur de ses voisins du moment. Il a remonté le bas de son pantalon et apprécie la sensation de l'eau entre ses orteils, de ses pieds qui s'enfoncent dans le sable, du soleil qui réchauffe sa peau, et la joie qu'il lit sur le visage de ses filles. Au loin, Noémie s'amuse avec une bande d'enfants de son âge. De temps à autre, elle agite la main dans sa direction pour lui indiquer qu'elles sont là, elle et sa copine un peu trop casse-cou, selon Matthias. Et puis comme si ça ne suffisait pas, il sent que la mère de la petite qui joue avec Héloïse cherche à engager la conversation. À plusieurs reprises lorsque les gamines se cognent, ou atterrissent contre leurs jambes à l'un ou à l'autre, elle tente des sourires de connivence. Matthias n'en est pas sûr, mais il lui semble qu'elle lui a même adressé la parole. Quoi qu'il en soit, il a fait mine de ne pas entendre. Depuis, il l'ignore avec application.

— Tu viens, ma chérie, on va se reposer un peu sur la serviette ? propose-t-il à Héloïse.

— Oh, non ! Je veux rester ici avec ma copine !

— Si vous voulez, je vous la garde, propose la mère, qui saute sur l'occasion.

— Non, non. Ça va aller, on va faire un château. Hein, Hélo ? On a assez joué, tu vas attraper froid.

— Mais il fait super chaud !

— Bon, tu viens, c'est tout, insiste Matthias en signifiant d'un sourire crispé à la maman serviable qu'il la remercie mais qu'il va s'en sortir.

De retour à leur place, Matthias époussette comme il peut la minuscule serviette blanche volée à l'hôtel, bientôt mouillée et à nouveau ensablée après qu'Héloïse s'est difficilement essuyée avec. Évidemment, il n'a pensé à rien, dirait Annabelle. À présent, la serviette est inutilisable pour Noémie.

Puis ils repartent vers le bord de l'eau pour rejoindre Noémie et sa copine, avec l'espoir, pour Matthias, d'éviter les heureux vacanciers trop envahissants. Comment allait-il faire pour les douches ? L'hôtel ne fournit qu'une serviette par personne, c'est indiqué partout. Mais il n'a pas fait attention, bien sûr. Quant à son pantalon beige, il est déjà trempé et plein de sable, et c'est le seul de ses vêtements qui fasse un peu estival. Matthias a mal à la tête. Décidément, cette organisation le fatigue. De toute façon, il fait tout de travers. Bizarrement, il se sent coupable d'avoir été odieux avec la mère de famille qu'il observe de loin, droite et vaillante, prête à bondir pour protéger sa gamine. Alors qu'il se perd dans ses pensées et la contemplation des fesses imparfaites et émouvantes de la mère éconduite, Héloïse entreprend la construction d'un château. Sans pelle ni seau, mais ça ne semble pas la gêner. Elle lui sourit gentiment. Matthias regrette d'avoir été si désagréable, pourtant il ne fait même pas l'effort de l'aider dans son entreprise. Il a beau être conscient de tous ces paradoxes, et de ce qu'il conviendrait de faire, il sort néanmoins son téléphone de sa poche. Aucun appel manqué. Il est presque déçu. Machinalement, tel un drogué, il clique sur l'icône enveloppe de sa boîte mail. Pas de message de Dubouche. Rien qui mérite de suspendre un joyeux moment en famille.

Matthias décide toutefois d'ouvrir deux messages tombés dans la demi-heure précédente. Histoire d'être débarrassé, pense-t-il. Ensuite, il sera tranquille. Il glissera son smartphone dans le sac d'Héloïse et ils iront tous les trois manger une glace. Ou une gaufre. Ou faire un peu de shopping dans les boutiques de la promenade pour faire plaisir à Noémie. Le premier mail est une énième présentation PowerPoint. Matthias la parcourt rapidement et clique sur l'autre mail, envoyé par le responsable des ressources humaines. Un CV pour un poste créé dans son service dans le but de le soulager. La personne sera directement sous ses ordres, mais la seule idée d'avoir à la former le soûle d'avance et le ferait presque hésiter quant au bien-fondé de cette embauche. Mais Dubouche a été catégorique. Matthias ouvre la pièce jointe, et essaye de déchiffrer comme il peut le parcours et les expériences du candidat. Bonne école, expérience dans une boîte concurrente, deux ans à l'étranger, domicilié dans un quartier chic de la capitale. Matthias est bien obligé de reconnaître qu'il est rassuré lorsque le candidat coche les mêmes cases que lui. L'inconnu lui fait peur. Il a suivi plusieurs formations sur l'inclusion et l'accueil d'employés différents. Car il sait bien que l'ouverture génère de la créativité, et qu'être remis en question par des regards nouveaux apporte beaucoup de richesse. Mais il ne s'y fait pas. C'est idiot, car lui-même ne vient pas vraiment du sérail. Il n'a jamais fréquenté les rallyes ni les écoles privées parisiennes. Oui, ce CV lui plaît bien. Pour un peu, il embaucherait ce type sans le rencontrer. Hélas, il n'y a pas de photo – une nouvelle lubie des anti-discriminations. Pourtant, il aurait bien aimé se faire une idée. Camille Levard…

— Papa ! Je retourne dans les vagues avec la petite fille, lui lance Héloïse.

— Non, attends. On avait dit qu'on séchait un peu ici. On va y aller, de toute façon. Manger une glace. Appelle ta sœur ! Héloïse !

Mais la fillette est déjà partie pour se jeter dans l'eau moussue. Matthias répond aux RH : « Pas mal… Mais rassure-moi, c'est un homme ? Parce que bosser avec une femme… » Et il envoie. Vite, parce qu'il ne voit plus Héloïse. Il glisse son portable dans sa poche et se précipite vers l'océan. Heureusement, il la repère rapidement, sous l'œil amusé de la mère aux fesses émouvantes, qui se garde de lui adresser à nouveau la parole. Noémie les rejoint au même moment, hilare, les cheveux sens dessus dessous.

— Où est ta copine ? demande Matthias. Je voulais qu'on aille se promener tous les trois.

— Oh, non, papa ! On s'amuse trop ! Il y a tous les gens du club qui sont là.

— Mais tu les verras plus tard. Demain ? Ça me ferait plaisir qu'on passe un moment ensemble. Ça y est, j'ai fini de travailler ! Et si je t'offrais un petit vêtement dans ces boutiques dont tu m'as tant parlé ?

Les yeux de Noémie s'écarquillent. Elle saute au cou de son père, qui ressent pour la première fois depuis longtemps une petite décharge de bonheur.

Et c'est tout collants de sel et de sable, lestés de la serviette-serpillière, qu'ils quittent la plage non sans avoir pris soin de reconduire la copine à l'hôtel. Tenant fermement la main de ses filles dans les siennes, Matthias se laisse aller à la douceur de cette balade qui vient clore une journée d'angoisse professionnelle en milieu hostile. Le vent chaud balaye son visage, il respire un grand coup, plein de l'énergie que lui procurent ces petites paumes blotties dans les siennes. Il n'avait pas prévu d'avoir des enfants. Il se disait bien qu'il en aurait un jour, comme tout le monde, mais il n'en avait jamais rêvé. Annabelle avait décidé de tout. Du bon moment, des prénoms, du nombre d'enfants. Lui s'était coulé dans cette organisation qui l'arrangeait bien. Il ployait sous le boulot, avait une carrière à mener et le Dubouche avait horreur des « papas modernes », comme il les appelait avec un mépris mêlé de pitié. Non mais où allons-nous, Matthias ?

Tandis qu'il regarde avec tendresse voltiger les longs cheveux noirs de ses deux filles si belles, si sages, auxquelles il a finalement si peu donné, il sent quelque chose comprimer sa poitrine. Alors il resserre son étreinte en leur adressant un sourire auquel elles répondent avec une moue étonnée. Depuis combien de temps n'a-t-il pas laissé son téléphone plus de cinq minutes dans sa poche ? Ils font la queue devant le camion du marchand de glace et, malgré la chaleur et ses vêtements qui le gênent, Matthias se sent bien. Presque léger. Héloïse babille des paroles incompréhensibles que seule sa sœur paraît comprendre, puisqu'elle lui répond. Noémie jette des coups d'œil vers les bandes d'adolescents qui se réunissent sur les bancs face à la mer. Les filles portent des hauts exagérément courts et des maillots de bain trop échancrés. Les garçons ont les cheveux longs et se donnent des airs de caïds malgré leurs visages encore juvéniles. Matthias se surprend à trembler à l'idée que le désir qu'il lit dans leurs yeux puisse se porter sur Noémie. C'est encore un bébé. Elle choisit une glace au citron, comme lorsqu'elle était petite, et cette constance le rassure un peu. Héloïse, qui a voulu imiter sa sœur, plisse le nez et finit par lui piquer son cornet chocolat. Tous trois continuent de cheminer tandis que les terrasses se remplissent peu à peu de mangeurs de gaufres et de fêtards déjà à l'apéro. Ils s'arrêtent dans une des boutiques qui bordent la plage, où Noémie passe un temps infini à examiner de longues tuniques vaporeuses de toutes les couleurs que Matthias aurait adoré lui offrir. En vain. Plus loin, elle jette son dévolu sur des modèles de maillots de bain bariolés aux culottes aussi minuscules que celles que Matthias a vues tout à l'heure sur les gamines qui déambulaient le long de l'océan. Si Annabelle voyait ça !

— N'y pense même pas, parvient-il à murmurer quand il voit sa fille hésiter entre plusieurs articles.

Il sent bien sa déception, aussi lui suggère-t-il de choisir plutôt une robe. Héloïse et lui se calent dans un fauteuil et attendent sagement que Noémie ait fini ses essayages. Parfois, la fillette passe une tête dans la cabine et revient en levant les yeux au ciel.

— Et toi, tu ne veux rien, ma chérie ? s'enquiert Matthias.

Héloïse semble surprise, sans doute parce qu'on demande rarement aux petits s'ils désirent quelque chose. Ils récupèrent les affaires des aînés.

— Choisis quelque chose ! Une casquette ? Une robe ?

Les yeux d'Héloïse ont beau pétiller, elle ne sait pas où donner de la tête tant elle est décontenancée. Puis, très rapidement, comme si elle craignait que son père ne change d'avis, elle se décide pour un tee-shirt atroce, très rose avec de gros dessins multicolores. Le genre de vêtements qu'Annabelle abhorre. De ceux que les parents de Matthias leur envoient par dizaines, pour rattraper leur absence. Matthias sourit. Bien sûr, elle peut le prendre. Héloïse explose de joie. Lorsqu'ils sortent enfin de la boutique, Noémie a opté pour une robe sweat-shirt à capuche dont Matthias ne comprend pas bien le fonctionnement. Dehors, le soleil entame doucement son déclin. Ils se dirigent sans se presser vers l'hôtel. Et s'ils retournaient se baigner ? Les allées se sont vidées, les transats également, les terrains de volley sont abandonnés. Aux fenêtres de l'immense bâtiment si laid pendent quelques serviettes multicolores. Des vertes, des tropicales, des petites, des grandes, qui ornent ici et là la façade ocre striée de longues rangées de fenêtres.

C'est décidé, ce soir, Matthias mettra son téléphone en mode avion. Il le doit bien à ses enfants. Il vérifie toutefois si le DRH ne lui a pas répondu. Il faut aller vite sur cette embauche, il le sait. Non, le monde semble lui avoir donné un répit. C'est certainement un signe.

Oui, si difficile que cela puisse paraître, il a décidé de passer une bonne soirée.

Bar du rayon vert

J'aime bien cette heure de calme relatif. Celle des douches. Lorsque la plupart des clients se rendent enfin dans leurs chambres et nous laissent l'hôtel. Pour eux, c'est parfois l'unique moment de la journée pendant lequel ils se retrouvent. Les gosses foncent parce qu'ils ont vite envie de se réunir et ne voient pas grand intérêt à s'entasser des heures avec leurs parents dans ces habitacles exigus et sans télé. Mais il y a ce petit espace-temps pendant lequel on peut ranger, organiser les lieux pour que, lorsqu'ils reviennent coiffés et parfumés, ils aient la surprise d'un décor toujours renouvelé. « Chaque moment de leur séjour doit avoir quelque chose d'exceptionnel », répète souvent Jean-Michel. Et il a raison. Nos coups de mou, nos engueulades ne doivent pas les atteindre. Ils ont payé pour oublier leurs soucis.

Ce soir, c'est la grande animation karaoké. Une soirée culte du club, que les habitués attendent avec tant d'impatience qu'on la programme désormais en début de séjour. Greg, le chef des activités, installe enceintes, micros, et quelques décorations de fortune qui donnent un air joyeux à la salle quelque peu défraîchie. La tête de Lilo repose sur un tabouret de bar. Je la mettrai à la dernière minute, on étouffe, là-dedans. Alex me sert un verre d'eau. Lui aussi se prépare aux heures à venir. Tous ceux qui possèdent un bracelet « all inclusive » vont bientôt s'agglutiner devant son comptoir pour commander des mojitos, des cocktails du jour, des sodas, des grenadines avec du sucre autour du verre, et surtout des chips. Il y a les petits malins qui arriveront les premiers, quitte à venir séparément, envoyant le grand en éclaireur ou le papa pressé de se réserver la meilleure table, celle du bout de la terrasse qui surplombe les bassins éclairés avec vue sur l'océan. Ce sont souvent les mêmes que ceux qui balancent leurs serviettes sur les chaises longues à l'aube avant d'aller se recoucher. On a bien essayé d'imposer des règles de vivre-ensemble, mais c'est peine perdue.

Alex lance une musique jazzy, parfaite pour cette heure magique de début de soirée, et je savoure ce doux moment avant la joyeuse cacophonie à venir, que j'entendrai même depuis la réception. Cette nuit, c'est moi qui m'y colle. D'habitude, j'adore cet observatoire nocturne qui me permet de surprendre les secrets de certains, les intrigues les plus clandestines du club. Mais on est trop tôt dans le séjour. Les couples ne sont pas encore formés. Les amitiés tâtonnent encore, et les vacanciers continuent de se coucher tôt. À partir de demain, ça basculera enfin. Ce soir, j'aurais aimé profiter de ma soirée pour répéter avec Carole. J'ai beau me passer *Thriller* en boucle depuis la calamiteuse répétition d'hier et visualiser la chorégraphie, je redoute la catastrophe. Si le spectacle était un fiasco à cause de moi ? Le groupe bosse dur, et si je rate, tout rate, et les autres m'en voudront à mort. D'autant que Maryline ne risque pas de venir à mon secours.

J'aperçois Jean-Michel au loin. Il porte sa chemisette bleue, celle du mardi. Je me suis toujours demandé si j'étais le seul à remarquer sa rigidité vestimentaire. Il me reste cinq minutes avant l'arrivée des douchés. Et si je lui faisais part de mes doutes ? Si je lui demandais simplement de me faire remplacer pour le final ? Hélas, il reste accroché à son idée fixe. Je pourrais peut-être prétendre que je me suis foulé la cheville ce matin en faisant mon footing dans les hauteurs ? Le chemin qui monte à Biarritz met les articulations à rude épreuve. C'est crédible. Sauf qu'il me faudrait traîner la patte pendant des jours pour faire vivre mon mensonge, et je suis un piètre bonimenteur. Jean-Michel fait tinter son verre d'eau sur le bar, colle son poing contre celui d'Alex, puis de Greg, passe derrière moi et me donne une petite tape dans le dos.

— Mets ta tête, la soirée commence, me souffle-t-il avant de se diriger vers le restaurant.

J'obéis et j'enfile la tête de Lilo, ajuste mes yeux face aux petits trous percés à cet effet et tâche d'oublier l'odeur épouvantable qui se dégage de cet habitacle de mousse dans lequel l'intégralité de mes collègues a déjà frotté son cuir chevelu.

— Bonsoir, les enfants !

— Oh, Lilo, il boit un verre, s'esclaffe le gamin rouge de soleil qui tire sur mon bras.

Vaillamment, je serre l'enfant dans mes bras, agite ma grande main gantée et lance une blague à un père, qui veut prendre une photo avec les petits. C'est tout l'intérêt de cet accoutrement : sous le masque, je peux sourire bêtement. Un réflexe dont je n'arrive pas à me défaire. Au loin, j'aperçois la jolie Fanny qui pousse difficilement son fauteuil sur la moquette jusqu'à ce que son fils prenne le relais. Ils sont en famille. Pour une fois, le père fait bonne figure. On dirait que l'air marin lui a fait du bien. Je sais que je suis partial, mais je ne peux m'empêcher de prendre fait et cause pour elle. Je fais tout le temps ça, j'analyse les familles, les gens et, d'après les maigres renseignements qu'ils me laissent sur leur fiche d'entrée, et quelques échanges, j'imagine leur vie, leur caractère. Tandis que le mari se dirige vers le bar et que les enfants bavardent avec un groupe de jeunes, Fanny roule vers la fameuse table « vue imprenable ». À peine ai-je le temps de me réjouir pour elle que le père qui vient de me photographier se précipite pour lui griller discrètement la politesse. Je dis « discrètement » pour rester poli. D'où je suis, je l'ai vu sursauter d'effroi, accélérer, contourner le fauteuil et jeter ses larges fesses sur une chaise en osier, sommant sa femme d'en faire autant.

— Non mais, quel abruti ! ne puis-je m'empêcher de fulminer sous mon masque.

— Lilo, il dit des gros mots, s'exclame l'un des gamins qui m'entourent.

J'hésite. J'ai très envie d'aller dire deux mots à cet homme grossier. Mais j'ai peur que Fanny pense que je le fais à cause de son handicap. D'ailleurs, est-ce que je me poserais la question si elle était debout avec son verre et ses jolies sandales dorées ? Et puis, son mari la rejoint. Elle a pris place, sans rien dire, un peu plus loin dans le fond. Une table lui gâche la vue, mais elle ne paraît pas s'en soucier. Elle ferme les yeux et je vois le vent qui fait frémir son corsage léger. Je ne sais pas pourquoi ça m'émeut aux larmes. Ou plutôt, si. Mais je chasse ces souvenirs.

Le bar d'Alex est pris d'assaut. Ils sont maintenant trois à s'affairer. Ils remplissent des verres de grenadine sur laquelle ils versent un sucre pétillant qui fait glousser de bonheur les gamins. Ils en parlent toute la journée, ne cesse de rouspéter Maryline, qui reproche à Alex de détourner l'attention des enfants. Jean-Michel, en revanche, est ravi de la trouvaille de son chef des boissons. Certaines familles reviennent au club quasiment pour cette raison. « Séduire les plus jeunes, c'est s'assurer la fidélité de leurs parents », répète-t-il toujours.

Greg, qui a lancé les festivités, s'époumone, alpague les vacanciers, trouve toujours un bon mot pour les faire rire. Il connaît leurs prénoms à tous – c'est un vrai don que je continue de lui envier, moi qui en retiens difficilement quatre ou cinq par semaine. Mais, attention, il ne faut pas croire, je sais exactement qui est qui. « La mamie dynamique », « le père tout rouge », « le gamin au nez jamais mouché que sa grand-mère passe ses journées à chercher partout », « la préado narcissique qui ne peut pas s'empêcher de toucher ses cheveux », « la fille timide qui s'inscrit à toutes les activités mais n'adresse jamais la parole à personne », « le papa veuf et mignon qui lit des journées entières dans le patio », « le gamin maladroit qui trottine derrière le groupe pour s'intégrer sans jamais y parvenir », « la célibataire déprimée qui s'est trompée de club et cherche à se rabattre sur le personnel devant la pauvreté de l'offre bien trop familiale », « la famille toujours de bonne humeur mais qui parle si fort que plus personne ne les supporte »… Je les connais tous, et je les range mentalement dans de petites cases de mon esprit. Greg me fait un signe discret pour que je le rejoigne dans le patio. La musique y est forte et les tables sont déjà bien remplies. Les gamins courent dans tous les sens entre les adultes qui participent à un jeu de culture générale pour gagner une bouteille de patxaran. Tout le monde est aussi excité que s'il s'agissait de repartir avec une voiture de sport ou une villa à Bidart. Ici, on ne dépense rien. La plupart des activités sont en accès libre et les quelques boissons hors forfait sont mises sur une note que les clients règlent en fin de semaine.

— Li-lo ! Li-lo ! Li-lo !

Tous tapent dans leurs mains, encouragés par Greg visiblement épuisé par sa soirée d'hier. Je l'ai vu partir rejoindre la bande de surfeurs sur la plage vers 2 heures cette nuit. Il n'a pas dû beaucoup dormir parce que, ce matin, il avait une de ces têtes. Ce soir, il paye cher ses excès. La musique, l'entrain permanent, les gamins qui viennent lui crier les réponses de leur famille dans les oreilles, les blagues qu'il faut puiser dans un répertoire qui peine à se renouveler, c'est un exercice dans lequel il excelle habituellement. Heureusement, chacun n'y voit que du feu, mais je sens bien qu'il est proche de l'évanouissement. Alors je l'aide et j'improvise un petit pas de danse. Greg me lance un regard plein de gratitude et invite les plus jeunes à me rejoindre sur la petite scène extérieure.

— Prêts pour la choré, les jeunes ? C'est partiiiii ! gueule-t-il dans son micro avant de lancer, très fort, la musique emblématique du club.

Je lève le bras droit, puis le gauche, devant un public en délire. Au premier rang, quelques petites filles s'appliquent, mine sérieuse, mâchoire serrée, calant chacun de leurs mouvements sur les miens. D'autres s'en fichent totalement et balancent bras et jambes dans tous les sens, pris d'une transe estivale. Quelques mamans délurées intègrent ce cortège joyeux, posant en rythme leurs mains sur leurs fesses, faisant tourner en cadence leurs bras et leurs têtes devant les mines ébahies de leurs enfants. « C'est ça, le club, dit Jean-Michel. Des familles qui se retrouvent, des familles qui se découvrent. » Dans les yeux des enfants brille un éclat de fierté. Pour une fois, tout le monde goûte aux mêmes plaisirs. Tout se mélange harmonieusement.

Je remarque la grand-mère sportive qui patiente à l'écart, seule, pendant que ses petits-enfants se dandinent gaiement devant moi. Elle ne boit rien, ne pianote même pas sur un téléphone. Elle paraît s'ennuyer ferme. J'aimerais la prendre par la main. Lui montrer les mouvements. Mais on ne force pas les clients. Chacun fait à son rythme et selon ses goûts. Le premier soir, j'ai entendu Greg qui la haranguait devant tout le monde. Je n'aime pas ces méthodes, et force est de constater que ça l'a braquée. Elle se tient droite, les bras croisés, très mal à l'aise. Pourquoi est-elle si pressée d'en finir avec ses vacances ?

— Vous en voulez une autre ? clame à nouveau Greg.

J'essaye de lui faire comprendre que je crève de chaud. Qu'il arrête la musique, le restaurant va bientôt être plein et les clients vont se plaindre de faire la queue. Mais non, il lance à nouveau le morceau sous les cris hystériques de mon assistance de petite taille. Et me voilà reparti pour un tour de bras levés, hanches qui tournent, tapes sur les fesses et mains qui font « coucou » sous le regard moqueur de mon collègue qui semble avoir retrouvé quelques forces devant ma prestation.

Lorsque les plus motivés ont finalement quitté les lieux, et que le patio a retrouvé son calme, je peux enfin souffler. Je meurs d'envie de me débarrasser de cette armure de malheur, que, fort heureusement, je ne reporterai pas avant la fin de la semaine, mais je dois d'abord ranger les accessoires qui ont été installés sur la pelouse en fin d'après-midi pour les Olympiades des juniors. Ça fait partie de mon pack « soirée douloureuse ». Sans compter la nuit que je vais passer à mon poste.

Encombré de ma tête énorme et de mon ventre factice, je me penche avec peine sur les cerceaux, que j'empile sur mes épaules, et les ballons que je jette un par un dans un filet fluo que je devrai ensuite rapporter au local du club enfants. Des familles me saluent en pressant le pas vers le restaurant. À quelques mètres, j'aperçois la fille du nouveau coach et celle de Fanny qui discutent, assises sur le banc planqué devant le terrain de volley. Tout à ma tâche, j'entends malgré moi des bribes de leur conversation.

Au terrain de volley-ball

— Et donc, ton père est coach dans le club ?

— Oui, tu as dû le voir. Cheveux blonds très courts, gros biceps, toujours en cycliste noir.

— Et vous êtes avec ta mère ?

— Non, mes parents sont séparés. Mon père vient de rencontrer Patricia. Elle est chouette. Mais moins que ma mère, qui est choriste en Belgique. On la voit rarement. Normal, elle est très occupée avec ses tournées. Et puis, elle compose, aussi. Tu sais ce que c'est, la vie d'artiste, on n'a pas beaucoup de temps pour sa famille. C'est un sacrifice, mais moi aussi je le ferai. De toute façon, quand j'aurai dix-huit ans, j'irai la retrouver. J'en ai marre de cette petite vie étriquée à Anvers. Tu connais ?

— Non. Avec mes parents, on voyage beaucoup à l'étranger mais peu en Europe. Disons qu'on fait des grands voyages. En Asie, en Amérique, en Afrique… Enfin, on faisait.

— Comme moi. Toujours en club, et partout dans le monde. Bon, le problème, c'est que je n'ai jamais vraiment pu visiter. Quand on est dans un hôtel-club, on a beau dire, on en sort peu. Lorsque je serai célèbre, je parcourrai le monde, et ce sera différent. Je dormirai dans mon camping-car. Ou dans des hôtels de luxe, comme les stars. Je me ferai déposer en hélicoptère dans des lieux incroyables.

— Ils ont l'air de s'aimer beaucoup, ton père et Patricia.

— M'en parle pas. Ils passent leur journée à s'embrasser, c'est à vomir. Bon, je suis contente pour lui parce que ça faisait un petit bout de temps qu'il n'avait personne. En vrai, il s'est complètement consacré à moi quand ma mère et lui se sont séparés. On a été très fusionnels. Mais là, j'étouffe, j'ai besoin d'air. Alors cette Patricia, elle me permet d'être libre !

— Tu en as de la chance, s'extasie Margaux, qui a appliqué sur ses paupières un joli fard irisé. Vous avez une vraie chambre dans le club ? reprend-elle.

— Oui, de ouf ! Une chambre côté personnel, j'adore. Il y a tous les anims là-bas. Et même Alex, le barman. Tu vois lequel c'est ? Tellement beau. Je l'ai vu qui sortait de sa douche, hier soir. Il se baladait torse nu à la laverie pour repasser sa chemise. J'ai failli m'évanouir.

— Tu as trop de chance, répète Margaux.

— Oui, n'exagère pas. Je dors quand même dans la même chambre que M. Muscles. Enfin, j'en ai une séparée, mais on a la même clé, la même salle de bains et les mêmes toilettes.

Les deux filles font une grimace en même temps, puis éclatent de rire.

— Et vous… Vous avez une chambre spéciale ? demande Lena, visiblement gênée.

— Tu veux dire, pour ma mère ?

— Oui… Excuse-moi, peut-être que ça te dérange que je te pose des questions ?

— Non, ne t'inquiète pas, j'ai l'habitude. Oui, on a une chambre adaptée. À mon avis, elle n'est pas très différente. Des portes plus larges et une douche de plain-pied.

— Elle a toujours été comme ça… ta mère ? poursuit timidement Lena, qui a sauté du banc et exécute un poirier très lent en levant gracieusement les jambes.

Sans doute essaye-t-elle d'atténuer l'impudeur de sa question, ou de masquer sa gêne.

— Pas toute sa vie, non. Mais moi, je l'ai toujours connue handicapée.

— Et ça n'a jamais posé de problème ?

— Qu'est-ce que tu veux que ça change ? réplique Margaux avec une pointe de défi dans la voix. Ma mère est une femme géniale, drôle, énergique. Elle est bien plus cool que la plupart des mères valides de mes copines, qui ne connaissent même pas les noms de leurs profs ou qui se contentent de leur interdire plein de trucs en pensant que c'est comme ça qu'on élève ses enfants. Je suis très proche de ma mère.

— C'est vrai qu'elle a l'air cool. Et puis, qu'est-ce qu'elle est belle. Et ton père, ça ne lui a jamais posé de problème qu'elle soit en fauteuil ?

— Non, pourquoi ? Eux en tout cas ne sont pas séparés !

Un nouveau silence s'installe entre les deux filles. Elles se regardent avec une colère mêlée de tristesse. Puis Lena rompt le silence :

— T'es dure… Mais c'est pas faux. Excuse-moi, je ne voulais pas te blesser. C'est simplement que je me pose plein de questions, et je préfère qu'elles sortent plutôt qu'elles restent dans ma tête pendant que je suis avec ta famille ou toi. C'est plus honnête, non ? Enfin, je suis comme ça. Maladroite, je sais.

— Non, c'est moi qui suis désolée. Je ne sais jamais ce que je préfère, finalement. Les gens qui posent mille questions gênantes ou ceux qui font semblant que tout est normal. J'ai des copines avec lesquelles j'en ai jamais parlé. Pourtant, je suis sûre qu'entre elles, elles en discutent. Quand j'étais plus petite, il y en avait même certaines qui avaient interdiction de dormir à la maison. Je l'ai su par d'autres. Leurs mères avaient peur que, s'il arrivait quelque chose, la mienne ne puisse pas gérer. Je te jure, ça me dégoûte, parfois. Et si tu veux tout savoir, non, mon père n'a jamais évoqué le handicap de ma mère comme un problème dans leur couple. En revanche, je te rassure, côté engueulades, ils sont bien comme tout le monde. Surtout en ce moment. Enfin, c'est même pas des engueulades. On dirait juste qu'ils parlent deux langues différentes. Dès qu'ils s'adressent la parole, même pour être gentils, ça part en vrille. Ça me fatigue. J'ai tellement pas envie d'aller les rejoindre pour le dîner, d'ailleurs.

— Tu ne dînes pas avec le groupe ?

— Non, j'ai promis à ma mère qu'on prendrait au moins les repas ensemble si on venait ici. Je regrette à mort.

— Oh, je suis dégoûtée. Bon, je vais manger avec eux, alors. On se retrouve pour le karaoké ?

— T'es sérieuse ?

— Je ne t'ai pas dit que je chantais comme Céline Dion ?

— J'aimerais bien voir ça, plaisante Margaux, qui sursaute en regardant l'heure sur son téléphone. Merde, ils m'attendent depuis dix minutes ! Je te laisse !

Elle se lève d'un bond et, au moment de s'élancer, elle tombe sur la mascotte de l'hôtel, un gros écureuil au pelage tout râpé.

— Bonsoir ! s'exclame-t-il d'une voix enfantine et gênée.

Margaux éclate de rire, hausse les épaules et lui lance un « salut » plein de mépris amusé. Malgré son retard, elle est heureuse de ce moment partagé avec Lena. Au loin, le soleil a pris de belles teintes orangées qui scintillent sur les vagues.

Au restaurant du rayon vert

— Passez, madame, je vous en prie. Romy, enfin ! Laisse passer la dame.

— Non, pourquoi ? Je peux faire la queue, vous savez. Et puis moi, je suis assise, ironise Fanny.

Chantal est affreusement gênée. Elle a voulu se montrer polie en laissant passer la jolie dame en fauteuil, mais visiblement, elle a commis un impair. Sentant ses joues s'empourprer, elle tourne la tête.

— Pourquoi elle a une chaise roulante, la dame ? s'étonne Romy d'une voix forte qui exacerbe le malaise de Chantal.

Il y a pas mal de monde devant eux. Ils sont là pour un bout de temps. Comment changer de sujet ? Et si elle détournait l'attention des petits sur le menu du soir ?

— Mamie, pourquoi elle est dans une chaise roulante, la dame ? insiste Romy en chuchotant aussi discrètement qu'un souffleur de salle de théâtre.

— Tais-toi ! lui répond abruptement Chantal.

Elle lui fait de gros yeux. Elle aimerait lui dire que la dame n'est pas sourde. Que ça n'est pas parce qu'elle est handicapée qu'elle n'entend pas, qu'on ne peut pas parler de quelqu'un sans se soucier de ce qu'il en pense ou ce qu'il ressent. Mais il y a trop de monde, la dame est trop près d'eux, elle est coincée.

— Tu voudras du poulet ?

— Mais pourquoi tu réponds pas, mamie ? persiste Romy, cette fois en dévisageant avec ostentation l'objet de sa curiosité.

Raté.

— Qu'est-ce que tu veux savoir ? intervient la dame – Fanny, si Chantal se souvient bien.

Derrière elles, la file d'attente n'en finit plus de s'allonger. C'est ce que constate Chantal lorsqu'elle a enfin le courage de se retourner parce qu'elle ne peut plus faire comme si elle n'avait rien entendu.

— Tu veux savoir pourquoi je suis en fauteuil, c'est ça ?

— Non, excusez-la. Vraiment, je suis désolée. Romy, on ne pose pas des questions indiscrètes aux gens comme ça, voyons.

— Mais si, elle a raison. Il vaut toujours mieux demander que de ne pas savoir. Ou mal interpréter. Ça ne me dérange pas du tout. Ah, en revanche, je crois que vous pouvez avancer, et même m'attraper un plateau, si ça vous est possible, ajoute-t-elle avec un sourire.

Plus embarrassée que jamais, Chantal prend conscience de l'espace libre laissé devant elle, ce qui exaspère les dizaines de vacanciers affamés qui patientent derrière eux. Alors elle se confond en excuses, pousse maladroitement les enfants vers l'avant et attrape quatre plateaux. En faisant cela, elle sait aussi que personne n'osera râler derrière elle.

— Alors ? insiste Romy tandis que la queue s'est à nouveau immobilisée.

— J'ai eu un accident qui a touché ma colonne vertébrale. Tu sais ce que c'est ?

— Oui, c'est les petits os qu'on a dans le dos.

— Voilà. Ce sont eux qui communiquent avec le cerveau pour bouger son corps. Eh bien, celui qui envoie les ordres à mes jambes, il ne fonctionne plus, tu comprends ?

Romy regarde son interlocutrice avec curiosité.

— Et si tu les grondes, tes jambes ? Moi aussi, mon frère, des fois, il obéit pas quand mes parents ou ma mamie lui disent de faire des choses. Alors, il est puni et il finit par les écouter.

Chantal est morte de honte. Pourtant, la dame sourit sincèrement, et caresse la joue de la fillette. Devant elle, Chantal surprend aussi un sourire sur le visage d'une femme sans âge qui tient son assiette serrée contre son cœur.

— Ce serait bien. Malheureusement, elles n'obéiront plus jamais. Mais j'ai encore des doigts pour te chatouiller, plaisante-t-elle en glissant son index dans le cou de Romy.

Au même moment, un jeune cuisinier revient les bras chargés d'un gros récipient en métal fumant et visiblement très lourd. Des soupirs de soulagement fusent çà et là. Le trafic reprend, ainsi que les conversations. Chantal se demande si elle doit se présenter, remercier la dame. Que font les gens du « club », dans ce genre de circonstances ? Doit-elle lui proposer de manger avec eux ? De toute façon, elle est en famille. Et puis qu'est-ce qu'ils se raconteraient ? Non, ça n'a pas de sens. Comment a-t-elle pu perdre l'habitude des interactions sociales ? Depuis combien de temps n'a-t-elle pas fait de nouvelle rencontre, dîné chez des amis, lié connaissance comme elle l'a fait cet après-midi avec le coach Yannick ? Dix ans. Depuis le jour où Chantal a plongé dans ce monde parallèle dans lequel Suzanne et elle se sont enfermées, et que sa vie a basculé peu à peu dans la servitude. Et puis les mois qui passent, les copines qui décident de partir quand même pour des vacances tant espérées, parce qu'il y aura d'autres occasions, pas vrai Chantal ? On aura bien le temps, Chantal. On a la vie devant nous, n'est-ce pas ? Et les coups de fil qui s'amenuisent, la vie qui rapetisse derrière ces quatre murs honnis qui deviennent le théâtre d'un huis clos triste entre deux protagonistes – l'une qui souffre et a peur, l'autre qui se donne sans compter mais rêve, souvent, de s'enfuir loin, très loin de cette prison qui engloutit les années.

Chantal secoue la tête pour faire fuir ces vilaines pensées. Elle n'a aucun droit de s'apitoyer sur son sort ! Tant bien que mal, elle remplit les assiettes de Pierre et Romy, et tend à son petit-fils ce plateau qu'elle le supplie de tenir droit. Comme hier, Pierre se dirige vers l'extérieur. Lorsque Chantal le rappelle à l'ordre, le gamin revient l'air déçu.

— C'est dommage, mamie. Il y a plein de mes copains, dehors. Et on peut passer par-dessus la barrière pour jouer sur la pelouse pendant que les adultes terminent de manger.

Justement, pense Chantal qui reste ferme, et s'installe sur l'une des nombreuses tables en plastique qui encombrent le restaurant, loin des machines à glaçons, du buffet et des éclats de voix. Ils sont seuls tout au fond de la salle climatisée et c'est bien mieux comme ça. Oui, bien mieux comme ça.

Terrasse des panoramas

Fanny porte sa jolie robe rouge, celle avec le décolleté profond et les arabesques blanches que Victor aime tant parce qu'elle dévoile la rondeur de sa gorge et les minuscules grains de beauté qui constellent sa poitrine tel un feu d'artifice qui serait donné en son honneur entre ses deux seins. Elle ne se souvient plus de la dernière fois qu'il a évoqué ce feu d'artifice. Avant, il y faisait référence tous les jours, ça en devenait presque lassant. Depuis l'accident, Fanny préfère mettre des robes. Lorsqu'elle était plus jeune, elle n'aimait pas. Elle avait une santé de fer, une énergie parfois difficile à canaliser, une envie de dévorer le monde à pleines dents. Alors porter des robes, coiffer ses cheveux, très peu pour elle. Aujourd'hui, c'est différent. Elle a été rattrapée par les années et l'obligation de passer un peu plus de temps dans la salle de bains pour attirer les regards. Les robes, c'est parce que c'est plus pratique. Pour tout. Elle n'a pas à se contorsionner sur son lit pour enfiler un jean. Le soir, ou à la piscine, elle peut les retirer en un mouvement.

Victor aussi les lui retirait en un geste, surtout la rouge, qui se boutonne sur le devant.

Aujourd'hui, comme hier, il se contente de fixer le fond de ses quatre assiettes déjà remplies. Entrée, plat, fromage, dessert, il a tout pris en une fois comme si ce repas n'était qu'une formalité. Visiblement, il n'a plus envie de bavarder avec elle. La nuit dernière, pour la première fois depuis des mois, elle a mis son orgueil de côté et s'est rapprochée doucement de lui. Elle a effleuré cette peau qu'elle reconnaîtrait les yeux fermés, ce grain un peu épais qui la rassure et l'emplit toujours de sérénité. Le silence de la chambre était ponctué par les passages aux toilettes de Margaux et Jérémy qui râlaient qu'ils n'étaient pas fatigués, qu'ils voulaient assister au spectacle – sinon à quoi ça servait de venir dans un club de vacances ? Victor n'avait rien voulu savoir. Il avait répété que c'était encore lui qui commandait dans cette baraque. Et les enfants avaient ricané parce qu'ils n'étaient pas chez eux. Lui n'avait pas ri, il s'était contenté de chercher du soutien dans ses yeux à elle, sans complicité ni douceur. C'était sa nouvelle obsession : lui forcé de se montrer sévère avec les enfants pendant qu'elle joue les copines – selon lui, ce n'était bon pour personne. Encore un point de divergence. Mais parce qu'elle voulait au maximum éviter les conflits pendant ces vacances, Fanny avait cédé à son accès d'autorité qu'elle jugeait pourtant injuste. Les enfants s'étaient plaints. Surtout Margaux, qui leur avait rappelé qu'elle avait quatorze ans. Qu'à cet âge-là on ne part pas se coucher à 21 h 30 avec ses parents et son petit frère. Et elle l'avait entendue chuchoter en anglais qu'ils feraient bien de s'acheter une vie. C'était insolent, et heureusement que Victor n'avait pas entendu, les précédant de plusieurs mètres dans le long couloir qui les menait aux ascenseurs, alors qu'en sens inverse ils croisaient des jeunes hystériques qui couraient en riant, excités par la soirée qui s'annonçait.

Plus tard, lorsqu'ils s'étaient mis au lit tandis que résonnaient au loin les premières notes de l'hymne du club, et que montaient les cris de joie d'un public heureux de sa première journée de plage, Victor avait éteint la lumière, et continué longtemps de s'abîmer les yeux devant le satané écran de ce téléphone qu'il ne lâchait plus. Alors dans l'obscurité de l'Étoile de mer, rassurée par le bruit de la chambre adjacente qui lui prouvait qu'elle n'était pas la seule vacancière à être rentrée se coucher avec les poules, Fanny avait repensé à la phrase de Margaux.

Et si elle avait raison, s'il était temps de réfléchir à changer de vie, tous les deux ? Victor ne semblait pas prêt à prendre de décision les concernant. Non, il préférait se laisser sombrer dans cette relation qui n'en était plus une, se laisser engloutir par la tristesse, la mauvaise humeur et l'ennui jusqu'à ce qu'ils pourrissent tous les deux de chagrin et qu'il soit trop tard pour changer d'existence. Alors elle avait tenté cette caresse. Mais Victor avait sursauté comme si elle l'avait brûlé. Sans se retourner, il avait émis un grognement et s'était éloigné un peu plus dans ce lit double de taille standard qui les rapprochait bien trop à son goût. Et une nouvelle nuit avait passé.

Derrière ses lunettes noires, sanglée dans sa robe rouge et blanc, Fanny scrute sa petite assiette de crudités. Elle a oublié la vinaigrette. Mais ça n'a pas d'importance. Oui, qu'est-ce que ça peut bien faire, de manger une salade bien assaisonnée sous ce beau ciel bleu, devant ce paysage sublime, s'il ne la regarde plus. Pour une fois, elle perd son bel optimisme, même en public. Elle a envie de quitter la table pour les faire tous réagir. Elle qui a toujours fait office d'animatrice de la famille, lançant les sujets de conversation, proposant les activités, elle n'a plus envie de faire d'effort. Qu'ils se débrouillent, elle en a assez. Hélas, aucun d'eux ne semble décidé à reprendre ce rôle, ne serait-ce que provisoirement. Leur silence l'oppresse. Ils sont comme figés au milieu du brouhaha alentour. Fanny a l'impression qu'un projecteur invisible s'est braqué sur leur triste réunion, pointant du doigt leur échec. Ou plutôt son échec à elle. Le bonheur des autres la submerge de chagrin et elle s'en veut. Envier la joie des autres, c'est pire que tout.

— Je peux m'asseoir ?

Tous les quatre sursautent comme si un agent de police venait de leur demander leurs papiers. Fanny ne reconnaît pas tout de suite ce visiteur inattendu. Elle remonte ses lunettes pour lire ce qui est écrit sur son badge. « Germain, accueil. » Alors, elle le reçoit avec chaleur, se souvenant de ce gentil jeune homme qui l'a aidée pour la chambre.

— Bien sûr ! Les enfants, poussez-vous, faites de la place pour Germain.

Fanny rougit parce qu'elle a bien conscience de parler à Margaux et Jérémy comme s'ils avaient quatre ans. Victor la fusille furtivement du regard, l'air de dire : « Non mais il ne manquait plus que ça. Bouffer avec un inconnu. » Mais trop heureuse de cette intervention extérieure dans leur microcosme en détresse, Fanny fait semblant de n'avoir rien vu. Germain s'assoit et continue de sourire de toutes ses dents. Il est pourtant probable qu'il a senti le malaise que son arrivée a provoqué.

— Alors, vous vous plaisez dans l'Étoile de mer ?

— Tu as très bonne mémoire, lui répond Fanny, admirative.

— C'est un peu mon métier. Et puis, tu n'es pas une femme qu'on oublie.

Victor tressaille imperceptiblement. Fanny se raidit.

— Oui, j'imagine que des clients comme moi, vous ne devez pas en avoir tant que ça.

Germain écarquille les yeux, avant de rectifier, affreusement gêné :

— Ah, tu pensais... Mais... Ce n'est pas du tout ce que je voulais dire ! Enfin. Non, c'est ton sourire et ta bonne humeur qui m'ont marqué. Et puis... désolé, ajoute-t-il à l'adresse de son voisin. Tu as une très jolie femme. En tout bien tout honneur, bien sûr.

Ton prénom ? Excuse-moi, je connais celui de ton épouse mais pas le tien. On ne s'est pas encore croisés. Je suis responsable de l'accueil.

— Victor, marmonne ce dernier sans lever la tête.

— Pardon, Victor ! N'y vois surtout aucune tentative de drague de ma part. Mais tu sais, l'idée, ici, c'est d'exprimer ce qu'on pense, surtout quand c'est positif.

— Oui, oui, pas de problème, répond Victor en se levant pour se diriger vers le buffet.

— Quel relou, se moque Margaux. C'est vrai qu'elle est belle, ma maman. Hé, Germain, tu penses que je devrais faire le spectacle ?

— Bien sûr ! Une semaine au club sans spectacle, c'est comme un repas sans dessert. Sympa mais radicalement incomplet. Ils ont déjà fait les castings, non ? Tu n'y as pas participé ?

— Non, murmure la jeune fille. Enfin si, mais… j'ai dit que je préférais regarder.

— Ah, je comprends. Et tu regrettes ?

— Un peu. Surtout que ma copine Lena a eu le premier rôle. Elle va avoir des répétitions tous les jours et je vais me retrouver avec les bolosses à faire du macramé en intérieur pendant qu'elle s'éclate. Mais Maryline prétend qu'une décision est une décision et qu'elle ne peut pas revenir en arrière.

— Ah, Maryline…, murmure Germain en laissant sa phrase en suspens.

On ne médit jamais devant les clients. Règle numéro 5.

— Tout se passe bien, ici ? Vous avez vu le temps qu'on a cette semaine ? Vous savez que c'est rare d'être aussi chanceux, intervient Jean-Michel, qui fait le tour des tables, comme s'il recevait pour sa noce.

— Ah, tu tombes bien, cette jeune fille…

— Margaux.

— Margaux. Elle a hésité à participer au spectacle et a peur que ce soit trop tard parce que, après réflexion, elle en meurt d'envie. On peut peut-être trouver une solution à cet épineux problème, qu'est-ce que tu en penses ?

— Bien sûr ! s'exclame Jean-Michel, alors que Victor, revenu avec son assiette de fromage, poireaute, visiblement excédé, derrière les fesses tendues du directeur de l'hôtel qui a pris appui sur le dossier de sa chaise vide.

— Pardon…, dit-il.

Il a faim, merde ! Et il ne va quand même pas prendre racine dans cette allée bruyante.

— Excuse-moi, je te vole ta place ! Bon, la petite famille, je vous laisse. Et on vous attend aux Olympiades familiales ! lance-t-il, tandis qu'il fonce déjà vers la table voisine où l'accueille un gros monsieur qui entonne d'une voix forte l'hymne du club. Margaux, Jérémy et Fanny en profitent pour se précipiter vers le buffet.

Seul avec Victor, Germain est un peu déstabilisé. Il a pourtant l'habitude des clients renfrognés, de ces pères de famille qu'on a traînés là malgré eux. D'après son expérience, il est rare que l'armure mette plus de quelques jours à se fendre, et le jeune homme a appris toutes les techniques pour dérider même le pire des rabat-joie. Mais depuis qu'il a surpris la conversation de Margaux avec son amie, puis assisté à ce triste déjeuner, il a compris que le malaise de cet homme relève davantage de problèmes personnels et familiaux que d'une incapacité à déposer les armes professionnelles. Germain termine son repas en quelques bouchées, attrape un morceau de pain qu'il glisse dans sa poche pour plus tard et salue son compagnon de repas, perdu dans ses pensées.

— Je vous y inscris ? tente-t-il toutefois, parce que c'est son métier.

— À quoi ? demande Victor en tournant vers lui son visage devenu soudain très doux, presque triste.

— Aux Olympiades. C'est demain à 17 heures. Parents-enfants. Un chouette moment. Je suis sûr que le petit adorerait ça.

— Il n'est pas au club à cette heure-là ?

— Non, ils ont une pause en fin d'après-midi. Pour se retrouver en famille. Enfin, beaucoup font ça, ajoute Germain qui craint d'être maladroit.

— Oui, écoutez, d'accord. J'imagine que si on ne vient pas, ça ne fera pas un drame ? Il n'y a pas d'obligation contractuelle ?

— Non, bien sûr. Rien n'est obligatoire en vacances. Un peu comme dans la vie. Allez, je vous note et vous verrez bien. 17 heures sur la pelouse des champions. Bonne fin de repas, et bonne journée ! lui crie Germain, qui trottine déjà vers la réception de l'hôtel.

Fanny revient, seule, une assiette de petits éclairs posée sur les genoux. Elle reprend sa place à côté de son mari.

— Les enfants ne sont pas avec toi ? s'étonne Victor.

— Non, chacun a croisé son groupe. Je leur ai donné l'autorisation de les suivre. Ils n'avaient plus faim.

— C'est dingue ça, grommelle Victor.

— Quoi donc ? répond patiemment Fanny, qui commence néanmoins à en avoir par-dessus la tête de sa mauvaise humeur.

— Je ne vois pas l'intérêt de partir tous ensemble si ce n'est pas pour se voir. Ça n'a ni queue ni tête cette organisation où chacun vaque à ses activités pour être sûr de ne croiser personne de sa famille.

— Au contraire, je trouve que c'est une très bonne solution à nos problèmes.

— Ah, parce qu'on a des problèmes ?

— Victor…

Mais Fanny préfère suspendre sa phrase. Le cadre est féerique. Autour d'eux, jeunes et vieux rient, courent, savourent les moments de plaisir qui s'offrent à eux. Elle refuse de mettre sur la table leurs problèmes. Elle sait bien que repousser ne sert à rien, mais ils l'ont tellement fait. Pourquoi gâcher ces instants ?

Au loin, elle aperçoit Margaux, dont le visage irradie de bonheur. Cela fait des mois qu'elle ne l'a pas vue comme ça, et cette image l'emplit de joie. Si l'un d'entre eux parvient à être heureux ici, c'est déjà bien, songe Fanny, avant de tenter un dernier rapprochement qu'elle sait raté d'avance.

— Tu viens aux jeux café avec moi ?

— Non. Merci. Je vais aller directement à la chambre.

Alors elle ravale sa déception, lui plante un baiser sur la joue – qui fait comme une décharge électrique – et lui souhaite une bonne sieste. Ils ne sont plus que deux étrangers.

Jeux café

— Dans la comptine « Pirouette, cacahuète », avec quel genre de fil le nez est-il rafistolé ? Oh, Gérard, tu m'écoutes ou tu discutes ? C'est toujours les mêmes qui chahutent ! À l'école, tu étais déjà comme ça ?

— Pas du tout !

— Si, si !

— Ah, regarde ce que dit ta Douce ! Michèle, ne me dis pas que tu l'as rencontré en primaire.

— Si !

— Non ! Mais… Vous êtes ensemble depuis combien de temps, vous deux ? Quoi ? Vingt ans ? Tu m'as pris pour un bolosse, mon Gérard ? Ça te ferait quel âge, trente-deux ? Enfin, vingt ou quarante, moi je trouve qu'on peut applaudir cette pauvre Michèle ! Allez, je n'entends rien ! Posez les tasses, avec le café, ça déborde. Et je vous rappelle qu'il n'y a pas de laverie ! Oui, ma chérie ? Du fil ? Du fil comment ? Oui, va demander à ta maman. C'est qui, ta maman ? La jolie dame, là-bas ? Pardon, jeune homme. Mais c'est vrai qu'elle est belle, ta femme. Tu dois être très riche. Non ? Alors, tu as eu des cheveux à un moment ?

Je déconne. Bon, personne ne sait ? On a à la clé un café glacé préparé par notre bel Alex !

Fanny n'a pas trouvé de place au fond de la terrasse, comme elle le souhaitait. Elle a tourné sur elle-même, espéré qu'un groupe s'écarte pour la laisser placer son fauteuil face à la scène, mais ils sont tous accaparés par ce type qui s'égosille sans relâche dans son micro, animé par un enthousiasme et une bonne humeur qui forcent le respect. Finalement, elle s'est calée un peu trop près de la scène à son goût, dans un petit espace laissé vacant près d'une famille. Deux petites filles et leur père, qui sue abondamment, le nez dans son portable, pendant que la grande pianote sur sa console, et que la petite regarde, ébahie, ce saltimbanque de bord de mer. C'est vrai que pour une gamine de cet âge, ça doit être quelque chose, songe Fanny. Elle s'amuse à observer cette assemblée réunie en ce tout début d'après-midi. Pourtant, elle n'a jamais aimé ce moment de la journée – l'« heure de rien », disait Jérémy quand il était plus petit. Elle a beau avoir pris un somnifère hier soir pour oublier qu'ils ne sont plus une famille, ce matin, cette réalité lui a de nouveau sauté au visage. Trop violemment cette fois pour qu'elle joue le jeu de la joyeuse tribu. Elle les a laissés partir tous les trois, au prétexte d'une migraine, pour profiter d'une grasse matinée qui, finalement, a pansé sa peine d'une douce mélancolie pas si désagréable. Être seule la rend moins triste. Mais cette « heure creuse » la replonge dans l'abattement. C'est certainement pour cette raison qu'ils ont instauré cette animation. Elle a appris en écoutant les conversations du bar que c'était un classique, que dans tous les hôtels-clubs du monde, un aspirant comédien sortait ses fiches à l'heure de la sieste pour offrir des cafés aux clients engourdis par la digestion. C'est plutôt malin, cette organisation, se dit-elle. Sous cette apparente frivolité, ce chaos illusoire, tout est manifestement pensé, calculé au millimètre. Les tablées rient, se consultent pour répondre aux questions, envoient leurs gamins. Certains se contentent de se laisser bercer par cette bonne humeur pour ne pas s'abandonner au spleen dans la solitude de leur chambre.

Un instant, Fanny songe que quelques couples ont probablement profité de ce temps suspendu pour aller se glisser sous les draps, et unir leurs corps dans la torpeur de la mi-journée, pendant que les plus jeunes se reposent et que leurs grands sont canalisés par ce système complexe. Elle se remémore les premières heures de la maternité, lorsque Margaux était toute petite et que, avec Victor, ils la posaient au pied de leur lit. Combien ils s'aimaient alors !

Soudain, elle entend chuchoter la fillette, assise à son côté. Ni son père ni sa sœur ne font attention à elle. Elle a la réponse à la question mais n'ose pas la donner.

— Dis-le, lui murmure doucement Fanny, la faisant sursauter. La réponse, tu l'as ?

— « Du joli fil doré », annonce l'adorable gamine, les yeux plantés dans les siens.

— On a la réponse, ici ! crie Fanny, insensible à tous les regards qui se tournent vers elle.

Le père, toujours plongé dans son smartphone, ne lève même pas la tête. La grande, en revanche, s'enfonce dans son fauteuil d'osier. Non mais de quoi se mêle cette dame, semble-t-elle penser. Elle fronce les sourcils en direction de sa cadette. Qu'est-ce qu'elle a fait, encore ?

— Oui ? Ton prénom, c'est ?

— Fanny !

— Oh, Marius, as-tu du cœur ? plaisante l'animateur avec un accent méridional, qui déclenche l'hilarité générale.

Fanny sourit poliment. Elle a l'habitude. Elle a grandi en Provence. Et ce prénom, elle le tient justement de la passion folle que son père entretenait pour Marcel Pagnol.

— Dis-le, ma chérie.

Elle encourage la fillette qui, tête baissée, parvient à murmurer :

— Du fil doré !

— Ah non, je suis désolé, jeune fille. On y est presque, mais non !

— Ça n'est pas ce que tu m'as dit tout à l'heure, allez, concentre-toi, insiste Fanny avec douceur.

— Qu'est-ce que c'est que ce bordel ? intervient le père, brusquement sorti de son obsession technologique.

— La petite a la réponse, explique Fanny. Allez, le fil, il est comment ?

— Joli.

— Alors, vas-y, répète-le.

Mais l'animateur s'est détourné, il est en train de taquiner un groupe un peu plus loin. Personne ne semble plus se soucier de la réponse à ce fichu quiz. Mais Fanny a horreur de l'injustice, et la fillette l'émeut. Maintenant qu'elle n'a plus d'enfants en bas âge, cette période de l'innocence lui manque. Alors elle prend la petite par la main, débloque les freins de son fauteuil et pousse un grand coup sur une roue. La fillette la suit et, d'instinct, pousse son fauteuil vers la scène. Professionnel, l'animateur calme l'enthousiasme de ses admirateurs et se penche vers elles.

— Oui, belles demoiselles ?

— La petite a la réponse, déclare fièrement Fanny dans le micro, surprise par le ton de sa voix, trop fort.

— Ah, la réponse ! Je vois qu'on a deux candidates sérieuses. Dis-moi, tu étais du genre fille du premier rang à l'école, n'est-ce pas ? De celles qui ne voulaient pas qu'on copie sur elles ? Elles me rendaient dingue, moi, ces nanas-là. Autant te préciser que l'école, je n'y suis pas resté longtemps.

— Pas du tout ! réplique Fanny, ravie de s'amuser un peu, même si certains la regardent avec ce mélange de curiosité empreint de compassion qu'elle connaît bien. Non, moi j'étais la fille du radiateur. Celle qui dort bien au chaud en espérant qu'on ne l'interroge pas en piochant son nom dans la liste alphabétique.

— Ah, on a dû être à côté, alors ! s'enthousiasme le présentateur, avant de se pencher vers la petite planquée derrière le fauteuil. Alors, cette réponse ? Tu me la donnes ? Ou tu la gardes cachée dans ta bouche ?

— Du joli fil doré, répond bravement la fillette.

Sourcils froncés, d'un air faussement candide, il regarde la petite carte glissée au fond de sa main et crie bien fort, en articulant soigneusement :

— C'est-la-bonne-ré-poooonse ! Bravo ! Hé, fortiches la mère et la fille ! Vous pouvez aller commander un café glacé de luxe hôtel 5 étoiles à Alex, notre barman ! Oui, le très beau jeune homme derrière le bar. Fais pas cette tête, Alex, c'est vrai que tu es beau gosse. Oh, tu crois que je ne t'ai pas vu hier, au night ?

Ledit Alex secoue la tête, visiblement habitué à la gouaille de son collègue. Dans le public, des sifflets fusent. Les corps s'échauffent devant cette décontraction. Fanny se dirige vers le bar en demi-lune qui fait face à l'océan, satisfaite de cette victoire et de cette soudaine intégration au groupe de vacanciers. Mais la fillette reste immobile.

— Tu viens ? On va fêter ton succès ? Je suis sûre qu'on peut t'avoir une grenadine à la place.

— Héloïse, tu fais quoi ? J'ai plein de boulot. Ta sœur va t'emmener au club. Je tourne la tête deux minutes et tu fous le camp. Vous ne m'aidez pas, toutes les deux. Non, c'est sûr. Merde, mais qu'est-ce qu'il me veut, lui, encore ? C'est un cauchemar, cette histoire.

Le père est très agité. Son beau visage brun s'est couvert de grandes taches rouges qui visiblement le démangent, à en croire les coups de griffe qu'il donne à son épiderme martyrisé. Fanny voudrait l'aider, le réconforter, mais elle n'ose pas. Apparemment, il n'est pas d'humeur à échanger avec qui que ce soit.

— J'ai gagné le jeu, papa ! s'exclame la petite fille en sautillant.

Fanny s'est toujours demandé si les enfants avaient la faculté de ne pas absorber l'agressivité et les chagrins des adultes.

— Excusez-moi, votre fille n'y est pour rien. Ta fille..., se force Fanny. J'ai pris la liberté de l'emmener au bar pour qu'elle puisse récupérer son cadeau. Tu avais l'air occupé. Je n'aurais pas dû, désolée.

Matthias la regarde, hébété, comme si elle lui parlait dans un dialecte afghan. Il est évident qu'il n'entend rien de ce qu'elle lui dit et qu'il ne sait plus où il est. Dans sa main, son téléphone clignote sans interruption. Les notifications s'y empilent les unes après les autres. Sa fille aînée l'observe elle aussi avec inquiétude.

— Ça va ? s'enquiert Fanny.

— Ça va, papa ? répète la grande en posant sa main sur son avant-bras. Tu es tout pâle.

— Oui... oui. Il faut juste que je passe des coups de fil, c'est important.

Tout en disant cela, il examine les alentours, à la recherche d'un appui. En désespoir de cause, il pose une main sur l'épaule de son aînée, et la seconde, qui tient toujours le téléphone, sur Fanny. Puis il se redresse d'un coup. Et, sans un mot, les yeux perdus dans le vague, il tourne les talons, suivi par ses enfants.

Une chose est sûre, songe Fanny, elle n'est peut-être pas celle qui va le plus mal dans cet hôtel.

Coulisses

Ça n'a pas été commode. Malgré les recommandations du directeur, et l'insistance de Lena, Maryline ne voulait rien savoir.

— Si tout le monde faisait comme toi, on serait très mal ! Un spectacle, ça ne s'organise pas comme ça, en changeant les numéros et les intervenants sur un coup de tête. Est-ce que tu en as conscience ? Et qu'est-ce qui me prouve que tu ne vas pas changer à nouveau d'avis ?

Maryline paraît à bout de nerfs. Margaux ne comprend pas pourquoi elle s'énerve pour tout. Les gamins, les ados, leurs parents, les horaires des uns, les retards des autres. Elle lui rappelle la dame qui gère le CDI de son collège, une femme grise et revêche qui déteste son boulot – ce qui, dans ce cas précis, est assez compréhensible. Mais là… Les autres animateurs ont tous l'air content. Il y a Fred, un grand gaillard tout maigre qui vient de Savoie et affiche une piètre forme physique qu'il compense avec une bonne humeur constante et un rare talent d'imitateur. Il y a aussi Loïc, un ancien espoir du tennis qui s'est blessé avant d'avoir pu intégrer le circuit pro. Margaux le trouve très beau ; elle aime bien l'écouter raconter ses histoires aux autres filles du groupe qui le collent comme des groupies. Elle se demande s'il a déjà embrassé une junior. Il ne paraît pas si vieux. Non, c'est interdit. D'autant que dans l'équipe des animateurs des ados, il y a aussi Julie, une petite brune sublime aux grands yeux verts et aux muscles saillants, qui a la réputation de surfer mieux que quiconque dans l'hôtel. Et puis Ava, une jolie Suédoise douce et sérieuse qui parvient à mettre tout le monde en rang sans même élever la voix. Et Maryline, donc, à qui Margaux a dû promettre qu'elle serait appliquée, qu'elle bosserait plus que les autres, pour rattraper son retard. Lena avait même menacé de se retirer de la troupe si sa copine ne l'intégrait pas. Et comme elle est de tous les numéros et qu'elle porte pour ainsi dire la représentation, Maryline a fini par céder.

Et enfin elles se sont retrouvées là, dans les coulisses de la grande salle de spectacle qui impressionne tant Margaux. Ça sent la sueur et la poussière. Quelques-uns se sont installés autour de Fred dans les fauteuils de la grande salle, pour avoir une vue « public » de la représentation. Ils sont chargés de dire s'ils voient bien et s'ils entendent tout correctement. Il est décidé que Margaux sera une danseuse de flamenco dans le numéro espagnol. Elle n'a pas tout compris, mais le thème général du spectacle a un rapport avec l'Europe, qu'ils décrivent en plusieurs tableaux chantés, dansés ou joués dans de petits sketches qu'elle a trouvés assez pathétiques. Alors, danseuse de flamenco, ça lui convient bien. Et puis, le costume doit être joli.

Pour l'heure, Margaux doit rattraper son retard. Apprendre cette fichue chorégraphie, suivre le mouvement des autres filles, qui ont dû répéter toute la nuit tant leurs gestes sont gracieux et leur coordination parfaite. Elles ont la gentillesse de ne pas lui faire remarquer qu'elle abîme drôlement leur quatuor avec ses bras qui ballottent et son air perdu qui guette chaque changement de rythme et de hanche. Lena leur assure qu'elles vont s'entraîner dans la soirée. Les filles sont sympas, elles répondent qu'elles ne sont pas inquiètes, qu'elles sont contentes d'avoir une nouvelle recrue, qu'à cinq ce sera plus harmonieux et qu'elles sont là pour s'amuser, pas pour devenir des petits rats de l'Opéra. Alors Margaux se laisse gagner par le bonheur de cette vie de troupe, où le simple fait d'être ensemble est réconfortant. Ses pieds nus glissent sur le sol en parquet noir vieilli. Elle lève la tête vers les projecteurs suspendus au plafond, observe les petits groupes qui chahutent dans les coulisses, s'affairent, attendent leur tour pour venir sur scène. Elles doivent ouvrir le spectacle sur la musique de *Carmen*, puis accueillir le toréador qui viendra se placer au centre de leur groupe, pour chanter en play-back sur la musique et faire quelques mouvements d'acrobatie.

Ces derniers mois, la vie des autres lui semblait tellement plus excitante que la sienne. Mais depuis qu'elle est au club, c'est différent. Elle a l'impression de trouver sa place dans la société. Les animateurs lui parlent comme à une personne responsable. Ils n'ont pas ce ton condescendant et las que prennent les adultes avec les jeunes de son âge. Et puis, le fait de vivre dans ce groupe parallèle, sans parents ni petit frère, sans devoirs ni collège, ça a quelque chose de magique dont elle sait déjà qu'elle aura un mal fou à se défaire. Alors elle décide de profiter à fond, parce qu'elle sent que le temps va s'accélérer. Que, sans s'en rendre compte, elle verra bientôt se profiler la fin du séjour, et le retour à la réalité – une semaine triste et morne tous les quatre dans les Landes. Pour chasser cette sombre perspective, Margaux lâche prise, se laisse porter par la musique que Jérôme, en régie, a fini par lancer, une fois qu'elles sont parvenues à plus ou moins accorder leurs mouvements. De sa petite cabine en hauteur, il discute avec Maryline qui lui ordonne d'actionner les éclairages, de lancer le son, de revenir en arrière, de relancer, mais merde, quoi, Jérôme, qu'est-ce que tu fous là-haut, t'es pas tout seul ! Margaux rit, glousse. Tout l'enchante dans ces taquineries de jeunes adultes qu'elle envie tellement.

Et puis Jean surgit des coulisses. C'est un des garçons de son âge pas très beaux dont elles s'étaient moquées avec Lena le premier jour. C'est étrange, parce que malgré son physique un peu ingrat, il est très sûr de lui. Margaux est surprise par sa popularité grandissante. Sa voix et son rire surgissent à tout moment et dans chacune des activités du groupe.

Il taquine les animateurs, n'hésite pas à s'incruster dans les conversations des filles. Margaux soupçonne d'ailleurs certaines de ne pas être insensibles à son charme, si contestable soit-il.

— Bon, Jean, tu nous refais comme la semaine dernière ? Mais on va adapter un peu, te rajouter un flip ou deux.

— Oh non, Maryline ! Pitié. C'était bien, non ?

— Oui, pas mal. Mais tu es capable de bien mieux, et puis, on ne fait jamais deux fois la même prestation, surtout quand on est vacancier ! T'as déjà de la chance que je t'aie redonné ton rôle.

— Disons que personne d'autre ne le voulait, raille-t-il.

— Tu m'étonnes ! intervient Fred depuis son fauteuil de spectateur.

Maryline sourit. Ce qui semble à Margaux aussi improbable que si elle croisait ses parents en pleine promenade amoureuse au sortir de la répétition. Et puis d'un coup, Jean s'élance et réalise un flip parfait, qu'il enchaîne avec des mouvements de hip-hop dont elle ne l'aurait jamais cru capable. Fred et Maryline ont l'air blasé, mais toutes les filles ont les yeux qui brillent.

— Ouah, il est fort, murmure Margaux.

— Très. Il fait du sport à haut niveau, explique l'une des filles. Ah mais, c'est vrai, tu n'étais pas là pour les répétitions, hier ?

— Non.

Très vite, la musique reprend et les cinq jeunes filles doivent coordonner leur danse avec le numéro de Jean sur l'air d'opéra. Leur prestation, pas vraiment au point, a quelque chose de cocasse, mais Margaux sait que c'est l'esprit du spectacle. Ne pas se prendre au sérieux, se moquer de ses peurs et faire rire le public sans se soucier du ridicule. Pour clore leur passage, elles doivent toutes effectuer un saut au-dessus de Jean pendant qu'il fait un pont avec son corps, avant de tourner autour de lui avec leurs longues jupes de gitanes. Elle va y arriver ! Oui elle va y arriver, il n'y a pas de raison, les autres l'ont bien fait. Pourtant, au moment de se lancer, elle hésite, doute et tombe lamentablement sur le pauvre garçon, qui pousse un cri avant d'éclater de rire.

— Je suis désolée ! Je ne t'ai pas fait mal ?

— Non, ne t'inquiète pas, je suis solide, rigole Jean, en frottant énergiquement sa cuisse endolorie.

— Je suis trop maladroite.

— Mais non, tu vas y arriver. C'était pareil pour les autres, hier. Et je ne te parle pas des filles de la semaine dernière.

— Ah, tu étais là avant ?

— Oui, on reste toujours une quinzaine. Tu viens d'arriver ?

— Non, j'étais là hier.

— Ah, je n'ai pas fait attention.

Margaux est un peu vexée. Il va absolument falloir qu'elle trouve une solution pour se débarrasser des obligations familiales imposées par sa mère. Sans repas pris avec son groupe ni participation aux activités nocturnes, elle est condamnée à passer à côté d'une intégration digne de ce nom, voire carrément à côté de ses vacances.

— Allez, on passe à la suite ! Toi, Margaux, tu me feras le plaisir de t'entraîner sur la plage, dans l'herbe, sur ton lit… Bref, où tu veux, mais tu reviens demain avec le saut parfait dans la peau. On n'a pas le temps de s'entraîner, ici. Oh, vous la fermez là-bas ! Ça va être à vous, les Italiens ! Il nous reste une heure avant les douches. Je m'en fiche, c'est pas moi qui vais me planter devant tout le club. Oui parce qu'on rigole, on s'en fiche, mais, le soir venu, faudra pas venir pleurer qu'on n'a pas assez répété ! C'est compris ?

Le groupe des Italiens se met en place. Lena est parmi eux, elle fait un clin d'œil à sa copine. Les coups de gueule de Maryline n'effrayent personne. Elle-même ne semble pas s'offusquer du manque de considération pour son autorité. En sueur, Margaux va s'asseoir près de Fred pour suivre la performance de Lena. De loin, elle observe Jean qui continue de se donner en spectacle en effectuant de savants poiriers, en donnant des conseils à certains, rigolant trop fort aux vannes de Loïc. Les filles de son groupe de gitanes se sont installées non loin d'elle et Margaux les entend chuchoter. Elles parlent de Jean et pouffent discrètement. Margaux comprend que l'une d'entre elles tentera sa chance avec lui ce soir. L'adolescente sourit. S'intéresser à un garçon de son âge, aussi petit qui plus est, ce n'est pas son genre. Avec Lena, elles ont prévu d'aller se balader une heure sur la promenade comme hier. Margaux veut lui montrer son prof de surf. Ce matin, elle a pris sa première leçon et a complètement craqué après une heure à se faire rouler dans les vagues et malmener par sa planche.

Oui, ce type patient et bronzé qui l'a chaque fois remise sur les rails, poussée vers le large et rassurée, c'est quand même autre chose que ces gamins de leur âge avec lesquels elles doivent cohabiter pour encore quelques années. Margaux le sent, elle est amoureuse.

Terrain de pétanque

C'est impossible. Impossible qu'il ait fait ça, lui qui est si organisé. Lui qui vérifie tout dix fois au risque de perdre un temps précieux. À l'école, on l'appelait « l'ordinateur ». Matthias vérifie à nouveau. Ses mains tremblent, mais il ne s'en rend même pas compte. Il ouvre à nouveau sa boîte mail, évite les dix nouveaux messages qui viennent de tomber, dont un de Dubouche dont il n'ose même pas regarder l'objet, puis va dans la boîte d'envoi. Comment est-ce que ça a pu arriver ? Et pourtant c'est là. Il a répondu « à tous », et pas seulement au responsable des RH. Il a bel et bien envoyé à ce candidat, Camille Levard : « Pas mal… Mais rassure-moi, c'est un homme ? Parce que bosser avec une femme… » C'est surréaliste. Comment un simple clic a pu provoquer un tel cataclysme dans sa vie. Depuis ce matin, il essaye de gérer cette sombre affaire. La candidate – parce que c'est évidemment une femme – leur a envoyé, à lui et au RH, un message très sec expliquant qu'elle ne pensait pas qu'être une femme pouvait encore poser un problème en 2021. Matthias a découvert ça ce matin, au réveil. Parce que, hier, après s'être promené avec les filles et avoir enfin senti qu'il parvenait à se rapprocher d'elles, à les écouter, à s'intéresser à leurs petites vies qui finalement lui sont un peu inconnues, il a décidé de ne pas rallumer son téléphone. Ils ont bu un verre dans un bar près de l'hôtel. Il a pris une bière bien fraîche qui lui a vaguement tourné la tête – depuis combien de temps n'avait-il pas bu d'alcool, refait le monde avec un copain, par crainte de se déconcentrer, d'être trop crevé ou trop ivre pour travailler ? Noémie a opté pour un Coca-Cola. D'habitude, Matthias refuse qu'elle boive des sodas, mais c'est les vacances. Et puis, sa grande fille est si raisonnable. Qu'est-ce que ça pouvait bien faire, finalement ? Était-elle obligée de subir une discipline aussi stricte que celle qu'il s'imposait ? Héloïse avait eu droit à une grosse glace à la crème Chantilly. Ses yeux brillaient, elle s'était confectionné une moustache de mousse blanche et ça les avait fait rire. Ils avaient parlé de tout et de rien, de l'école, des copines, de leur mère qui ne leur manquait pas encore, mais quand même un peu. Puis ils l'avaient appelée tous les trois en FaceTime. Matthias s'était reculé pour ne pas apparaître dans le cadre, mais il avait été heureux d'entendre la voix d'Annabelle, son ton si doux avec les filles, d'assister à leur complicité à toutes les trois comme avant. Elles avaient raconté le club « fantastique », les activités « géniales », la chambre « trop bien » et il s'était senti piteux devant cet enthousiasme enfantin. Il était devenu snob.

Petit, il avait vécu très modestement avec ses parents, et tout lui paraissait merveilleux alors. Lorsqu'il repensait à son enfance, il n'en avait que de bons souvenirs – l'odeur du thé que sa mère buvait toute la journée, leur proximité dans la toute petite maison qu'ils occupaient… Hier, il avait brusquement pris conscience qu'il avait changé. Que son salaire confortable, ses costumes chics, son bel appartement, les écoles privées des filles et le standing des hôtels dans lesquels il avait pris l'habitude de descendre lors de ses voyages d'affaires avaient peu à peu fait taire le gamin en lui. Depuis son arrivée, il n'avait eu que mépris pour cet établissement modeste où tout le monde semblait heureux. Parce que quoi ? Ça n'était pas assez bien pour lui ? Alors, après avoir raccroché avec Annabelle, ils avaient longé l'océan, et il avait confié Héloïse à son aînée le temps d'aller enfiler son maillot dans la chambre – une chance qu'il l'ait finalement emporté. Puis il les avait rejointes et ils avaient profité tous les trois des derniers rayons du soleil et de la plage enfin déserte pour aller jouer ensemble dans les vagues. Il avait pris Héloïse dans ses bras et lui avait montré comment sauter par-dessus, ou au contraire plonger la tête la première quand elles étaient trop hautes. Ils avaient ri à gorge déployée, hurlé de frayeur lorsque les rouleaux approchaient, fait pipi dans l'eau parce que dans la mer « on a le droit », et Matthias s'était enfin lavé de tous ces mois de soucis, de stress et de solitude. L'eau salée avait eu un effet libérateur. Il était couvert de sable, les bras endoloris d'avoir porté sa cadette, le torse rougi par le froid, mais il se sentait vivant.

Puis ils s'étaient enroulés dans leurs draps de bain tout juste achetés dans une boutique de plage, aux motifs particulièrement kitsch – un grand parasol sur fond de coucher de soleil orangé pour lui, une licorne pour Héloïse et un imprimé léopard fuchsia pour Noémie. Ils avaient couru vers leur chambre, se piquant les pieds sur l'asphalte puis sur l'herbe, et avaient tiré au sort qui prendrait sa douche en premier. Noémie avait gagné, ils s'étaient allongés sur son grand lit à lui, en fichant du sable partout, et ils avaient fait l'avion comme quand Héloïse était petite. Devant leur fenêtre passaient des enfants déjà douchés, des ados qui revenaient de la plage, des couples sur leur trente et un qui se dirigeaient vers le bar. C'est à ce moment qu'il s'était souvenu que son téléphone était toujours dans la poche de son pantalon et qu'il avait constaté que la batterie était à plat. Voilà peut-être l'occasion de décrocher, avait-il pensé. Il fallait prendre de la distance de temps en temps avec sa vie professionnelle, lui répétait la coach. Il avait donc branché son téléphone en le laissant éteint. Puis il avait aidé Héloïse à se doucher et ils avaient tiré ensemble le fil qui partait d'un côté de la minuscule salle de bains et qu'on pouvait accrocher au placard qui y faisait face. Ils y avaient disposé leurs maillots, puis étalé leurs serviettes de plage sur les trois chaises en bois de leur chambre double. Leur modeste habitation avait brusquement pris une allure très gaie.

Ensuite, il avait enfilé une chemise en lin et ils étaient sortis dans la douceur de la nuit tombante. Les filles avaient salué quelques copains du club enfants. Matthias s'était contenté d'adresser des sourires polis aux parents – ce qui était déjà pas mal. Ils avaient passé une agréable soirée. Après le dîner, il avait même permis aux filles d'aller jouer un petit quart d'heure dans l'herbe avec leurs copines en les surveillant depuis la terrasse, qui n'intéressait plus personne – la quasi-totalité des vacanciers ayant rejoint la grande salle de spectacle d'où fusaient des éclats de rire et des applaudissements. Désœuvré, il s'était laissé aller à la magie du moment, à la beauté de la vue, il avait longuement contemplé le phare de Biarritz qui régnait, souverain, sur ce petit bout de terre dont il n'avait pas immédiatement goûté le charme.

En regagnant leur chambre, il s'était promis de renouveler plus souvent ces sessions de déconnexion. Puis il s'était aussitôt endormi, serein, heureux de savoir ses deux filles près de lui, presque impatient de commencer une nouvelle journée dans cet étrange endroit qu'ils quitteraient bientôt.

Et il y avait eu ce réveil. Les dizaines de textos, d'abord. Et puis les boucles de mails dans lesquels les destinataires semblaient avoir passé un temps infini à débattre de Dieu sait quoi. Son cœur s'était mis à tambouriner dangereusement dans sa poitrine. Il ne comprenait rien à ce qui se passait, seulement qu'il était resté bêtement injoignable pendant douze heures.

Quatorze, en réalité, pendant lesquelles sa vie avait basculé. Car ce qu'il aurait pu régler par une explication téléphonique et des excuses avait pris des allures de tsunami. Camille Levard avait publié une capture d'écran de la réponse de Matthias sur les réseaux sociaux. Qu'elle avait évidemment assortie de hashtags bien ciblés, rendant assez rapidement son post visible par tout un tas de gens qui s'étaient indignés en chœur, chacun relayant avec force commentaires plus ou moins injurieux la réaction de Matthias. Lorsqu'il avait rallumé son téléphone à 7 h 02, tandis que le soleil commençait à auréoler l'horizon, sa tête était déjà mise à prix.

— Ça va ? Tu cherches un renseignement sur le tournoi de cet après-midi ?

Matthias sursaute, effrayé. Devant lui se tient un jeune homme au physique râblé, souriant, une cascade de boucles blondies par le soleil lui tombant tout autour du visage. Il tient de petits sacs remplis de boules de pétanque. Pourquoi ce type s'adresse-t-il à lui ? Qu'est-ce qu'il veut ? Le DRH lui a fixé un call à 9 h 10 pétantes. Il a expédié les filles au mini-club, après un petit déjeuner silencieux au cours duquel il a englouti quatre mauvais cafés noirs obtenus après une longue attente derrière des gens trop gais. Il s'est tout juste retenu de leur fracasser la tête contre la machine.

Il est 9 h 15 et son téléphone ne sonne toujours pas. Il a vérifié qu'il captait bien – on ne sait jamais dans ces bleds, on a quatre barres et puis hop, sans savoir comment ni pourquoi, on se retrouve sans réseau. S'il n'entend pas la sonnerie de son téléphone, ce sera pire. Il doit régler cette histoire rapidement. Savoir ce qu'il en est à Paris. Si son sort est déjà scellé. Il y a forcément un moyen d'arranger ça. Après tout, il n'a rien dit de dramatique. On parle d'une toute petite phrase, d'une maladresse. Oui, c'est ça, d'une maladresse. Il doit argumenter comme ça, proposer d'appeler Camille Levard. Et s'il cherchait ses coordonnées ? Il pourrait lui envoyer des fleurs ? Non, c'est peut-être trop sexiste.

— J'ai une équipe qui cherche un troisième, ça te dit ? Le tableau des inscriptions est juste là, au bout du terrain sous le petit drapeau.

— Hein ? Non, non ! Merci.

Matthias lui ficherait bien son poing dans la gueule à lui aussi. Ce que les gens peuvent être frivoles, inconscients des réalités du monde professionnel, de la vie en général. Soudain, le nom du DRH s'affiche sur son écran. Une goutte de sueur coule sur son front. Le bouclé continue de tournicoter autour de lui en sifflotant.

— J'ai un coup de fil à passer, vous allez vraiment rester là ? peste-t-il, le doigt au-dessus du petit téléphone vert qui tressaute devant ses yeux effarés.

— Bah, c'est un peu mon boulot.

— Eh bien, faites-le plus tard. Je dois répondre. C'est important. Merde mais cassez-vous. Je dois répondre !

À présent, Matthias hurle. Le bouclé lui fait signe de se calmer, et marmonne quelque chose qu'il n'entend pas. En tout cas, il tourne les talons et le laisse enfin seul dans ce lieu sans rires ni cris d'enfants qu'il a déniché avec soulagement ce matin.

— Allô ?

— Monsieur Pierrac ?

— Matthieu ?

— Oui, c'est bien M. Bousse à l'appareil. Nous sommes dans mon bureau avec M. Dubouche et Mme Guinbois, notre responsable des ressources humaines. Vous êtes sur haut-parleur.

— Bonjour, tout le monde, tente Matthias, d'un ton qu'il espère enjoué, conscient néanmoins que cette bonne humeur feinte pourrait aussi être interprétée comme une inconscience déroutante.

Il entend vaguement la voix de Mme Guinbois lui répondre, loin de la « pieuvre », ce monstre gris et froid posé au centre de l'immense salle de réunion que Matthias visualise avec angoisse. Il voit les larges baies vitrées, les tours qui se dessinent sur le ciel bleu, le silence pesant, les murs capitonnés, la moquette épaisse, le plateau de café, la tasse blanche posée devant Dubouche.

— Monsieur Pierrac, nous sommes réunis ce matin pour nous entretenir avec vous de l'affaire Camille Levard, dont nous sommes persuadés que vous avez mesuré l'ampleur malgré la distance. Monsieur Pierrac ? En avez-vous conscience ?

— Euh… oui, parvient à murmurer Matthias, les yeux rivés sur le petit muret qui entoure le terrain de pétanque. Mais… j'ai l'impression que c'est passé, n'est-ce pas ? Je n'ose pas trop retourner sur les réseaux sociaux, mais les internautes restent rarement plus de quelques heures sur un même sujet, d'autant que celui-ci n'est pas des plus passionnants, ni des plus polémiques.

— Il n'a définitivement rien compris !

La voix de Mme Guinbois surgit du fond de la pièce qui résonne. Puis elle se rapproche et tonne :

— Monsieur Pierrac, vous m'entendez ? Je pense que vous n'avez pas bien saisi. Voilà pourquoi nous voulions nous entretenir avec vous ce matin. Depuis hier, notre société a enregistré 34 679 tweets faisant état de votre mail, sous-entendant que votre sexisme assumé était le reflet d'une politique propre à notre groupe dont l'image est mise à mal par vos agissements et vos prises de position. Ce que nous contestons fermement. Par ailleurs, de nombreux médias sont entrés en contact avec nous, et souhaitent que nous prenions rapidement la parole sur cette affaire. Vous n'êtes pas sans savoir que la plupart des internautes fort justement indignés par vos propos réclament une sanction exemplaire à votre encontre. Je doute que de simples excuses suffisent à éteindre le feu, et il est trop tôt pour envisager la suite. Nous avons contacté une agence spécialisée dans la gestion de crise, avec laquelle nous allons établir un plan d'action. Nous avons calé un call à 10 heures, après notre appel. Nous vous tiendrons informé de leurs recommandations à court et moyen terme. En attendant, nous vous demandons de ne rien entreprendre par vous-même qui pourrait aggraver la situation. N'entrez pas en contact avec la victime, ne répondez pas à ceux qui vous interpellent sur les réseaux sociaux et, surtout, ne répondez à aucun journaliste. Nous ne saurions trop vous conseiller, en revanche, de drafter dans les plus brefs délais un message d'excuses. Vous avez toujours votre mère ?

— Pardon ?

— Avez-vous des sœurs, une mère ? Avoir été élevé dans un environnement exclusivement masculin pourrait nous servir de levier de justification à cette faute qu'une fois encore notre groupe condamne avec la plus grande fermeté. Bon, je ne sais pas. Cherchez, vous trouverez bien. Et puis, peut-être n'aurez-vous pas à faire acte de contrition. Nous vous rappelons après la réunion avec l'agence. Vous avez quelque chose à ajouter ?

— Eh bien… Vous… voulez peut-être que j'écourte mon séjour. Oui, je vais aller prévenir que nous partons ce matin. Je ne suis pas si loin. Je pourrai être là en fin d'après-midi. Ce sera bien plus pratique de clore cette histoire si je suis dans les locaux. Je pourrai voir l'agence avec vous, tout régler sans vous faire perdre votre temps. Vraiment, je suis désolé. C'est un message qui est parti trop vite. Mais vous savez ce que c'est, on envoie tellement de mails. Je connais bien Matthieu, n'est-ce pas, Matthieu ? C'était un message idiot entre copains qui n'aurait jamais dû sortir du cadre grivois dans lequel il a été partagé. Ça peut arriver à tout le monde. Bien sûr, je ne cherche pas à me dérober. J'assumerai toute la charge de cette erreur, évidemment. Il est hors de question que l'entreprise soit mêlée à ça.

— Mais nous n'en doutons pas, monsieur Pierrac. Quant au fait d'écourter vos congés, ça ne me paraît pas nécessaire. Au contraire, restez où vous êtes. C'est préférable. Et restez joignable, s'il vous plaît.

— Très bien. Matthieu, c'est toi qui me rappelles ?

Matthias aimerait entendre une voix amicale. Celle du seul collègue avec lequel il a noué un semblant de relation. Lorsqu'il y réfléchit, ils ont déjeuné presque tous les jours ensemble à la cantine depuis huit ans. Oui, heureusement qu'il a cette relation privilégiée avec Matthieu. Il est quand même directeur des ressources humaines, N–1 direct de Mme Guinbois, qui semble ignorer combien il est bien noté, lui, l'employé modèle qui arrive en avance, ne compte pas ses heures, accepte toutes les missions. Matthieu va le lui dire, c'est sûr. En revanche, le silence de Dubouche est retentissant. En tant que N+1, il a son mot à dire. Est-ce qu'il a quitté la réunion ? C'est tout à fait son genre. D'ailleurs, ça serait plutôt rassurant. Pourtant, après un court flottement, c'est finalement sa voix qui jaillit dans l'appareil.

— Non, c'est moi qui vous rappelle. À tout à l'heure.

— Très bien. Parfait. Alors à t…

Mais la conversation a été coupée avant qu'il ne puisse prendre congé de ses interlocuteurs. Matthias vérifie son écran. Il n'y voit que les visages souriants d'Héloïse et Noémie, et le petit cercle rouge qui orne l'icône de sa boîte mail. Au loin, sur la pelouse, il aperçoit un groupe de clients de l'hôtel qui débute un cours de gymnastique. Le soleil est maintenant haut dans ce ciel toujours aussi limpide. Le décor est le même qu'hier, paradisiaque. Pourtant, son monde à lui vient de s'écrouler.

Terrain de tir à l'arc

Ils sont sept. Un couple de petits jeunes très amoureux – Fanny se demande ce qu'ils font là, dans un club de famille, plutôt que de parcourir l'Italie en Fiat Uno –, un homme seul, très maigre, au visage fermé, un sexagénaire lourdingue qui enchaîne les petites blagues et la grand-mère qu'elle a croisée au buffet hier. Elle se tient droite comme un I, bonne élève, prête à accueillir les recommandations du professeur, guère pressé, qui ne cesse de plaisanter avec le vacancier rigolard. Fanny admire le galbe des cuisses de cette dame qui fait mine de ne pas la regarder, mais dont elle a remarqué l'étrange fascination qu'elle exerce sur elle.

Elle a l'habitude des fuyants, ceux qui ne veulent pas voir ce que le destin peut vous réserver à tout moment, qui lui en voudraient presque d'exposer sa tragédie. Ceux-là préféreraient qu'elle se cache parmi les siens, et ne viennent pas troubler leur belle vie. Ils ne disent rien, puisqu'ils s'efforcent de ne pas la voir. Ce sont les mêmes qui détournent le regard dans la rue lorsque, sans prévenir, une silhouette recroquevillée sur un coin du trottoir vient ralentir leur course. Les curieux, en revanche, chuchotent des choses comme : « Mais tu savais, toi, qu'ils pouvaient nager. » Ce « ils » qui la met dans un grand sac, celui des demi-hommes ou femmes, ces êtres aussi étranges que des satyres de la mythologie, qui l'a longtemps rendue dingue mais la fait sourire aujourd'hui. Il faut reconnaître qu'elle en a fait du chemin, depuis ce 12 juillet 1998.

Et puis, un jour qu'elle nageait dans la piscine, Margaux, qui était toute petite, l'avait comparée à une sirène. Ça avait été comme un électrochoc. Car si, année après année, elle avait appris à s'accepter, à accepter son sort, à l'oublier, parfois, Fanny ne s'était jamais envisagée d'un point de vue poétique. C'était vrai, après tout, qu'avait-elle de différent ? Et puis, tout le monde aime les sirènes. Tout ça n'est qu'une vue de l'esprit, une interprétation qui nous est imposée par la société mais qu'il suffirait de modifier un tout petit peu pour que les mentalités et les regards changent.

La grand-mère semble faire partie de la catégorie des curieux compatissants, qui tentent de masquer leur peine sous un air qu'ils jugent « normal ». Fanny croise son regard. Il est doux mais la pitié est là, tapie tout au fond. Loin, pourtant. C'est rare. Elle a dû affronter des tempêtes, cette femme-là, pour soutenir ainsi le sien. Fanny lit de la détermination dans ses yeux, de la colère aussi. Sous la courtoisie apparente, elle s'avance vers elle. Elles ne vont pas continuer de se sourire bêtement comme ça tout le séjour. Et puis Fanny en a marre d'être seule. Ça lui fera quelqu'un à qui parler.

Lorsqu'elle s'approche, la dame tressaille de surprise. L'animateur paraît également déconcerté, avant d'aller chercher un arc et de petits objets en cuir. Heureusement qu'ils sont sous une pergola en bambou tant le soleil tape. Ici, loin de l'océan, l'air est brûlant et aucun vent ne vient le rafraîchir. Après trois pas hors de l'ombre, l'animateur – Seb, comme l'indique son badge – est déjà en sueur tandis qu'il regagne leur abri d'un pas traînant. Fanny se demande s'il serait le même s'il avait été chargé d'animer l'aquagym. Elle aimerait bien savoir s'ils choisissent, en début d'été, leur petit coin de labeur. Si ce Seb est vraiment un pro du tir à l'arc ou s'il a juste tiré un petit papier « tir à l'arc » dans un grand chapeau. « Tu verras, c'est chiant mais c'est tranquille », lui a peut-être glissé le précédent archer.

Le sexagénaire tout rouge est sur le point d'étouffer sous le flot de paroles qui ne peut jaillir de sa bouche pendant quelques minutes. Si Fanny apprécie cet instant de silence, ce n'est apparemment pas son cas. Il y a des gens comme ça à qui le vide fait peur.

— Eh bien, quelle ambiance ! lance-t-il maladroitement à son groupe.

— Thierry !

Devant le mutisme qui accueille son intervention, ledit Thierry ne se décourage pas. Seb, impassible, lui laisse prendre les commandes, probablement soulagé que quelqu'un se charge de cette partie-là de son job.

— Je propose que chacun se présente ? Bon, Emma et Yohan, vous étiez là hier. Toi aussi, Jean-Claude. Il nous reste ces deux jolies dames.

Tous les regards convergent vers Fanny et sa voisine, toujours droite, les pieds joints, les muscles durs sous son petit short orangé. Fanny perçoit un léger agacement chez elle.

— Je m'appelle Chantal, réplique-t-elle abruptement, ce qui ne laisse guère de place à la conversation.

— Et moi Fanny.

— Bon, mon Seb, tu dors ou quoi ? On a d'autres trucs à faire, nous. Tu veux de l'aide ? continue Thierry, pendant que l'autre se démène avec ses accessoires emmêlés.

— Oui, bonne idée. Tiens, donnes-en à tout le monde.

Chacun attrape un des petits morceaux de cuir et entreprend de le fixer avec habileté à sa main droite. Sauf Chantal et Fanny, qui ne comprennent pas l'utilité de cet accessoire.

— Vous voulez que je vous aide, les filles ? propose l'ambianceur du jour.

— Je veux bien, répond Fanny.

Chantal ne dit rien. Juste un « je vais regarder », à voix basse, pour que Thierry reste à distance de son bras.

— Tu vas finir par me remplacer, toi, plaisante Seb, qui repart toujours avec indolence vers le coin où sont entreposés les arcs et les flèches.

Thierry se rengorge, pas peu fier d'avoir acquis cette expertise après plusieurs étés au club, ainsi qu'il l'explique à son auditoire du jour, dont certains paraissent déjà blasés. Le jeune couple n'écoute même plus. Quant à Jean-Claude, l'homme maigre et impassible, Fanny le surprend en train de lever les yeux au ciel.

— Alors, pour les protège-bras. Il faut le prendre dans ce sens. Attention à ne pas vous tromper de côté. C'est ça, et tu le places bien sur tout l'intérieur de l'avant-bras. Parfait. Attends… Dis donc, tu as la peau douce.

— Thierry, c'est pas un peu fini de draguer mes élèves ?

— Oh, tu charries ! Je rends service, moi, s'esclaffe Thierry, tirant maladroitement sur les scratches de cet étrange bouclier que Fanny trouve assez seyant.

Après la sirène, voilà qu'elle devient une amazone.

Le petit couple s'aide mutuellement à enfiler ce harnachement. Chantal a du mal, malgré son application.

— Vous voulez que je vous l'attache ? lui propose gentiment Fanny.

— Oh, qu'est-ce que j'entends, là ? On se vouvoie ? Lâchez-vous, les filles, on n'est pas au bureau. Ici, on est en mode détente.

Toutes deux tournent la tête vers lui. Chantal a l'air exaspérée mais garde le silence. Son regard, en revanche, en dit suffisamment long pour que Thierry tourne les talons et se dirige vers Jean-Claude, qui s'écarte aussitôt. Merci. Non, il n'a besoin de rien. Thierry se met à siffloter et à faire des moulinets avec ses bras pour s'échauffer.

— Il y en a certains, je vous jure..., soupire Chantal.

— Dommage qu'il ne fasse pas la sieste, celui-là, renchérit Fanny en pouffant.

— Je ne vous le fais pas dire... TE le fais pas dire. Excuse-moi, je n'ai pas l'habitude. Je crois qu'à part ma fille et mes petits-enfants il n'y a pas grand monde à qui je m'adresse comme ça.

— Aucun problème, tu peux me dire « vous ».

— Oui, enfin, si tu lui dis « tu » et qu'elle te dit « vous », c'est bizarre, non ?

— Mais on ne vous a pas sonné, vous !

— Toi...

Chantal ne peut s'empêcher de sourire, tout comme le reste du groupe à présent intrigué par ces deux seniors rigolos. Thierry, ravi de son petit effet, a l'élégance de ne pas en rajouter.

— Donc, Fanny et Chantal n'ont jamais tiré. Je vais leur expliquer. Les autres, je vous laisse reprendre comme hier ou vous avez besoin d'un petit rappel ? demande mollement Seb en reprenant la direction des opérations.

Chacun prend place devant des bottes de paille sur lesquelles l'animateur a fixé de grandes cibles en papier, pour le moment vierges de tout assaut. Seb tend le bras gauche et incite ses deux élèves à faire de même. Il leur montre comment clipser la flèche sur la corde, puis positionner leur main, un index au-dessus, deux doigts en dessous, fermer un œil, viser le centre et lâcher. Sa flèche va se planter pile au centre. Fanny se fait la réflexion que, si discret soit l'attrait d'un individu, il devient souvent séduisant en excellant dans sa discipline. Lorsqu'elle était petite, elle tombait invariablement sous le charme de ses profs d'équitation, d'escalade ou de ski, même s'ils étaient vieux et moustachus. Et Seb ne déroge pas à cette règle. Elle exécute un quart de tour de fauteuil et attrape son arc et une flèche. Ça n'a pas l'air très compliqué. Elle arme, respire, puis lâche d'un coup. Sa corde produit un lamentable bruit de ballon qui se dégonfle. Quant à sa flèche, elle va tranquillement finir dans l'herbe.

— C'est pas grave, Fanny. Continue, c'est bien. Regarde Thierry, c'est pas tellement mieux. Et pourtant, il en fait depuis quatre ans, se moque le jeune homme.

— Ça, ça va se payer au ping-pong ! lui rétorque son interlocuteur, très concentré, qui parvient à planter une de ses flèches dans le cercle bleu, ce dont Fanny se contenterait volontiers.

À son côté, Chantal fait sa première tentative, sans l'aide de Seb, et touche le rouge. Fanny remarque un léger soubresaut de son bras, et son poing qui se ferme. Sa voisine est apparemment animée d'un sérieux esprit de compétition. Ça lui plaît.

— Bravo ! la félicite-t-elle. Tu as déjà pratiqué ?

— Moi ? Je n'ai jamais touché un arc. Mais je suis très sportive, ça doit jouer, j'imagine.

— Moi aussi, je suis très sportive, réplique Fanny, piquée au vif.

C'est vrai, quoi. Elle nage tous les jours, elle fait de la randonnée, de l'athlétisme en compétition – sans compter tous les sports qu'elle faisait avant l'accident. Elle ne va pas se laisser devancer par cette petite dame de rien du tout ! Elle attrape une nouvelle flèche et se concentre. Cette fois-ci, elle réussit à toucher le blanc de la cible.

— Super ! l'encourage Chantal.

— Non ! Ce n'est pas super du tout. Tu vas voir, je me chauffe un peu, et ensuite, personne ne pourra plus m'arrêter.

Fanny arme sa troisième flèche, et atteint le mille. Elle pousse un petit cri qui fait sursauter tout le monde.

— Bravo ! lance Seb. En revanche, essaye de ne pas déconcentrer les autres, lui souffle-t-il avec un clin d'œil en direction de Jean-Claude, qui s'exerce, sourcils froncés, aussi raide qu'un passe-lacet.

Sa flèche vole par-dessus la botte de paille. Son visage reste de marbre. Quelque chose chez cet homme intrigue Fanny. Comme d'habitude, elle voudrait en savoir davantage sur lui. Alors, elle se penche discrètement vers Chantal qui, n'ayant plus de munitions, attend que les autres aient terminé.

— Tu sais s'il est venu en couple, Jean-Claude ? s'enquiert Fanny.

— Non, je ne crois pas, répond Chantal, amusée. Pourquoi, il t'intéresse ?

Fanny pouffe comme une collégienne.

— T'es folle ! Non, déjà, j'ai ce qu'il faut. Et puis, bon…

Elle se ravise avant de préciser à son interlocutrice à quel point elle considère le degré de sex-appeal de Jean-Claude proche du néant.

— Mais… il te plaît à toi ? veut néanmoins savoir Fanny.

— Hein ?

Chantal a l'air aussi étonnée que si Fanny venait de l'interroger sur son désir de devenir meneuse de revue dans un cabaret ou compositrice de musique d'ascenseur. Fanny éclate de rire. Ça lui fait un bien fou. Elle revient vingt ans en arrière, quand elle avait des fous rires interminables avec ses copines de classe. Puis avec Victor, à leurs débuts, qui savait mieux que personne pointer le détail qui la faisait rigoler – ce qu'il ne manquait jamais de faire lorsqu'ils se rendaient ensemble aux réunions parents-professeurs, ou à celles de copropriétaires.

— Chut ! les gronde Seb, en faisant les gros yeux.

Jamais elle n'aurait cru ce jeune mollasson capable de la moindre parcelle d'autorité.

— Je sais que je ne suis plus toute jeune, mais ce n'est pas une raison pour croire que je suis désespérée à ce point. On dirait… un croque-mort ! glisse Chantal à l'oreille de Fanny, qui pouffe de nouveau. Non mais merci bien. Et puis, je ne suis pas ici pour trouver l'amour. C'est fini pour moi, tout ça. Dieu merci !

Fanny cesse de ricaner. Elle n'a rien entendu de plus triste depuis longtemps. Elle ne s'était jamais interrogée sur la durabilité du désir d'aimer. Se pourrait-il qu'un jour elle n'ait plus envie d'avoir de sentiments pour personne ? À quoi servirait-il alors de se lever le matin ? Elle aimerait poser la question à Chantal, qu'elle trouve absolument charmante, et dont elle ne peut imaginer le futur solitaire qu'avec accablement. Mais la voix de Seb l'en empêche, qui les invite à aller chercher leurs flèches.

— Tu veux que j'aille récupérer les tiennes ? propose Chantal.

Si, en temps normal, Fanny n'apprécie guère qu'on l'aide, la façon naturelle dont Chantal lui propose la sienne la convainc. Elle sent que cette femme sait s'occuper des autres avec légèreté. Elle en a l'habitude, ça se voit. Peut-être était-elle infirmière, assistante sociale ou quelque chose comme cela.

— Oui, si ça ne t'ennuie pas. J'irais bien moi-même mais cette herbe mal tondue ne me dit rien qui vaille. Quant à mes flèches, il y en a au moins deux que je n'arrive même pas à apercevoir, mais promis, si je les plante toutes au prochain coup, j'y vais toute seule.

— Ça marche ! lance Chantal sans émotion particulière, déjà partie vers son objectif, tête haute.

Fanny l'observe de dos. Elle n'est pas grande et sa silhouette est plutôt frêle, mais on sent chez elle une force qui rassure et fascine à la fois. La mère de Fanny était accablée par la moindre contrariété du quotidien. Alors, son accident… Fanny a toujours pensé qu'elle lui en avait voulu, et lui en voulait encore de leur avoir à tous imposé ça. Ce changement radical dans la psalmodie d'un quotidien riquiqui. Le regard et la curiosité des voisins qui avaient braqué sur eux des projecteurs bien trop éblouissants. Oui, l'accident de Fanny avait été une tragédie pour sa mère. Pas parce qu'elle pleurait pour sa fille ses jambes endormies à jamais, mais parce que tout ça n'était pas prévu, et que sa mère avait horreur des impondérables. Et plus encore des sujets intimes et des conversations véritables. Alors, quand la douleur était passée, que les mois de désespoir à sonder le fond de son âme et de ses humeurs avaient enfin laissé place à quelques éclaircies, quelques espoirs d'une vie qui vaudrait peut-être le coup, Fanny avait déguerpi. Depuis, elle envoyait une fois par an des photos des enfants à ses parents, parce que son psy trouvait que c'était bien et que ça éloignait tout sentiment de culpabilité, mais elle ne faisait plus d'efforts. Elle choisissait toujours un cliché sur lequel elle figurait avec eux. Margaux petite, posée sur ses genoux, souriante, parce que c'était comme ça qu'elles se tenaient toutes les deux la plupart du temps. Puis Jérémy dans les bras de sa maman, Margaux se cramponnant à une roue et à la main de son père. En fermant l'enveloppe, Fanny pensait régulièrement à cette petite phrase que sa mère ne manquerait pas de prononcer : « Quelle tristesse. » Si elle savait pourtant combien elle a été heureuse.

— Alors, prête à être vaincue ? plaisante Chantal en lui tendant ses flèches.

— J'aimerais bien voir ça ! répond Fanny, décidément séduite par cette petite femme étonnante.

École de surf

— Alors les filles, on a fait le mur ?

Nathan est assis sur une chaise en plastique aux couleurs d'un soda, aux côtés d'un collègue plus âgé et d'une fille qui travaille avec eux. Mais lui seul les regarde passer. Son torse bronze au soleil. Il porte autour du cou un collier fait de petits anneaux multicolores, qui mettent en valeur sa peau caramel. Ses cheveux longs emmêlés sèchent doucement au soleil de l'après-midi. Lena et Margaux marquent toutes deux un temps d'arrêt tant cette vision les chamboule. Nathan n'y prête même plus attention. L'été, c'est son moment. L'hiver, c'est plus compliqué. Ses boutons reviennent, son teint blêmit, et il faut reprendre le chemin de la fac où il a beaucoup de mal à trouver sa place.

— On se promenait, c'est tout.

— Vous n'êtes pas avec vos nounous ?

— Tu parles de quoi ?

— Des monos qui vous gardent.

Le type derrière Nathan lève les yeux au ciel, sans doute blasé par ces techniques d'approche qu'il a dû entendre des dizaines de fois. Ni Margaux ni Lena ne relèvent la pique du jeune homme.

— Il n'y a pas de cours, à cette heure-ci ?

— Non, c'est l'heure de la sieste. Les groupes, c'est le matin, ou en fin d'après-midi selon la marée. Je ne t'ai pas vue, d'ailleurs, ce matin, fait remarquer Nathan en dévisageant Margaux.

Dans le même temps, il remet en place d'un mouvement de tête une mèche invisible tombée dans ses yeux. Lui a-t-il également fait un clin d'œil ? Margaux ne sait pas si c'est l'effet de son imagination. Pour empêcher ses jambes de trembler, elle s'assied devant lui, à même le sol, et prend appui sur des planches en train de sécher.

— Tu veux une chaise ? propose la fille à côté de Nathan.

— Non, je suis très bien ici, la rassure Margaux, bientôt rejointe par Lena qui cherche à intégrer la conversation.

— Et moi, je pourrais m'inscrire même en milieu de semaine ?

— Ça peut se faire… Tu es débutante ?

— Si on veut…

— Ça signifie quoi « Si on veut » ? Tu as déjà surfé ou pas ?

— Quelques fois, oui. À Bali, aux îles Mentawai, à Gold Coast…

— Mais tu fais de la compétition ou quoi ?

— Non, t'emballe pas ! Mon père voyage beaucoup pour son boulot. Je l'ai suivi chaque fois. J'ai un peu pratiqué, c'est tout.

— Gold Coast, t'en as de la chance. Et quelles vagues tu as préféré surfer ? Il paraît que l'Australie est dingue !

Le jeune homme a tiré sa chaise, pile en face de Lena. Résultat, elles sont toutes les deux obligées de lever la tête pour lui parler. Quant à Margaux, elle ne sait plus comment reprendre le contrôle de la conversation. Nathan et Lena s'emballent, discutent de choses qui la laissent indifférente. Et c'est à ce moment-là qu'elle les aperçoit – sa mère et la grand-mère que Fanny trouvait rigolote, ce qui avait déclenché une dispute à table. Margaux est étonnée de pouvoir la regarder ainsi, à son insu. La plupart du temps, Fanny est avec elle, avec eux. Ou bien elle est ailleurs – à son bureau, au restaurant avec ses copines, à la piscine, où elle passe beaucoup de temps depuis qu'ils font moins d'activités tous les quatre.

Les deux femmes rigolent comme des folles. On dirait des gamines. La dame, qui la pousse, a même posé une main sur l'épaule de sa mère – alors que Fanny a horreur qu'on la touche. Sans doute parce qu'elle a trop souvent besoin qu'on la porte, comme le fait encore Victor lorsqu'il y a une volée de marches à gravir. Avant, il le faisait juste pour la faire enrager. Ils se bidonnaient tous de la voir s'énerver, lui crier de la reposer tout de suite, l'air faussement en colère. Margaux éprouve une pointe de jalousie en voyant Fanny et sa nouvelle amie. Elle a bien conscience qu'elle devrait se réjouir pour sa mère. Et que le lien qui les unit toutes les deux devra un jour se desserrer. Mais elle a longtemps pensé que Fanny aurait toujours besoin d'elle. Et qu'elle aurait le cœur brisé lorsque sa fille s'émanciperait, partirait mener sa propre vie…

Pourtant, Margaux est bien plus intéressée par la conversation des deux femmes qui s'éloignent que par celle de Lena et Nathan, qui cherchent à attirer son attention.

— Oh, tu rêves ? T'as vu un beau gosse ?

— C'est pas ça qui manque, ment-elle.

— Nathan nous propose de les retrouver ce soir sur la plage.

— Qui ça, « les » ?

— Les potes du coin, répond-il. Et quelques animes du club, des saisonniers. Des gens « cool », quoi. On se donne rendez-vous après votre spectacle. On fait des feux, on fume un peu, on boit des bières, on écoute de la zique. Les vacances, quoi. Ça te dit ? T'auras la permission ?

— Évidemment ! réplique Margaux, vexée.

Elle tente de croiser le regard de sa copine, mais celle-ci n'en a que pour le jeune homme, qu'elle dévore littéralement des yeux.

— Tu veux faire un tour en scooter ? lui propose-t-il soudain.

— Moi ? Oui… Bien sûr. Mais ma copine ? répond Lena.

Apparemment Nathan ne semble pas plus se soucier du sort de Margaux que de sa première combi. Déjà, il a attrapé son casque, enfilé un tee-shirt arc-en-ciel et se dirige vers le parking. Lena tente un dialogue muet avec Margaux, auprès de laquelle elle s'excuse du regard. « Tu vois bien, je ne peux pas refuser. Tu me comprends, hein ? » dit-elle silencieusement. Non, Margaux ne comprend pas, mais elle a l'habitude. Depuis quelques mois, la plupart des filles de son âge sont comme ça. Elles font passer leurs histoires de cœur avant tout le reste. Comme si c'était subitement devenu vital. Et puis elle ne connaît Lena que depuis deux jours. Le temps a beau s'écouler d'une étrange façon ici, transformant les journées en années et les petites expériences mutuelles en amitiés éprouvées, Margaux sent bien qu'elle aurait tort de protester. Alors elle articule juste un « t'inquiète » avec une expression suffisamment mystérieuse dans l'espoir de susciter chez Lena une infime culpabilité qui viendra peut-être gâcher sa certitude d'avoir fait le bon choix. Et elle la laisse plantée là, seule. Perdue au milieu de la foule.

Chambres du personnel

— Qu'est-ce que tu fais là ?

— Tu le vois bien : ma lessive.

— Tu ne crois pas que tu as autre chose à faire ?

— Comme quoi ? Me reposer ?

— Décidément, on ne peut pas compter sur toi. Tu veux tout faire foirer ? Parce que tu as été choisi par Jean-Michel contre toute logique ? Non mais regarde-toi ! Je ne comprends pas ce qui lui est passé par la tête.

Maryline se cramponne à son panier à linge, dans lequel les vêtements sont parfaitement pliés, rangés par couleurs. La pièce est étroite, percée d'une minuscule fenêtre à barreaux. J'aimerais pouvoir me défendre, m'en moquer. Ne pas prendre ombrage de ses réflexions, hausser les épaules et puis sourire, parce que tout ça n'a pas grande importance. Que je suis adulte, maintenant, responsable de mon secteur, comme elle. Qu'il n'y a aucune raison que je la laisse me parler comme ça. Pourtant, je suis paralysé. Je suis redevenu un enfant comme chaque fois qu'on me parle avec autorité, colère ou hostilité. Mes mains tremblent lorsque j'ouvre la porte de l'immense lave-linge, que j'essaye d'en extraire mes vêtements humides, compactés en un énorme tas trop essoré pour être placé dans le séchoir. Je n'ai pas dormi depuis si longtemps.

— C'est Greg qui aurait dû avoir cette place, comme chaque année. Mais notre petit fayot a voulu faire son intéressant. Sauf que maintenant, il faut assumer, s'entraîner.

— Lâche-moi, Maryline ! Tu sais très bien que je n'ai rien demandé.

— C'est ce que tu dis ! Je suis sûre que tu es allé supplier ton chef avec tes airs de sainte-nitouche. Tu peux bien donner le change auprès des autres, faire croire que tu es un gentil garçon pas très bien dans ses baskets qui subit les choses, mais je vois clair dans ton jeu. À moi, on ne la fait pas.

— Je veux juste faire mon travail. Correctement. Et passer un bon séjour.

— Justement ! C'est ça que tu ne comprends pas, mon petit bonhomme. Tu n'es pas un client, ici. Tu bosses ! On n'est pas en vacances. Le reste de l'année, monsieur fait des études, il vit tranquillement chez sa grand-mère à Anglet, mais les autres, les vrais saisonniers comme nous, on joue notre vie, d'accord ? Juillet et août, c'est primordial. Si on ne se fait pas remarquer ici, ça peut être la mort pour le reste de l'année. Toi, tu es un dilettante !

— Mais tu attends quoi, exactement ? Que je laisse ma place dans le spectacle ?

— Fais comme tu veux, je ne te demande rien. Sauf de t'entraîner. La nuit, s'il le faut. Et d'être prêt pour vendredi. Et puis de ne pas remettre les pieds ici, l'année prochaine. Tu vas bientôt avoir terminé ton cursus, j'imagine ? Tu vas bien finir par dégoter un vrai boulot. Il serait temps que tu trouves un truc qui te corresponde. Et que tu arrêtes d'empiéter sur la vie des autres.

Maryline a allumé une de ses longues cigarettes à la menthe. L'odeur me retourne l'estomac. J'aimerais lui rappeler qu'il est interdit de fumer ici, comme l'indique l'énorme feuille de papier scotchée à la porte de la lingerie. Et puis, mes vêtements vont sentir le tabac froid. Mais je n'ose pas. Je me déteste quand je suis comme ça. Les mots se bousculent dans ma tête, se coincent tout au fond de ma gorge, incapables de sortir. La fureur de Maryline me paralyse. Et je vois bien que ma candeur, qu'elle pense feinte, l'irrite plus encore. Mais comment ose-t-elle me parler ainsi ? Gloser sur ma vie, mes aspirations ? Que sait-elle de moi ?

Ivana l'aurait rembarrée. Elle se serait levée, l'aurait toisée de toute sa hauteur et aurait éclaté de rire, parce que c'est toujours ce qu'elle faisait pour désarçonner ses adversaires. Elle en imposait suffisamment pour que les autres la respectent sans qu'elle ait à faire quoi que ce soit. Et pendant toutes ces années, je me suis blotti dans cette ombre rassurante. Je n'ai fait aucun effort pour sortir de ma prison mentale parce qu'elle était là. Ma sœur. Malia disait souvent à ses amies qu'elle était la plus belle fille de la côte basque. Elle exagérait, bien sûr. On trouve toujours sa petite-fille extraordinaire, j'imagine. Mais elle n'avait pas foncièrement tort. Avec ses longs cheveux bouclés, sa bouche immense et ce mètre quatre-vingts qui dominait tout le monde, on ne pouvait pas la louper. Alors les gens se collaient à elle comme des mouches. Garçons ou filles, tous étaient fascinés par cette grande liane qui était de toutes les fêtes, les virées en mer, et même les soirées caritatives organisées par la mairie.

J'ai bien conscience qu'on idéalise toujours les gens une fois qu'ils sont partis, qu'on leur trouve toutes les qualités, mais dans le cas d'Ivana c'était bien réel. Mon cœur se serre comme chaque fois que son visage s'impose à moi. Son rire commence à s'estomper, et ça me rend malade. Alors le soir, je branche souvent mes écouteurs et je regarde la vidéo de ce spectacle qu'on avait organisé pour Malia et Guy quand on était ados. Entre autres réjouissances, elle m'avait concocté un petit sketch pas très drôle que j'avais répété des semaines entières, et qui ne cessait de la faire hurler de rire – ce qui m'étonnait parce que je ne comprenais pas bien ce qu'il y avait d'amusant. Sur l'enregistrement que je me suis repassé mille fois depuis, on me voit moi, à la fois mal à l'aise et fier, quêtant son approbation, récitant mon texte avec sérieux, mort de peur à l'idée d'en oublier des passages. Et puis on entend ce rire en cascade qui me tord le ventre encore aujourd'hui. Et la caméra du téléphone tenu par Malia qui se tourne vers elle, et qui murmure : « Mais quel numéro, celle-là. » C'était deux ans avant l'accident. Et je pensais alors que ma vie entière serait réchauffée au soleil de ce sourire désarmant, que jamais elle ne me lâcherait la main. Aujourd'hui je suis seul, avec mon linge qui dégringole du panier tandis que je m'efforce de l'introduire dans l'immense sèche-linge numéro 12, tremblant d'angoisse sous le regard furax de cette fille qui parvient à me terroriser parce que ma sœur n'est plus là.

C'était un samedi matin. Le ciel était aussi bleu qu'il peut l'être en arrière-saison, lorsque les touristes ont déserté les bars, les plages et les restaurants, et que nous pouvons profiter à nouveau de notre terre. Peu avant, j'avais fêté mes seize ans et supplié Malia et Guy de m'inscrire à la conduite accompagnée. L'argent hérité de nos parents dormait sur un compte, et devait continuer de le faire jusqu'à ma majorité, mais je savais déjà que, pour vivre libre dans cette région, je devais gagner vite mon autonomie. Je n'aimais pas les deux-roues, et puis les jeunes du coin avaient l'habitude de se regrouper avec leurs scooters pour sillonner les alentours. Qu'est-ce que j'aurais fait, seul avec le mien ? Non, conduire me correspondait davantage. Et puis, j'aurais un train d'avance. Ivana avait obtenu son permis quelques jours après ses dix-huit ans, et acheté une petite voiture qu'elle adorait, et moi aussi. Depuis, on se baladait souvent tous les deux, désertant les côtes pour explorer ces contrées dédaignées des citadins, pique-niquant à l'ombre de cette guimbarde qui nous menait partout. Alors quand, à seize ans, j'ai obtenu le précieux sésame qui m'autorisait à conduire avec elle, Ivana me laissait parfois le volant lorsque nous étions loin de la ville qui continuait de me stresser. J'étais terrorisé, mais je ne crois pas avoir ressenti depuis un tel sentiment de plénitude et de liberté que lors de ces escapades avec ma sœur. Comme ça me paraît loin aujourd'hui. C'était pourtant il y a cinq ans. Ce samedi-là, Ivana m'avait demandé de venir la chercher très tôt chez un type du coin qu'on croisait de temps à autre à La Grotte, un bar où elle m'emmenait parfois et où elle avait passé la soirée. J'étais resté chez nous. Les examens approchaient. Et puis là-bas, je m'ennuyais de plus en plus souvent. Ivana faisait tourner toutes les têtes, et passait la plupart de ses soirées à flirter avec des garçons à qui j'adressais des regards noirs – ce qui avait le don de l'exaspérer alors qu'avant ça la faisait rire. Lorsqu'elle m'avait appelé à 7 heures d'une voix pâteuse, ça m'avait énervé. Comment pouvait-on se gâcher ainsi, et se donner à des crétins pareils ? Elle avait insisté pour que je prenne la voiture. Personne n'en saurait rien. « Tu as l'habitude, depuis le temps ! » La maison du type était à cinq minutes de chez Malia et Guy, lesquels dormiraient probablement jusqu'à 9 heures, parce qu'il n'y avait aucune raison pour que les choses diffèrent brusquement. Notre vie était faite de routines, d'habitudes. « Tu peux bien faire un effort, mettre de côté tes peurs pathologiques, et désobéir de temps en temps. » J'avais perçu dans la voix de ma sœur les reproches que je me faisais quotidiennement à moi-même. Ça m'avait fait de la peine d'entendre qu'elle aussi déplorait ce trait de caractère contre lequel je luttais depuis si longtemps. Et puis, Ivana avait tant fait pour moi. Elle était mon Nord, mon Sud, mon Est et mon Ouest, comme le disait ce poème sublime que notre oncle avait lu aux obsèques de nos parents, et qu'enfants nous répétions inlassablement, comme s'il continuait de nous relier à nos chers disparus. Alors j'ai pris ses clés sur son bureau, jeté un coup d'œil à son lit trop tiré, que j'ai défait par acquit de conscience, au cas où Malia se lèverait plus tôt – dans ce cas je raconterais que nous étions allés voir le soleil se lever sur la mer. La voiture a émis son petit hoquet habituel. J'ai allumé la radio pour me rassurer, donner un peu de normalité à cette transgression qui me terrifiait. J'ai mis le contact et démarré doucement pour que mes grands-parents n'entendent pas le bruit du moteur. En roulant, mon cœur battait à tout rompre. Les mains crispées sur le volant, je sentais si fort l'absence de ma sœur sur le siège passager que j'en avais les larmes aux yeux. C'était idiot. J'allais la retrouver. Mais l'idée qu'elle pouvait disparaître, me laisser, partir loin ou pour toujours, me pétrifiait.

Devant la maison du crétin, j'ai donné un petit coup de klaxon, parce que je n'avais pas envie de le voir, de subir son regard condescendant et encore moins qu'il m'invite à rentrer. Il fallait faire vite. Ivana est sortie en riant, enlacée au type, torse nu, qui ne portait qu'un short et ses tatouages. Elle l'a embrassé et j'ai détourné les yeux. Peut-être bien que j'étais trop possessif avec Ivana – le psy me l'a souvent laissé entendre. Toujours est-il que, malgré les effusions, et son empressement à la retenir lorsqu'elle a finalement accouru vers moi et qu'il a attrapé sa main pour une dernière étreinte, on ne l'a plus jamais revu. Ivana méritait mieux que ces amoureux de supermarché, ces hommes pleins de suffisance qui tombent les filles dans les bars et comptent le nombre de leurs conquêtes, comme le font Greg et ses copains de la plage. Et puis elle est montée, et mon univers s'est à nouveau réenchanté, comme si quelqu'un avait appuyé sur l'interrupteur qui éclairait ma vie. Pourtant, j'étais rempli de colère. Son attitude désinvolte m'a encore plus irrité lorsqu'elle s'est affalée sur le siège comme si tout était normal, et que rien ne comptait. Ni les risques que j'avais pris pour elle, ni le peu de dignité dont elle faisait preuve. Elle m'a pincé la joue l'air de dire que j'étais trop sinistre. Qu'un rien me faisait flipper. Qu'il fallait que je me lâche un peu. « Tu as vu comme il fait beau ? » a-t-elle commenté. Ses cheveux étaient coiffés n'importe comment. Il y avait même un gros nœud à l'arrière dont je préférais ne pas savoir comment il s'était formé en aussi peu de temps. Son haleine témoignait du grand nombre de verres qu'elle avait dû ingurgiter la veille. Son maquillage avait certes un peu bavé, mais je dois dire que ma sœur était presque plus belle que d'habitude. « Roule », a-t-elle dit, en formant comme un petit oreiller avec son sweat, qu'elle a placé sous sa tête avant de baisser le dossier de son siège, pour dormir. « Ivana, tu dois m'aider. Je n'ai pas le droit de conduire sans ton aide, tu le sais », je lui ai dit. Elle a souri à nouveau et répondu : « Tu te débrouilles très bien tout seul. Tu as l'habitude, maintenant. Et puis je checke, t'inquiète. »

Je ne compte plus les fois où je me suis répété cette phrase. « Je checke, t'inquiète. » J'ai remis le contact et suivi ses consignes. Elle a voulu que je change d'itinéraire. Celui que j'avais pris à l'aller était ennuyeux. « Passe par la grande route, ce sera plus rapide et je pourrai prendre un café chez Fred. Ils ouvrent tôt. » Je voulais rentrer, je le jure. Ça me paraissait complètement idiot de perdre du temps comme ça. Mais, évidemment, j'ai obéi. Parce que c'est toujours ce que je fais avec les autres, et plus encore avec Ivana.

Et puis c'est arrivé. On avait beau n'être qu'à cinq minutes de chez nous, par un beau ciel bleu matinal, dans ce paysage magique, c'est à ce moment précis que nos vies ont basculé. Encore une fois. Je me suis longtemps demandé si quelqu'un, là-haut ou quelque part, connaissait à l'avance le cours de nos existences. Si quelqu'un s'était dit : « Tiens, Germain ne le sait pas encore, mais une heure après son réveil, sa vie ne sera plus jamais la même. » Si quelque chose avait pu changer notre destin. Ce qui se serait passé si j'avais refusé de prendre seul cette fichue voiture, d'enfreindre la loi et mes valeurs. Si le crétin n'avait pas voulu de ma sœur, s'il avait habité ailleurs, si Ivana l'avait aimé assez pour passer la matinée chez lui.

Ivana s'est endormie. J'ai alors bifurqué et pris l'avenue de Biarritz, parce que deux cents mètres plus bas on arrivait chez nous, et que cette histoire de pause-café était idiote. J'ai passé la seconde, puis la troisième. J'avais hâte d'arriver. Et c'est à ce moment-là qu'il a débarqué à pleine vitesse. Je n'ai pas vu l'intersection. Pas plus que le camion n'a marqué d'arrêt. Ce matin-là, ni lui ni moi n'avions prévu qu'il y aurait d'autres véhicules sur la route. Le choc a été fulgurant. J'ai crié. Pas Ivana, qui a reçu de plein fouet l'énorme amas de tôle qui se précipitait sur elle. J'entends encore, chaque nuit, le crissement des freins sur la chaussée, les hurlements du métal qui se froisse. Combien de temps la voiture a-t-elle tourné sur elle-même ? Quelques secondes, selon les pompiers. J'ai pourtant eu l'impression que cela ne cesserait jamais. J'ai eu le temps d'imaginer tous les scénarios possibles. Notre décès à tous les deux. Celui de l'un d'entre nous. Nos deux corps coincés, suppliciés dans la carrosserie pulvérisée.

Et puis tout s'est tu. Je crois même avoir entendu les oiseaux chanter. Le conducteur du camion s'est précipité. « Bouge pas, gamin. Surtout. J'appelle les pompiers. » Ma tête était si lourde. J'ai eu la force de baisser les yeux vers mon corps coincé derrière le volant. Pas de sang, ni de douleur fulgurante. J'avais si peur de tourner la tête vers Ivana. Dieu sait ce que j'allais découvrir. Et puis, j'étais bien trop las. La sirène des pompiers a déchiré l'air du matin. Ils ont ouvert la porte de mon côté, et on m'a facilement désincarcéré.

« Comment va ma sœur ? » J'ai dû répéter cette question une dizaine de fois, en vain. Silence radio. Et puis une femme en pull bleu et rouge, queue-de-cheval haute et visage avenant, a bien voulu me répondre. « Elle est en vie. On va la sortir de là. » Ivana était vivante. C'était le plus important. Les jours suivants ont défilé dans un épais brouillard. J'avais l'impression qu'un voile me protégeait des visions trop nettes, et les sons me parvenaient étouffés. Était-ce moi qui refusais de réintégrer tout de suite le monde des vivants ? Est-ce qu'une partie de mon cerveau savait pertinemment que tout n'allait pas s'arranger ? Malia et Guy passaient tous les jours. Les yeux bleu pâle de Malia n'avaient jamais paru si tristes. Guy restait silencieux, mais je voyais bien qu'il avait envie de hurler. Et moi aussi. Parce que les nouvelles d'Ivana restaient floues : « Elle se remet doucement », « On ne sait pas encore grand-chose, mais les médecins semblent confiants ».

Et puis un jour, je suis sorti, le bras en écharpe et la peur au ventre de quitter ce cocon protecteur. Ils avaient beau avoir spécifié qu'un accompagnant était obligatoire, personne n'est venu me chercher. La bonne femme des sorties a dû avoir pitié, à moins qu'elle n'ait considéré que mon état ne nécessitait effectivement pas l'intervention d'une ambulance, ni même d'un proche soucieux de mon état de santé.

Sur le parking de l'hôpital, il commençait à pleuvoir. Le ciel était plombé comme il peut souvent l'être par ici. On ne peut jamais prévoir ce qu'il nous réserve. Un peu comme ma vie, ai-je pensé en me remémorant ce samedi matin ensoleillé. J'ai brusquement fait demi-tour et j'ai exigé de voir ma sœur. Jusque-là, on me l'avait refusé. On me suggérait d'attendre l'autorisation de son chirurgien. Mais, pour une fois, je n'avais pas envie de suivre les injonctions qu'on m'imposait. Je suis monté au service des réanimations, je me suis faufilé derrière une famille en larmes, ce qui m'a broyé le cœur, et je l'ai aperçue. Sur son lit. Presque assise. Elle avait des tuyaux partout, même dans la bouche. Mais elle ne dormait pas. Je me suis avancé en tremblant. Qu'est-ce que je pouvais craindre ? C'était idiot. Elle était là, entière. Ses yeux bougeaient, malgré ces machines qui bipaient bien trop fort pour nos retrouvailles dans ce lieu sans âme. Pourtant, si j'avais su ce qui allait se passer, peut-être que cette fois j'aurais reculé, obéi à ma peur. Et attendu que les jours aient érodé un peu tout ce que j'ai aperçu dans son regard. Cette colère, cette rage, cet intolérable chagrin. Cette haine, pour ainsi dire, tant était noire l'immondice qui emplissait les beaux yeux de ma sœur. J'ai ouvert la bouche mais rien n'est sorti. J'ai approché ma main, doucement, tandis qu'elle me foudroyait du regard et s'agitait pour que j'arrête de la toucher. Alors, lâchement, j'ai tourné les talons et je suis parti.

C'est exactement ce que je fais dans la laverie. Les mots se bousculent dans ma gorge et dans ma tête, restent enfermés. J'aurais tant de choses à répondre à Maryline. Que ça n'était pas ma faute. Qu'elle cesse de me parler sur ce ton. Que je donnerai le meilleur de moi-même pour que le spectacle soit merveilleux. Qu'elle aussi devrait se remettre en question, que ça lui ferait du bien. Parce que pas mal de parents se sont déjà plaints de son attitude… Mais non. Lâchement, je tourne les talons et pars.

— C'est ça, casse-toi !

Et, derrière moi, la porte se referme sur mon abdication.

Réception

— Je vous demande d'annuler nos quatre derniers jours, ça n'est pas compliqué, quand même ! Je ne sais pas, regardez dans votre ordinateur !

J'ai fait ce que je fais toujours lorsque les mots me manquent, et que replonger dans ce passé est trop pénible. J'ai foncé à mon poste pour aller dire un mot à mon équipe, ranger de la paperasse, avant de passer à la salle de spectacle pour m'entraîner avec Carole. Le père furibard est là, à hurler sur Manu, un gars adorable qui fait sa première saison chez nous.

— Il y a un problème ? Je peux faire quelque chose ? interviens-je avec douceur et fermeté.

— Ah, vous êtes là ! C'est vous le chef, c'est ça ? s'exclame le type avec ce mépris qui ne semble guère le quitter.

Comme d'habitude, je reste calme.

— Je suis en charge de l'accueil, en effet. Tu as besoin d'un renseignement ?

— Non ! Ni renseignement, ni programme des activités, ni menu du restaurant ! Je veux partir, c'est pas compliqué !

— Quelque chose ne s'est pas bien passé ?

— Tout ! Rien ! Enfin, c'est pour des raisons personnelles. Je veux qu'on me rembourse les jours que nous ne passerons pas ici. Regardez ma réservation : Matthias Pierrac.

— Germain, on peut prendre un Scrabble ? l'interrompt un jeune homme dont le père l'attend quelques mètres plus loin.

M. Pierrac fait volte-face, prêt à en découdre avec celui qui ose perturber son coup de sang.

— Bien sûr, champion. Je compte sur toi pour gagner le tournoi de ce soir !

Je tends la boîte de jeu rafistolée au garçon, tandis que ledit Pierrac tambourine avec exaspération sur le comptoir de la réception, le nez plongé dans son portable.

— Mais merde ! Ils sont cons, ou quoi ? s'exclame-t-il soudain.

— Un problème ?

— Putain, ils me rendent fou ! Non, enfin si. Préparez-moi ma note.

Je repasse au vouvoiement. Ça me paraît plus prudent.

— Si vous le désirez. En revanche, comme vous l'avez certainement lu dans notre règlement intérieur, les séjours sont payés d'avance, et dus jusqu'à la fin de la semaine. Sauf en cas d'événements personnels graves comme un décès familial. Je… est-ce votre cas ?

— Hein ? Non, pas du tout. J'ai une urgence professionnelle !

— Je comprends, bien sûr. Et vous êtes certain de ne pas pouvoir vous en occuper d'ici ? Je me mêle de ce qui ne me regarde pas, bien sûr. Mais vos filles seront extrêmement déçues de repartir en pleine semaine. Le programme est très important pour les enfants. Les sortir de leur routine peut être douloureux. Peut-être pourriez-vous les confier à quelqu'un, ou faire l'aller-retour dans la journée ?

— Oui, monsieur Dubouche ?

Il a répondu à son téléphone sans même s'excuser. Je constate néanmoins qu'il est capable de se montrer poli, voire mielleux avec autrui. J'ai horreur de ces gens qui choisissent entre ceux auxquels ils témoigneront du respect, et ceux qu'ils dédaigneront – les employés, les serveurs, les dames du ménage, tout cet aréopage de « petites gens » dont la mission se résume, selon eux, à rendre service. L'homme a brusquement pâli. Ses mains tremblent. La sueur perle sur son front. Il a beau s'être éloigné, je perçois des bribes de conversation.

— Vous êtes sûr ? Mais ça n'était qu'un accident, un simple mail. C'est une histoire de fou.

Visiblement, son interlocuteur n'a aucune envie qu'il écourte ses vacances. Lui insiste, puis sa voix se brise et, contre toute attente, je vois des larmes couler sur ses joues. Des larmes de rage, d'incompréhension. Jamais je n'avais vu un homme se fissurer à ce point. À part Guy, peut-être. Et puis je n'entends plus rien. Manu me jette un bref coup d'œil ; lui aussi a observé la scène. Le silence est revenu. Au loin résonnent le bruit de la piscine, les cris des enfants et la musique tropicale diffusée par les haut-parleurs du club. Je m'approche de mon client.

— Ça va ?

Il me regarde comme s'il ne me voyait pas. Il écarquille les yeux d'incrédulité. Son monde semble s'être écroulé. Puis il contemple fixement l'écran de son téléphone, comme s'il y cherchait des réponses. Il vacille un peu, il est de plus en plus pâle.

— Asseyez-vous. Vous voulez un peu d'eau ? Manu, va chercher un verre d'eau !

L'homme murmure :

— C'est fini. Tout est fini.

— Qu'est-ce qui est fini ?

— Ils m'ont viré.

Et puis il s'évanouit.

À l'infirmerie

— Tu nous as fait peur !

— Qu'est-ce que je fiche ici ?

— Tu as fait un malaise. Rien de grave. Tu as été pris en charge par Carole, notre infirmière. Ça va mieux… Matthias ?

— Comment vous connaissez mon prénom ?

— Je m'occupe des entrées et des sorties. Moi, c'est Germain.

— Quelle heure est-il ? Il faut que j'aille chercher les filles.

— Rassure-toi, elles ont été prévenues. Elles mangent avec leur groupe, elles sont ravies.

— Vous leur avez dit que…

— Non, bien sûr ! On ne voulait pas les inquiéter.

— Merci, articule Matthias.

Et ce simple mot suffit à me redonner espoir en l'humanité. Carole range les quelques médicaments qu'elle a sortis. Un gobelet en plastique, une aspirine, une serviette humide.

— Je peux vous laisser ? demande-t-elle. Je dois reprendre les répétitions avec les filles du ménage. Sur *Tenue de soirée*. Et c'est loin d'être au point.

— Ça ne peut pas être pire que moi.

— Pourquoi tu dis ça ? Tu es très bien. Il faut juste que tu t'entraînes encore un peu. Mais tu vas être génial, j'en suis sûre.

— T'es trop gentille.

— Pas du tout. Tu devrais avoir davantage confiance en toi. Tu veux qu'on répète ensemble ?

— Tu es sérieuse ?

— Bien sûr. Mais je ne le ferais pas pour tout le monde. 23 heures à la salle ? Tu ne bosses pas, ce soir ?

— Non. Mais tu es sûre que…

— Puisqu'elle vous dit que ça lui ferait plaisir, intervient Matthias, dont j'avais totalement oublié la présence.

Carole sursaute en même temps que moi, puis l'informe :

— Je dois vous laisser, mais si vous vous sentez à nouveau mal, n'hésitez pas à me demander. Voulez-vous qu'on appelle quand même un médecin ?

— Non, ça va aller. D'ailleurs, si vous pouviez ne parler de cet épisode à personne…

— Bien sûr. Secret professionnel.

— Mais vous êtes danseuse ou infirmière ? Je ne comprends rien.

— Les deux. Enfin, j'ai été embauchée comme infirmière. Et, rassurez-vous, j'ai mon diplôme. Mais j'adore apprendre la danse à mes collègues. Enfin, à certains. Il faut être flexible, ici. Dans la vie aussi, vous me direz.

— Flexible…, murmure Matthias pour lui-même.

Je me tourne vers Carole qui s'en va et lui lance cette vanne désastreuse :

— 23 heures, je serai là. En tenue de soirée…

— Nuit de folie, me répond-elle en souriant.

— Quoi ?

— *Nuit de folie*, c'est le titre de la chanson.

Et elle ferme doucement la porte après m'avoir adressé un regard étrange. Le silence retombe sur la pièce.

— Elle t'aime bien, fait remarquer Matthias.

— Qui ça ?

— La chorégraphe-infirmière. Ne me dis pas que tu ne vois rien ?

— Mais tu te trompes complètement ! On travaille ici depuis quatre ans. Elle est très gentille. On est amis. Collègues. Enfin, les deux.

— Oui, oui. Bien sûr. Nuit de folie…, raille-t-il.

Soudain, je me rends compte que, depuis son arrivée, je ne l'ai jamais vu aussi détendu. Pour un peu, je le trouverais sympathique. Hélas, il se referme aussitôt, cherchant son téléphone des yeux.

— Il n'a plus de batterie, lui dis-je en lui tendant le mobile que j'ai ramassé sur le sol après sa chute. Des soucis professionnels ?

Sans me répondre, il appuie nerveusement sur le bouton latéral.

— Je dois les rappeler. Pour arranger tout ça. Il faut que je prévienne Annabelle. Cela ne va pas se passer comme ça, c'est certain. On ne vire pas un employé pour un mail mal envoyé, c'est sûr. On marche sur la tête. Tu as un chargeur ? Je dois retourner dans ma chambre rallumer ce foutu téléphone.

— Pour être honnête, je pense qu'il est cassé.

Matthias blêmit comme si je lui avais annoncé la mort brutale d'un proche.

— Qu'est-ce que tu racontes ? C'est impossible. Comment je vais faire ? Et il n'y a même pas le wifi dans l'hôtel ? C'est une catastrophe. Je dois immédiatement aller en ville en trouver un autre. Vous avez le téléphone à la réception ? Je dois joindre mon opérateur.

— Calme-toi. Ça n'en vaut pas la peine, c'est juste un objet.

— « Un objet » ? On voit que tu bosses dans un club de vacances. J'ai tout dans cet objet ! Mes contacts, mes mots de passe, mes mails, mes réservations ! Comment je vais faire pour régler cette affaire ? Et appeler Annabelle ?

— Annabelle, c'est ta femme ?

— Oui ! Enfin, on est un peu séparés.

— Ah… Et pourquoi veux-tu l'appeler ?

— Parce qu'elle est avocate !

— Je me mêle peut-être de ce qui ne me regarde pas, mais il y a certainement d'autres avocats que ton ex, non ? Mes parents disaient toujours qu'il ne fallait pas mélanger amour et affaires.

— Qu'est-ce qu'ils en savent, tes parents ? Ils sont réceptionnistes, comme toi ?

— Pas du tout. Ils étaient boulangers. Ils travaillaient ensemble et s'engueulaient toute la journée. Forcément, je pense qu'ils savaient de quoi ils parlaient.

— Ah, et ils ont changé de boulot ? Ou ils se sont séparés ?

— Ils sont morts.

— Pardon…

— Tu n'y es pour rien.

— J'ai été maladroit. Excuse-moi. Et puis, tu as peut-être raison. Ça n'est pas en racontant à Annabelle que je me suis fait virer qu'elle va revenir. Mais elle risque de s'inquiéter. Elle appelle les filles tous les soirs, à l'heure de la douche.

— Tu veux que je lui envoie un message pour la prévenir que tu as perdu ton téléphone ? Elle peut même les appeler sur le mien, si ça t'arrange. Le temps que tu trouves une solution. En revanche, pour ce qui est de ton opérateur, il va falloir attendre demain. Les magasins sont fermés.

Matthias continue de triturer son portable, comme s'il pouvait reprendre vie sous ses doigts. Le silence emplit à nouveau la pièce. Et j'ai beau compatir au désastre existentiel de cet homme, je dois malheureusement le presser parce que mon devoir m'attend.

— Alors, tu me le donnes, ce numéro ?

— Je ne le connais pas… Tu te rends compte ? Je ne connais pas le numéro de la mère de mes enfants.

Depuis toutes ces années, il était enregistré dans ce foutu machin. Merde, mais je suis quoi ? demande-t-il les yeux brillants, avant de fondre en larmes, les doigts agrippés à ce misérable appareil qui, selon lui, contenait sa vie tout entière.

Au Café Shelter

— Tu as bien fait d'insister ! C'est absolument sublime, ici. J'ai tellement pris l'habitude de me mettre là où on me l'indiquait.

— Moi, c'est le contraire ! Ces derniers mois, si j'ai bien appris quelque chose, c'est qu'il ne faut pas se laisser enquiquiner, et ne pas hésiter à enfoncer les portes quand elles restent closes.

Chantal et Fanny ont trouvé refuge dans ce café de bord de mer. Spacieux, refait à neuf, il trône sur trois étages, face à l'océan. Le rez-de-chaussée étant bondé, la serveuse leur a proposé de s'installer à une table individuelle, près du parking. Fanny a bien failli accepter. C'était gentil, pensait-elle, de leur trouver une solution alors que le café paraissait complet.

Mais Chantal ne l'entendait pas de cette oreille. Elle est montée sur ses grands chevaux, en déclarant qu'elles désiraient autre chose qu'un petit coin sombre. Que si c'était comme ça, elles iraient ailleurs. Que Fanny méritait mieux que ça. Alors la jeune femme, loin de se renfrogner comme Fanny l'avait envisagé, s'était démenée pour accéder à leur requête. Elle avait cherché à pousser les tables, proposé d'attendre que les clients du front de mer finissent leurs consommations, et avait finalement pensé à la terrasse sur le toit, utilisée d'habitude pour les concerts de fin de soirée. Le patron avait été d'accord pour faire une exception et l'ouvrir un peu plus tôt. Fanny avait découvert avec délice la gentillesse des habitants de la région. Le café disposait d'un ascenseur qui les avait emmenées tout là-haut. Dans ce petit espace, les deux femmes s'étaient regardées d'un air triomphant, se retenant d'éclater carrément de rire, si fières de ce qu'elles avaient obtenu.

Le vent qui s'est levé fait danser les longs cheveux de Fanny. Avec l'aide de Chantal et de la serveuse, elle a pu facilement s'installer sur une balancelle confortable, et ce simple changement suffit à la ravir. Cela fait près de deux heures, maintenant, que les deux femmes bavardent joyeusement.

— Tu n'as jamais eu cette impression de connaître quelqu'un depuis toujours, sans jamais l'avoir rencontré auparavant ? demande Fanny.

— Non. Pas avant aujourd'hui, répond Chantal, pudique.

Elle baisse les yeux, parce que les sujets intimes ne sont pas son fort. Son talent, à elle, c'est sa robustesse, sa pugnacité, sa détermination. Pas les sentiments. Mais cette femme a fait céder des digues qu'elle croyait immuables. Elle l'a même convaincue de laisser Pierre et Romy au mini-club pour le dîner.

Tandis qu'elles parcouraient la promenade en se moquant des vacanciers, commentant leurs allures ou le physique des hommes croisés, et pouffant souvent de rire, elle lui a tendu son téléphone.

— Appelle, ça te prendra cinq minutes. Qu'est-ce qui t'oblige à suivre à la lettre ce programme qui n'a pas d'intérêt ? lui a dit Fanny après avoir, elle-même, envoyé un message sur la conversation WhatsApp familiale, enjoignant à mari et enfants de se débrouiller sans elle.

Chantal a bien perçu une lueur de tristesse quand elle a ajouté « Ça ne leur fera pas de mal ». Mais Fanny a vite conclu sa remarque par son habituel sourire qui donne de la magie à chacune de ses paroles. Oui, auprès d'elle, Chantal a l'impression que rien n'est grave, que tout peut s'arranger, qu'il est inutile de se plaindre. Mais y a-t-il une hiérarchie dans le malheur ? Lorsqu'elle a prévenu l'équipe d'animateurs qui lui ont confirmé que cette soirée imprévue avec leurs copains réjouissait Pierre et Romy, elle a senti son cœur s'alléger.

Sur cette terrasse, face à l'immensité de l'océan, chacune a déroulé pour l'autre un pan de sa vie. Des souvenirs, de petites joies, des peines, des reproches depuis trop longtemps enfouis. Telles les pièces d'un immense puzzle que chacune tente de reconstituer pour elle-même.

— Moi, ça m'est arrivé une fois. Il y a longtemps. Avec Victor.

Fanny ne regarde pas Chantal. Sans doute le sujet est-il trop intime, ou douloureux.

— Ça peut revenir, alors ? Quand on a une âme sœur, c'est pour toujours.

— C'est joli ça, une âme sœur.

— J'y crois, répond Chantal. Elles peuvent s'éloigner, bien sûr. Mais jamais se quitter. Peut-être que vous traversez juste une zone de turbulences ?

— Je ne sais pas. C'est si difficile de savoir, de prendre la bonne décision. Qu'est-ce qui se passera si je prononce ce mot qu'aucun de nous deux n'ose formuler ? Et si tu avais raison, et que je brise le fil d'une histoire prête à repartir ? J'ai horreur de ces moments où l'on doit décider de son chemin. J'ai l'impression d'être arrivée à un carrefour, d'avoir devant moi deux routes dont l'une est un cul-de-sac, et l'autre la bonne.

— Et si les deux avaient un intérêt ? Je ne pense pas qu'il y ait de bonne ou de mauvaise décision. Seulement la tienne.

— Et toi, s'enquiert Fanny, tu as quelqu'un dans ta vie ?

— Non. Je suis très bien toute seule. J'ai été enchaînée trop longtemps.

— Par un homme ?

— Non. C'est plus compliqué. Je me suis longtemps occupée de ma mère. Chez moi. Pendant… dix ans.

À ces mots, elle écarquille les yeux, comme étonnée par tout ce temps écoulé. Puis, portée par le silence bienveillant de Fanny, et son regard sans jugement, Chantal raconte. Ses journées entièrement dédiées à cet être qui décline et devient chaque jour un peu plus dépendant, jusqu'à l'enchaîner, elle aussi, à son salon transformé en chambre d'hôpital. Les meubles recouverts de boîtes de pilules, de verres d'eau apportés jour et nuit, de mouchoirs froissés, de livres lus à haute voix, dont les mots finissaient par s'envoler avant d'avoir atteint Suzanne, sa maman, qui ne les entendait plus. Les médecins qui passent le mardi, le jeudi, et les infirmières plusieurs fois par jour. Les gestes qu'on vous apprend, parce que c'est plus simple si on les accomplit soi-même. Les soins. La toilette. Et puis le bruit des appareils qui ronronnent dans la pénombre. Les tâches, consignées sur le grand tableau de la cuisine, où étaient autrefois inscrites les dates importantes de la vie de Lily. Dorénavant, Chantal devait organiser ses journées et ses nuits pour maintenir Suzanne en vie, la soulager de ses maux, la garder au contact d'une existence qui se dissout lentement.

C'était là que la routine et la discipline étaient entrées dans la vie de Chantal, pour calmer les questions qui se bousculaient dans sa tête et apaiser la tristesse qui menaçait de déborder. Pour essayer de faire taire ce chagrin qui grondait dans sa poitrine, elle était partie un jour se promener en forêt. Elle avait marché, d'abord, puis accéléré la cadence, jusqu'à sentir le sol dur sous ses pieds, l'ivresse de ses muscles qui se tendent, de son cœur qui s'accélère, de ses poumons qui brûlent. Au bout d'une vingtaine de minutes de course effrénée, lorsque la sueur s'était mêlée à ses larmes, elle s'était arrêtée et tout était sorti – la peine, la colère et la frustration. Ce soir-là, Chantal avait goûté au calme après l'effort. Elle avait même pu dormir d'une traite. Et dès le lendemain, elle avait recommencé. Plus longtemps, cette fois. Et ces séances solitaires, volées au quotidien, lui étaient devenues vitales. Elle avait commandé sur Internet des chaussures de footing et une tenue de sport. Ses séances avaient continué. Elle avait pu progresser. Au bout d'un an, Chantal courait près d'une heure par jour. Le matin, très tôt, avant le réveil de Suzanne. Été comme hiver. Ensuite, la journée pouvait se dérouler. Sans surprises, sans nouveautés, sans rencontres. Mais ça n'avait plus d'importance parce que la discipline et l'effort s'étaient substitués aux désirs. Désormais, plus rien ne la détournait de son devoir auprès de celle qui l'avait mise au monde. Et cela l'avait sauvée, protégée des pensées sombres, des renoncements.

Ce que Chantal n'avait pas prévu, c'est que ça durerait aussi longtemps. Lorsque Suzanne était venue vivre avec elle, Chantal avait soixante-deux ans, une énergie folle et l'envie de découvrir le monde après une vie de labeur. Mais la parenthèse s'était prolongée. Est-ce pour cela qu'elle avait voulu ménager son corps ? Pour le garder fonctionnel, puissant, en bonne santé, le plus longtemps possible ? Pour être en mesure de reprendre le cours de son existence là où elle l'avait laissé ? Ensuite, il y avait eu les leçons de gymnastique sur Internet, qu'elle avait intégrées à sa routine, et le vélo d'appartement qu'elle s'était offert un Noël – une folie qu'elle n'avait pas regrettée. Elle avait installé le vélo à côté du lit de Suzanne, et pédalé près d'elle. Toutes ces années. Quel tableau ça devait être que ces deux femmes enchaînées l'une à l'autre ! Ces dix années avaient été terribles et pourtant elles étaient passées à toute vitesse. Plus rapidement, peut-être, que les décennies heureuses partagées avec Lily.

Depuis le mois de mars, le lit a quitté le salon avec les flacons, les mouchoirs et les appareils médicaux. Les vêtements de Suzanne ont été donnés en même temps que les livres que Chantal lui lisait. Le vélo, les tapis, les haltères sont restés. Chantal a continué de pédaler avec rage vers des terres imaginaires qu'elle ne verrait sans doute jamais.

Le soleil a entamé sa lente plongée vers l'océan. Le ciel a pris des teintes orangées qui se reflètent dans les yeux noirs de Fanny. Elle ne l'a pas interrompue. Pas plus qu'elle ne cherche à rompre le silence qui s'ensuit. Chantal semble sidérée par l'évocation de ces secrets enfouis depuis si longtemps.

Autour des deux femmes, les tables se sont remplies, et un léger brouhaha les enveloppe, auquel elles n'ont pas prêté attention. Quelle heure peut-il être ? Fanny jette un coup d'œil à son portable, et y découvre de nombreux textos. Victor veut savoir où elle est, putain. Comme chaque fois qu'elle découvre un message de ce genre, ou d'autres, désespérément dénués d'affect, elle ne peut s'empêcher de se demander comment ils en sont arrivés là. Fanny aimerait s'en ouvrir à Chantal, dont elle se sent soudain étonnamment proche. Mais qu'est-ce que ce bout de femme, qui n'a apparemment connu qu'un seul homme, pourrait bien comprendre à son histoire ? Et puis il est tard. Elle doit aller récupérer Jérémy – même si cela signifie affronter la scène que Victor ne manquera pas de lui faire. Peut-être que le moment d'en finir est arrivé. Sauf qu'il leur reste trois nuits ici. Fanny insiste pour régler l'addition. À charge de revanche. Elle tend sa carte pendant qu'elle appelle son mari pour le rassurer. Oui, elle est toujours au Café Shelter. Oui, avec la dame du club. Elle baisse le son du téléphone parce qu'il se met à hausser le ton.

— J'arrive, j'arrive, marmonne Fanny, tandis que Chantal a déjà empoigné son fauteuil.

Sur le chemin du retour, elle ne pose pas de questions, elle a compris que Fanny n'a pas envie de parler de ça maintenant. Peut-être plus tard. Elles longent à nouveau la mer, poussent la grille de l'hôtel et sont surprises par la clameur qui s'échappe de la salle de spectacle. Et par la curieuse sensation de réconfort qu'elles éprouvent en entrant dans ces lieux devenus familiers.

— C'est sympa, quand même, non ? demande Fanny en tournant son visage hâlé vers Chantal.

— Oui, oui.

Fanny insiste avec une petite moue, l'air de dire « Allez, pas à moi ».

— Mais oui, c'est sympa, reconnaît Chantal en souriant.

Au loin, au-dessus du phare de Biarritz, explosent les premières fusées d'un feu d'artifice.

Plage des Corsaires

— Ouah, c'est trop beau ! C'est pourtant pas le 14 Juillet !

— Comme elle est mignonne. Tu sais, ici, des feux d'artifice, il y en a un peu tout le temps. Du moment qu'on ne se fait pas serrer par les flics, on en tire quand on veut tout l'été. Ça te dirait qu'on en organise un demain soir ?

— Je ne sais pas si je pourrai revenir. Là, c'est exceptionnel, ma maman était sortie.

— « Ma maman » ! Hé, Greg, tu les prends à quel âge, maintenant ? Fais gaffe, je veux pas d'emmerdes.

— C'est pas moi qui les ai amenées, celles-là. Je ne les connais même pas.

Margaux se renfrogne. Elle n'aime pas qu'on parle d'elle comme d'une marchandise. Et ces types ne lui plaisent pas beaucoup, même si elle éprouve une certaine fierté d'avoir été acceptée à cette soirée plutôt privée, en marge des événements du club, trop famille. Ici, des jeunes vraisemblablement majeurs trinquent à la bière autour d'un feu de camp, au son d'une guitare sur laquelle joue une jolie fille aux cheveux longs qui fascine l'adolescente. Lena s'est installée près de Nathan, qui tire sur un joint. Il rigole en écoutant un idiot qui a l'air d'un homme et arbore un énorme tatouage sur le mollet. Margaux éprouve un mélange d'excitation et d'appréhension qui la fait hésiter entre l'envie de s'en aller et celle de profiter de cette chance qui lui est donnée de découvrir la vie qui l'attend – ce dont Fanny cherche tant à la préserver.

Nathan a passé son bras autour des épaules de Lena, qui se blottit contre son torse nu à peine recouvert d'un sweat laissé grand ouvert. Ses yeux brillent de désir et de gratitude, et plus encore lorsque le jeune homme glisse son index dans le creux de son cou pour la caresser. Puis elle accepte crânement de tirer sur le joint qu'il lui propose. Lena tousse, et tout le monde éclate de rire. Sauf Margaux, qui ne trouve pas ça drôle. Elle voudrait dire à sa copine qu'elle n'est pas obligée de tout accepter de ce garçon. Qu'il ne lui inspire pas confiance. Qu'elles devraient rentrer, s'entraîner pour le spectacle avec les autres. Que sa mère doit s'inquiéter maintenant qu'il fait nuit. Mais elle n'ose pas.

— Tu veux une bière ? lui propose le fameux Greg, celui qui a affirmé ne pas les connaître alors que Margaux l'a croisé une dizaine de fois au club.

D'accord, ces mecs rencontrent des centaines de nouveaux clients par semaine, d'autant qu'elle n'a que quatorze ans, mais elle ne trouve pas ça très professionnel de la part d'un employé du club. Et d'ailleurs, qu'est-ce qu'il fait là ? Il ne devrait pas être en train de bosser ?

— Non, je ne bois pas d'alcool.

Mais aussitôt elle s'en veut. Elle n'est pas obligée de « raconter sa vie », comme dit Jérémy ; et puis ça fait trop gamine.

— Tu as raison, moi non plus, murmure Greg, dont elle découvre le beau visage à mesure qu'il se rapproche du sien. Tu as envie d'y aller ? Je retourne au club. J'ai encore pas mal de trucs à faire, ce soir.

Avec un sourire désarmant, il se lève et époussette son pantalon de toile. Margaux jette un coup d'œil à Lena, qui a déjà glissé sa langue dans la bouche de Nathan. Alors elle accepte la main tendue par l'animateur, qui balance un « à tout à l'heure » à la cantonade, sans vraiment attendre de réponse. Cette bande paraît si libre, dispensée de toute contrainte – les horaires, les devoirs, les comptes à rendre. Et elle a beau se demander si Fanny est rentrée, et si elle s'inquiète de ne pas la voir avec les jeunes du club, elle s'en fiche. Elle a trop souvent pris soin de ménager sa mère, et en cet instant elle a besoin de se sentir comme les autres. Une ado déraisonnable, qui ne se préoccupe pas des angoisses de ses parents.

— Ça te gonfle, le mini-club ? demande Greg, qui marche très près d'elle, et pas aussi vite qu'elle le souhaiterait, compte tenu de l'obscurité qui les entoure.

— Oui. Non. Enfin, par moments. C'est un peu des gamins, là-bas.

Elle ne veut pas le vexer, il est le chef des activités. Mais elle ne veut pas non plus qu'il la considère comme ces mômes ravis de se trémousser devant une peluche géante.

— C'est vrai que tu as l'air plutôt mûre, commente Greg en plantant ses yeux noisette dans les siens.

— Ça fait longtemps que tu travailles au club ? demande Margaux pour changer de sujet, parce qu'elle se sent de plus en plus mal à l'aise.

— Dans celui-ci, oui. Je change souvent. Cet hiver, j'étais à l'île Maurice. Tu connais ?

— Non. Mais ça doit être top.

— Tu l'as dit. Mais pas autant que toi.

Margaux sourit bêtement et fait mine de n'avoir rien entendu. Comment un adulte peut-il s'intéresser à elle ? Est-ce qu'elle fait plus vieille que son âge ? Mais il a lui-même parlé du mini-club, alors il sait qu'elle est trop jeune pour lui plaire. Et puis même si elle a bien vu qu'il fait craquer les filles sur la plage et à l'hôtel, il ne l'attire pas vraiment. Non. Il est trop vieux. Ça lui fait peur.

Alors qu'ils ne sont plus qu'à quelques centaines de mètres de l'hôtel, Greg bifurque brusquement vers le parking plutôt que de passer devant les bars et les restaurants, comme Margaux en a l'habitude.

— C'est plus rapide, assure-t-il, avant qu'elle n'ait eu le temps de protester.

Et, tandis que l'obscurité s'intensifie et que s'éloigne peu à peu la rumeur de la rue, il continue de l'interroger sur sa vie, lui demande si elle a un petit copain. Puis il s'arrête, lui caresse doucement la joue et l'embrasse. Margaux sursaute et recule. Greg s'esclaffe ; elle n'aime pas son rire. Son attitude n'a plus rien à voir avec celle qu'il avait tout à l'heure, sur la plage. D'autant qu'il s'approche de nouveau.

— Tu n'en as pas envie ?

Mais ce n'est pas une question. Plutôt une façon d'affirmer : « Je sais que tu en meurs d'envie. » Est-ce que c'est vrai ? se demande Margaux. Elle a déjà embrassé deux garçons de son âge, et elle mentirait si elle disait ne pas être flattée de vivre cette expérience extraordinaire avec ce bel homme qui s'intéresse à elle et la trouve à son goût. Elle songe aux messages qu'elle pourra envoyer à ses copines. Mais il pousse trop loin sa langue dans sa bouche. Et elle n'aime pas son odeur. Il est trop pressant. Il a pris sa main et cherche à l'approcher de son sexe durci en grognant. Margaux est partagée entre le désir de s'enfuir et la peur de passer pour une allumeuse, ou une gamine incapable de profiter des plaisirs de la vie. Elle ne connaît pas encore les codes de l'amour. Est-ce qu'elle lui a laissé entendre qu'elle n'attendait que ça ? En le suivant sur le parking, est-ce qu'elle a inconsciemment accepté ce qui allait suivre ? Le baiser, toucher son sexe, sentir l'odeur de la bière dans sa bouche. Il a pourtant prétendu qu'il ne buvait pas. Margaux retire sa main. Mais Greg en profite pour glisser les siennes sous son débardeur, devenu soudain trop court. Elle a envie de protester, de lui dire qu'elle n'a plus envie de ça, qu'elle voudrait rentrer à l'hôtel. Qu'elle a besoin de réfléchir, que c'est allé trop vite. Mais elle est tétanisée. Elle qui d'habitude n'a aucun mal à exprimer sa volonté, ses convictions, sa colère, reste curieusement paralysée, comme hors de son corps. Elle se regarde de l'extérieur sans savoir quoi faire, ni comment réagir. Ce serait pourtant si simple de prononcer ces mots : « Non, je ne veux pas. »

Au même moment, elle entend des pas, et aussitôt elle se réveille de cet étrange moment d'égarement. Elle repousse vivement Greg et bredouille :

— Il y a quelqu'un !

Parce qu'elle trouve plus facile de faire croire qu'elle craint d'être découverte, que d'avouer qu'elle a peur de lui. En s'avançant entre les voitures, elle aperçoit Germain, le réceptionniste sympa qui a déjeuné avec eux. Elle se précipite vers lui, le rattrape et lui tape sur l'épaule.

— Coucou ! s'exclame-t-elle, alors qu'elle a envie de lui crier : « Au secours. Je suis terrifiée. »

Germain sursaute et tourne vers elle sa gentille bouille auréolée d'un chignon haut. Il paraît très étonné de la trouver ici, seule sur un parking la nuit.

— Ça va ? Qu'est-ce que tu fais là ? Tu n'es pas avec les autres au spectacle ?

— Non, j'y allais. Toi aussi ? Je peux t'accompagner ?

Il s'apprête à lui répondre que oui, bien sûr, lorsque surgit Greg, qui trottine vers eux l'air aussi satisfait de lui-même que contrarié de le voir.

— Alors, Germain. Toujours fourré avec les gamines ? Fais gaffe. Elle n'est pas majeure.

Avant que le jeune homme n'ait pu répliquer, Greg a déjà disparu, non sans avoir jeté à Margaux un étrange regard – un mélange de mépris amusé et de menace silencieuse. Germain, qui a surpris cet échange muet, semble soudain inquiet. Tous deux reprennent néanmoins le chemin de l'hôtel. Margaux continue de lui sourire, tout en s'accrochant à son bras comme à une bouée de sauvetage.

— Tu n'étais pas avec lui, quand même ? ne peut s'empêcher de lui demander Germain.

Mais, alors que la jeune fille s'apprête à lui répondre, ils entendent la voix de Maryline résonner dans le micro de la salle de spectacle, appelant Lena et Margaux, ou toute personne qui les aurait croisées, à prendre contact avec le mini-club.

Chambre Étoile de mer

— Je ne vois pas ce que ça change. Tu m'as bien fait comprendre que passer du temps avec moi ne t'intéressait pas vraiment.

— Ah oui ? Quand ça ?

— Constamment !

Fanny est assise sur le lit. Victor reste debout près de la fenêtre grande ouverte. Le phare de Biarritz éclaire par intermittence le ciel, indifférent à l'orage qui gronde dans leur chambre. Des vêtements sont éparpillés un peu partout, les serviettes pendent çà et là. Ils se sentent tellement seuls et démunis dans ce petit espace qui aurait pu être celui du bonheur. Victor allume une cigarette qu'il tient au-dehors de la pièce pour ne pas faire hurler l'alarme fixée bien en évidence au plafond. Il contemple l'horizon pour ne pas croiser le regard de Fanny. Elle redoute ce qui va suivre. Après ce silence. La vie, songe-t-elle, peut prendre une autre direction, pour toujours, seulement guidée par une interrogation, ou une parole, venue écorner un destin trop lisse. Alors, pour une fois, Fanny se tait et retient ses larmes. Elle repense à l'histoire de Chantal. À ses dix années mises entre parenthèses. Ça n'a rien à voir, bien sûr, mais elle mesure le courage qu'il faut pour bousculer les choses, pour accepter de se poser les questions qu'on n'a cessé d'écarter, quitte à avoir mal un bon coup. Ou pour choisir de rester pour de bonnes raisons.

— Tu veux que je parte ?

Elle a l'impression de recevoir un coup de poing en plein ventre. Parce qu'ils ont fait si longtemps semblant que leurs problèmes n'en étaient pas. Et parce que c'est finalement lui qui a pris l'initiative d'aborder le sujet, lui laissant ainsi le choix de la décision finale.

— Et toi, tu veux partir ? réplique-t-elle.

— Pourquoi tu me retournes la question ? C'est moi qui te la pose. Merde, Fanny, qu'est-ce que tu souhaites vraiment ? Tu vois bien que ça ne marche plus, nous deux. On s'ennuie. On ne sait plus comment s'aimer.

— Tu ne m'aimes plus ? insiste Fanny, car c'est tout ce qu'elle a retenu. Et puis où, d'abord ?

— Là n'est pas la question.

— Si. C'est la seule qui compte !

— Tu réagis comme une gamine. On n'a plus vingt ans. Le couple, ça ne se limite pas aux sentiments. Ce qui compte, c'est le désir d'avancer ensemble, continuer à faire des projets. C'est la nécessité de se sentir soutenu par l'autre. Tu comprends, ça ?

— Parce que je ne te soutiens pas ?

— Non ! Justement. Tu ne te rends compte de rien, parce que tu es obnubilée par ta petite personne. Oh, tu peux écarquiller les yeux et prendre tes airs de martyre, moi, je ne t'ai jamais traitée autrement que si tu avais tes deux jambes ! Oui, j'ose te le dire, Fanny, tu es devenue égoïste. Il n'y a que ton boulot, tes enfants – moins, maintenant qu'ils ont grandi –, tes copines, et ce besoin viscéral de prouver au reste de l'univers que ton handicap ne change rien. C'est pour cette raison que je suis tombé amoureux de toi, je ne le nie pas. Mais moi, là-dedans, je deviens quoi ? Je gravite autour de ton petit monde parfait, je suis le gentil mari qui a épousé une femme au courage admirable, celle sur laquelle on se retourne parce qu'elle est un symbole pour tous ceux qui ont perdu le leur, ou parce qu'on a pitié. Je sais tout ça, Fanny. Mais moi ? Merde ! Ça fait des années que je m'efface. Que tu m'effaces. Moi aussi, j'ai besoin de figurer sur la photo, tu comprends ?

Fanny en a le souffle coupé. Elle s'était tant préparée à ce que Victor tombe amoureux d'une autre. Elle a toujours redouté qu'il ne soit tenté par une vie plus simple – des promenades à vélo avec une femme debout sur ses jambes, avec des fesses qui ondulent devant ses yeux, des danses corps contre corps, des footings au petit matin, des soirées dans un petit bar clandestin, seulement accessible par un escalier étroit, ou des pique-niques en amoureux au sommet de chemins escarpés… Oui, il a beau n'avoir jamais évoqué son handicap comme un élément déterminant de leur vie de famille, et elle a beau avoir toujours feint de croire que ce n'était pas un problème, quelque part au fond d'elle, elle pensait que ça l'était. Mais jamais dans le sens où Victor l'entend ce soir. Alors qu'il rallume une cigarette et que le silence retombe sur la pièce, un feu d'artifice éclate dans le ciel. Et, sans se retourner, comme mû par le besoin vital d'exprimer toute sa frustration contenue, Victor reprend :

— Au début, j'étais fier de ça, de la façon dont tu avais transformé ton accident en force. Si tu savais le nombre de fois où des collègues, des commerçants, même mes amis et ma famille ont profité de ton absence pour m'exprimer leur sollicitude, me dire combien cela devait être dur d'avoir à supporter « ça ». Comme si j'étais ton aide-soignant, ou quelque chose du genre. Ça me rendait dingue, parce que ça n'a jamais été les rapports que nous avons eus toi et moi, et tu le sais. J'avais beau leur répondre que pas du tout, que tu te débrouillais très bien sans moi, qu'au contraire le plus dépendant de nous deux, c'était moi, je continuais à voir dans leurs yeux cette putain de pitié. Mais je n'en avais rien à fiche, et c'est toujours le cas aujourd'hui.

» Tu te souviens, quand j'ai fait ma dépression, après la mort de ma mère, et que tu me caressais les cheveux toute la nuit, pendant que je sanglotais comme un gamin ? J'avais tellement besoin de toi. Depuis quinze ans, quand tu t'approches, le bruit de tes roues, c'est comme le son des pas des enfants. Ça me rassure, c'est ma vie. Les gens me demandent souvent si je rêve que tu remarches, mais je m'en contrefous, moi, que tu remarches ! Ce que je voudrais, c'est qu'ils arrêtent tous de me regarder comme ça, avec leurs yeux pleins de commisération. Qu'ils cessent de prendre nos putains de places sur les parkings, ou de me jeter des regards noirs quand je sors de la bagnole sur mes deux jambes, avant d'apercevoir le fauteuil et de détourner les yeux. Ce que j'aimerais, c'est qu'ils construisent des rampes partout, et qu'ils rangent leur compassion. Parce que je n'en ai jamais eu besoin. Non, Fanny, tout ça n'a jamais été un problème, pour moi. Jamais…

Il pousse un long soupir, passe sa main sur sa barbe, comme il le fait souvent lorsqu'il est mal à l'aise ou soucieux, et poursuit :

— Ce qui l'est devenu, c'est ton besoin obsessionnel de prouver que tu n'es pas un poids. Pour moi, pour les enfants, pour la société. Tu ne t'en rends pas compte, mais tu m'as oublié en cours de route. Et comme tout le monde semble considérer depuis le début que je suis au troisième plan de la photo de notre couple – après ma femme et son fauteuil –, eh bien, c'est ce que je suis devenu : un fantôme. Même pour toi.

— Comment peux-tu dire des trucs pareils ? Je…

Fanny n'arrive pas à parler. Elle est trop bouleversée par les paroles de Victor. Par l'immense amour qu'elles expriment, mais surtout par tous les reproches qu'elles contiennent. Elle aimerait pouvoir tout poser à plat, réfléchir, remonter le fil de leur histoire. En vain. Elle a toujours eu horreur des conflits, et, dans ces moments-là, son esprit fonctionne au ralenti. Victor la regarde, attend. Mais Fanny est incapable de penser, d'articuler le moindre mot, malgré les supplications qu'elle lit dans ses yeux.

La musique joyeuse du spectacle, puis la voix lointaine d'une des animatrices leur parviennent, ponctuant de façon incongrue la gravité de l'instant. Leurs corps sont trop loin. Fanny parviendrait-elle à parler à Victor s'ils se tenaient l'un contre l'autre ? Elle lui demande de s'approcher. Mais il fait mine de ne pas l'entendre. Alors elle tire le fauteuil vers elle, s'appuie sur ses bras et s'assoit avec difficulté.

— Tu te casses ? s'étonne Victor avec humeur, sans comprendre qu'elle désire juste lui prendre la main, le serrer fort, presser son visage contre sa poitrine, sentir son cœur qui bat, comme autrefois.

Fanny s'apprête à répondre mais la porte s'ouvre avec fracas sur Jérémy, rouge d'avoir couru.

— Elle est avec vous, Margaux ?

— Non, pourquoi ? Elle est au club avec sa copine. Elles devaient répéter le spectacle.

— Ils ont dit dans le micro qu'elles étaient introuvables. Vous n'avez pas entendu ?

— Qu'est-ce que c'est que cette histoire ? s'écrie Victor. Qui a dit quoi ?

— Je ne sais pas. Ils ont demandé si quelqu'un les avait vues.

— Non mais c'est quoi, cet hôtel ? On rêve ! Ils sont censés surveiller les enfants. C'est du délire. Fanny ? Tu sais où elle est ?

Ce n'est même pas une question. Presque une menace. Dans les yeux de Victor, il n'y a plus que de la colère.

— Bien sûr que non. J'ai les mêmes infos que vous. Calme-toi, on va l'appeler sur son portable.

— Le père de Lena dit qu'elles sont injoignables, répond Jérémy, qui a visiblement une longueur d'avance sur eux en termes d'informations.

— Bon, on ne va pas rester plantés là ! gronde Victor en se précipitant dans le couloir.

Jérémy s'est placé derrière sa mère pour pousser son fauteuil. Il a compris qu'il faut agir vite, et sait déjà qu'elle n'osera pas refuser son aide. Tous trois entrent dans l'ascenseur. Victor grommelle des reproches que Fanny s'efforce de ne pas écouter. Elle ne veut pas qu'ils se disputent devant leur fils. Et puis, il n'y a pas de temps à perdre. Elle espère que, plus tard, il s'excusera d'avoir prétendu, même à mi-voix, que sans son idée débile de club de vacances, ils n'en seraient pas là. Qu'on ne laisse pas sa fille de quatorze ans sortir avec des inconnus pour aller boire des verres. Que c'est vraiment n'importe quoi, ces vacances.

Victor marche à grandes enjambées vers le patio, suivi de Jérémy qui pousse sa mère en courant pendant qu'elle tente de le rassurer :

— Elle ne doit pas être bien loin.

Ils croisent des enfants qui ne sont pas Margaux. Ils font des signes à Jérémy, leurs parents sourient, inconscients du drame qui se joue dans leur famille. Et puis, soudain, Victor aperçoit au loin Margaux, accompagnée de Germain, le réceptionniste. Il s'élance vers elle. Fanny, qui a du mal à le suivre, presse Jérémy. Arrivé à la hauteur de sa fille, Victor la serre contre lui, l'étouffe presque, lui caresse les cheveux. Un peu en retrait, Fanny remarque les larmes qui roulent sur les joues de son mari. C'est de tendresse qu'ils manquent, comprend-elle brusquement. Parce qu'ils ne savent plus se la donner.

Pendant ce temps, Germain baisse les yeux, gêné d'être témoin de ce drame familial. Puis, desserrant son étreinte, Victor se tourne vers lui, ivre de colère :

— Qu'est-ce que vous foutiez avec ma fille ? Vous lui voulez quoi, à ma famille, à la fin ?

— Victor…, tente de s'interposer Fanny.

— Toi, tais-toi !

— Papa ! Arrête, supplie Margaux, affolée par la tournure que prennent les événements.

— Je te préviens, si tu as fait quoi que ce soit à ma fille… ! menace Victor en approchant son visage de celui de Germain, tandis qu'un attroupement commence à se former autour d'eux.

— Papa ! Il n'a rien fait. J'étais juste sortie avec Lena.

— Mais, ma chérie, qu'est-ce que tu fabriquais dehors ? Je pensais pouvoir te faire confiance, s'étonne Fanny.

— Pardon, maman. Je n'aurais pas dû, sanglote Margaux, qui vient nicher son visage dans le cou de sa mère, bientôt rejointe par Jérémy, bouleversé lui aussi par cette brève disparition et la tension qu'elle a engendrée.

Tous les deux s'assoient sur un des genoux de Fanny, comme ils le faisaient quand ils étaient tout petits, et que Victor venait refermer ce sandwich familial. Mais cette fois-ci, il ne bouge pas. Il se contente de les regarder tristement, avant de reculer de quelques pas et d'annoncer à voix basse qu'il s'en va. Fanny a juste le temps de voir sa longue silhouette un peu voûtée disparaître dans la nuit.

Chambre Surfing Paradise

Noémie et Héloïse sont couchées. Matthias a attendu qu'elles s'endorment, allongé sur le troisième lit de leur chambre. Les nuits sont plus fraîches ici qu'à Paris lorsque juillet transforme en étuve son appartement de l'avenue de Versailles – qu'il va devoir quitter prochainement, s'inquiète-t-il. C'est une des plus belles semaines depuis longtemps, lui a dit Germain. Ce type est surprenant, songe Matthias. Il est parvenu à l'apaiser par sa seule présence. Pourtant, ce qui lui arrive est pire que tout : perdre son emploi. Si on lui avait laissé le choix, Matthias aurait sans doute préféré contracter une grave maladie, ou perdre l'usage d'un membre.

Mais, étrangement, alors que ce qu'il redoutait le plus vient de se produire, Matthias est bien moins secoué que ce qu'il aurait imaginé. Est-il en état de sidération ? Oui, c'est sûr. Il est comme ces canards qui continuent de courir après qu'on leur a coupé la tête. Lorsqu'il comprendra qu'il a tout perdu, il s'effondrera pour de bon. Toute la journée, pourtant, il a regardé sans frémir son monde s'écrouler. À cause du scandale, les réseaux sociaux ont bruissé pendant des heures. Il a reçu des milliers de notifications, d'insultes, de menaces, avant de se résoudre à supprimer ses comptes. Ce suicide social aurait dû l'achever, mais il en a éprouvé presque du soulagement, comme s'il se défaisait d'une peau devenue trop étroite. La suite a été pire. Les médias affamés de nouvelles trop rares en cette période estivale se sont emparés de son histoire. Il est devenu le symbole d'un monde passé, l'étendard d'un sexisme antédiluvien que les jeunes pousses débarquées dans le monde professionnel veulent bousculer, dénoncer, brûler. Alors c'est lui qu'on brûle.

Dubouche n'a même pas pris la peine de lui envoyer un texto. La direction des ressources humaines lui a signifié son licenciement pour faute grave par mail officiel, et demandé de ne pas repasser dans les locaux. Ils lui feraient parvenir ses quelques affaires par coursier chez lui, lorsqu'il serait rentré. Mais, à bien y réfléchir, Matthias n'a pas laissé grand-chose là-bas. Ni objet personnel, ni dessin d'enfant, ni pot à crayons irremplaçable. Ses tiroirs sont toujours restés vides. Il ne possède rien qui incarne cette vie-là. Juste quelques présentations PowerPoint enregistrées sur un *drive* que l'entreprise aura probablement effacées, comme lui. Il n'est plus que le vague souvenir d'un employé discret et travailleur, qui a hélas entaché le nom du groupe, et qu'il faudra vite oublier.

La presse a annoncé que la candidature de Camille Levard a été prise très au sérieux et que l'entreprise, séduite par ce profil agile et connecté, s'est engagée à la recruter au plus vite. Dubouche a même été cité – c'est lui qui a mené son entretien d'embauche. Elle occupera le poste laissé vacant par Matthias – le fantôme effacé de l'organigramme. Ça n'a pas traîné. On a passé un coup d'éponge sur sa faute, sur son parcours dans la société, et tout a été réparé grâce à l'habile campagne de communication menée par l'agence.

Noémie et Héloïse dorment toujours. Matthias contemple leurs jolis visages bronzés ; celui d'Héloïse est encore couvert du maquillage papillon qu'elle arborait fièrement lorsqu'il est venu la chercher un peu plus tôt. La grand-mère des petits était là aussi. Elle avait l'air un peu pompette. Ils ont bavardé de tout et de rien sur le chemin qui mène à leurs chambres sans que ça l'énerve. Au contraire, il se sent tellement vidé que ça lui a fait du bien. C'était la vie qui sortait de la bouche de cette femme qui pourrait être sa mère. Ses paroles, chaleureuses et simples, l'ont empli d'un réconfort inattendu. Ils se sont quittés près des ascenseurs, se sont dit « À demain », et la certitude de la croiser de nouveau l'a rassuré. Il n'en peut plus d'être seul. Il a finalement décidé de ne pas écourter son séjour pour rentrer à Paris. Qu'est-ce qu'il y ferait ? Noémie et Héloïse sont bien ici, dans la chaleur réconfortante de cette étrange collectivité. Et lui aussi. Laissant ses filles dormir, Matthias est sorti prendre l'air. Dans l'hôtel, quelques éclats de rire fusent encore. Il a composé le code du portail de la piscine illuminée et s'est allongé sur un transat.

Depuis, il observe l'eau bleue qui clapote tranquillement. Tandis que le ressac qu'il entend au loin apaise le tumulte de ses pensées et soulage son inquiétude.

Piscine Océan *(Fanny)*

Fanny a enfilé un pantalon de jogging et un sweat trop grand, emprunté à Victor. Elle doit à tout prix prendre l'air, quitter le silence étouffant de leur chambre vide de son absence. En sortant du bâtiment, malgré la caresse du vent sur son visage, elle se sent perdue. Mais quelques tours de roue la conduisent naturellement vers l'étendue d'eau bleue, au cœur du club, certainement déserte à cette heure. Elle est surprise d'apercevoir une silhouette d'homme. Il se tient assis, jambes repliées contre le torse, le menton posé sur ses genoux, et fixe des yeux la surface de la piscine. On dirait un enfant. Elle hésite à rebrousser chemin, parce qu'elle préfère rester seule, et qu'elle reconnaît l'odieux papa solo – Matthias, lui semble-t-il. Pourtant, contre toute attente, elle décide de s'approcher. Sans faire de bruit. Lorsqu'elle lui lance un léger « bonsoir », qui n'attend rien de plus qu'un assentiment à unir pour un instant leurs deux solitudes, il sursaute et Fanny le voit essuyer discrètement une larme. Elle continue d'avancer jusqu'au transat à côté de lui, serre le frein de son fauteuil et pousse sur ses bras pour s'y installer. Matthias a tourné la tête et lui propose de l'aider. Elle manque de répondre non. Un réflexe. C'est idiot, se dit-elle, pourquoi ne pas accepter ? Elle n'a rien à prouver à ce type. Alors elle se résigne à se laisser soulever et déposer sur le plastique frais du siège. Dans son cou, elle perçoit un parfum bon marché qui lui rappelle Victor au moment de leur rencontre. À cette époque, il s'aspergeait d'un déodorant de supermarché dont elle adorait l'odeur très virile.

Tous deux restent un long moment silencieux à observer l'eau, ne sachant lequel rompra le premier cette étrange quiétude. C'est finalement Fanny qui se lance :

— C'est un chagrin personnel ou professionnel ?

Matthias tressaille, mais continue de regarder droit devant lui. Il paraît hésiter à feindre de n'avoir pas compris.

— Les deux, répond-il néanmoins.

— Ça fait beaucoup. Et vous avez un chez-vous ?

— Pourquoi ?

— Ma grand-mère racontait toujours qu'il fallait pouvoir s'appuyer sur au moins trois piliers pour ne pas vaciller. L'amour, le travail et un toit sur la tête. Quand on est jeune, les deux derniers sont induits, alors on mise tout sur l'amour. Ensuite, on est un peu moins exigeant, plus terre à terre, et on se focalise sur les deux autres parce que papa et maman ne sont plus là pour assurer le matériel. Mais quand deux des trois ont foutu le camp, on perd l'équilibre. C'est peut-être aussi une bonne façon de se remettre en question, de réfléchir à changer de points d'ancrage. Ou à la manière de renouer avec ceux qui ont fini par céder. Ça peut s'arranger dans un cas ou dans l'autre ?

— Professionnellement, c'est mort.

— Je pense aussi, répond Fanny, ce qui fait frémir son interlocuteur. Vous savez, je suis très active sur les réseaux sociaux, explique-t-elle. Et il faut reconnaître que votre affaire n'est pas passée inaperçue. Mais ne vous inquiétez pas, rien n'est irrattrapable, dans la vie. Il suffit juste d'apprendre à compenser ce qu'on a perdu.

— Qu'est-ce que vous voulez dire ?

— Que cette affaire est peut-être l'occasion de remettre en question votre vision de la société, du monde du travail, votre façon d'interagir avec les autres. Vous savez, les épreuves, on peut les accueillir en victime, se persuader qu'on n'y est pour rien, que c'est injuste, et qu'on ne méritait pas de les subir. Et puis on peut aussi s'en servir comme d'un tremplin, ou du moins les prendre comme une manière différente de voir le monde. Vous vous en voulez, pour ce que vous avez fait ?

— C'était une erreur. Le mail n'était pas destiné à cette fille.

— On s'en fiche, de ça. Pourquoi estimez-vous que travailler avec une femme serait compliqué pour vous ?

— Je ne sais pas. Parce que je n'en ai pas l'habitude. Qu'elles ont des centres d'intérêt qui ne sont pas les miens. Que j'ai déjà du mal à communiquer avec mes semblables, alors avec elles…

— C'est totalement misogyne de penser comme ça. Et obtus. On n'est plus au XIXe siècle, Matthias. Aujourd'hui, les hommes et les femmes sont élevés ensemble, ils font les mêmes études. C'est à cause de remarques comme les vôtres que le monde de l'entreprise continue de se coopter entre hommes qui refusent le changement. De quoi avez-vous peur ? Elle vous plaisait, votre vie professionnelle, telle qu'elle était ? Immuable, virile et attendue ?

— Oui. Enfin, non. Pas vraiment. Mais elle était telle que je l'avais envisagée.

— Et vous pensez que l'existence doit forcément se dérouler comme on l'a imaginée ? C'est d'une tristesse. Il faut quelques surprises, vous ne croyez pas ? Des rencontres qui bousculent les certitudes, des imprévus qui rompent la monotonie, des accidents parfois, qui vous poussent à réinventer ce destin que vous croyiez tout tracé.

— Qu'est-ce qui vous est arrivé ? demande Matthias, gêné de poser malgré lui une question aussi intime.

— Je suis tombée d'un balcon. J'avais dix-huit ans.

— C'est affreux. Je suis désolé.

— Vous n'y êtes pour rien.

— C'était… un accident ?

Fanny a raconté cette histoire cent fois. L'été de sa majorité. Le bac tout juste en poche. L'insouciance de ces trois mois sans révisions, sans l'angoisse de se choisir un avenir. Le permis obtenu en vingt heures de cours tout rond, parce qu'elle adore la vitesse, les moteurs, et qu'elle rêve de ficher le camp au plus vite de cette petite ville grise dans laquelle elle habite avec une mère sans fantaisie et un père amarré à son poste de télévision. Les journées entre jeunes ivres d'allégresse, à parcourir la région dans la vieille guimbarde, à squatter chez les uns et les autres, à refaire le monde lors de longues soirées passées à la belle étoile. Les aventures sans lendemain, la découverte du sexe, extatique, joyeuse, sans prise de tête ni engagement. Fanny revoit son corps jeune, intact, si plein de vie, qui s'éveillait dans des draps souvent inconnus, ses jambes musclées de sportive qui la sortaient du lit au petit matin, et la portaient ici et là, au gré de ses désirs. Jamais plus elle n'a regardé les photos de cet été-là, sans doute entassées dans la commode du salon familial. « Quelle tristesse », aurait encore dit sa mère.

C'était ce qu'elle avait pensé au réveil de sa fille, une semaine après la soirée où le balcon avait cédé. Fanny avait ouvert les yeux sur cette petite femme qui s'activait autour d'elle, pendant que le soleil qui tapait au carreau semblait l'appeler : « Viens, la vie est trop courte, il faut se presser, profiter, continuer à faire l'amour, à courir, à respirer à pleins poumons ce bonheur qui ne reviendra peut-être pas. »

Lorsque Fanny avait demandé « Qu'est-ce que je fais là ? » d'une voix minuscule, parce que trop longtemps éteinte, la petite dame occupée avait sursauté puis avait souri à sa fille, l'accueillant une nouvelle fois dans la vie. Elle lui avait caressé doucement le visage, avait pris sa main dans la sienne pour la rassurer, et prolonger ce moment doux d'incertitude entre les deux vies de Fanny.

— Vous l'avez su tout de suite ? demande Matthias, enhardi par la facilité avec laquelle Fanny s'ouvre à lui. Pour vos jambes, je veux dire…

— Lorsque ma mère est sortie de la chambre. Tant qu'elle était là, je n'ai fait que planter mes yeux dans les siens, sentant la chaleur de sa paume sur la mienne ; j'étais comme anesthésiée. Quand elle est partie chercher les médecins, j'ai voulu me lever. Et j'ai compris.

— Vous paraissez si forte. Comment on accepte ça, un monde qui s'effondre ? Une vie qui ne sera plus jamais la même…

Matthias semble étonné d'avoir réfléchi à voix haute.

— Excusez-moi.

— On n'en est plus là, pas vrai ? Regarde-nous. Il est 2 heures du matin, on ne se connaît pas, et on se raconte nos vies devant un bassin rempli de pipi de gamins en vacances. Alors, on peut bien se poser les questions comme elles viennent. Et se tutoyer, tu ne crois pas ?

— Si. Je ne sais pas. Je vais essayer.

— Bien sûr que ça a été horrible. On ne se réveille pas résilient, comme ça, du jour au lendemain. Surtout quand on a dix-huit ans, et que plus personne n'ose te regarder dans les yeux pour te parler – surtout tes copines qui viennent te voir à l'hôpital. Entre celles qui n'arrêtent pas de parler, comme si rien n'avait changé, et les autres, qui éclatent en sanglots et n'ont pas le courage de revenir. Pendant deux ans, je suis restée dans ma chambre de jeune fille. Cette chambre horrible que j'étais si heureuse de laisser derrière moi après le bac. Faux départ. J'en ai passé, des heures, sur ce lit atroce que je ne voulais même plus quitter parce que me déplacer en fauteuil me faisait horreur. Parce que je pensais que dans la vie, soit on avait tout, soit rien ne valait la peine. Que ce qui ne correspondait pas exactement à mes rêves n'était que médiocrité. Tu veux savoir si j'ai voulu mourir ?

— Non ! Enfin, peut-être.

— On y a tous pensé au moins une fois, n'est-ce pas ? Moi peut-être plus que d'autres. J'ai cassé des cadres, arraché des albums, brûlé des lettres d'amour, découpé des robes, balancé mes patins, mes skis, hurlé entre ces quatre murs à m'en faire péter les cordes vocales. J'ai pleuré des jours et des nuits entiers au point que je n'avais plus assez de larmes en moi pour exprimer mon désespoir. Je me suis vidée entièrement et j'ai attendu. Attendu qu'il se passe quelque chose. Que le destin décide de la suite, puisqu'il m'avait déjà volé mes jambes. Mais il ne s'est rien produit. Mon père et ma mère ont continué leur petite vie. Et j'ai continué à me dessécher. Et puis un beau jour, quand j'ai compris que personne ne viendrait m'aider, ni me rendre ce que j'avais perdu, j'ai su que c'était à moi de décider. De ce que je voulais faire. Malgré mon handicap. J'ai compris qu'il était inutile de m'apitoyer sur mon sort, que les autres ne pouvaient que soulager. Un temps. Vient un moment où il faut agir pour soi. Et c'est ce que j'ai fait.

Devant la piscine, un groupe de jeunes gens passe, hilare. Un animateur porte dans ses bras une adolescente qui se débat en criant parce qu'il menace de la jeter dans l'eau. Ni Matthias ni Fanny ne sourient. D'abord parce qu'ils n'ont pas la tête à ça. Ensuite parce qu'ils ont du mal à savoir si la jeune fille rit vraiment ou si elle a peur.

— C'est dangereux, ce qu'il fait, murmure Fanny. Au centre de rééducation, j'en ai vu plein, des accidentés à cause de ce type de bêtises.

Après une brève hésitation, Matthias se lève d'un bond et fonce vers le jeune homme qui titube dangereusement près du bassin.

— Tu devrais la reposer, déclare-t-il fermement.

— Hein ? T'es qui, toi ?

— Un client. Et toi, tu es… Greg ? s'enquiert Matthias en déchiffrant difficilement l'étiquette cousue sur l'uniforme du fêtard.

— Il y a un problème ? intervient de loin Germain, qui vient de pousser le portail de la piscine.

— Décidément, tu es partout, toi ! grommelle Greg.

Il lâche un peu trop brutalement l'adolescente, qui s'enfuit sans demander son reste.

— Je ne suis pas le seul, visiblement. Si j'étais toi, j'irais me coucher. Je pense que tu en as assez fait pour ce soir, tu ne crois pas ?

— Ah bon ? Et où est passée la petite mineure avec laquelle tu traînais tout à l'heure ?

Interloqué, Matthias se tourne lentement vers Germain. Il n'aime pas ces jeunes types qui frôlent d'un peu trop près les adolescentes dont ils ont la charge. Lui aussi a eu dix-huit ans. Il sait parfaitement ce que les garçons de cet âge ont en tête.

— Qu'est-ce que c'est que ces conneries ? Vous faites quoi, avec les filles ? gronde Matthias.

Germain le regarde, ébahi, incapable d'articuler le moindre mot. Avec un petit gloussement satisfait, Greg en profite pour quitter les lieux, non sans avoir furtivement tapoté l'épaule de son collègue, comme pour lui souhaiter « bonne chance ». Pendant ce temps, Fanny s'est hissée dans son fauteuil pour s'approcher discrètement des deux hommes.

— Eh bien, je ne pensais pas que ce club avait une vie nocturne aussi active, raille-t-elle.

Mais ni Matthias ni Germain ne sourient.

— Qu'est-ce qui se passe ?

— Alors, vous faites quoi ? insiste Matthias sans écouter Fanny.

— Rien. Ce sont des plaisanteries d'animateurs, réplique le jeune homme, affolé.

— Je ne vois pas bien ce qu'il y a de drôle.

— De quoi vous parlez ?

— Il paraît que monsieur le réceptionniste traîne avec des gamines du club. Et il doit en profiter. Et moi qui te faisais confiance.

Fanny repense au moment où Margaux a soudain réapparu dans la soirée en compagnie de Germain. Sa dispute avec Victor et le soulagement de retrouver sa fille l'ont empêchée d'y prêter vraiment attention… C'est vrai, que fichaient-ils ensemble ? Et pourquoi ce garçon étrange tourne-t-il depuis le début autour d'elle et sa famille ? Peut-être que ce qu'elle prenait pour une attention désintéressée ne l'était pas en fin de compte. Elle est parfois tellement naïve…

— Germain, c'est vrai ?

— Non ! s'écrie le jeune homme, pétrifié.

— Qu'est-ce que tu faisais avec Margaux ?

— Rien. Je l'ai croisée sur le parking.

— Sur le parking ? Mais qu'est-ce que c'est que cette histoire ?

Piscine Océan *(Germain)*

Une goutte tombe sur mon front, puis une autre. Peu à peu le sol se constelle de petites taches humides, tandis que l'eau turquoise de la piscine fait scintiller les milliers de gouttelettes qui s'abattent à sa surface. Au loin, le ciel se met à gronder.

— Il faudrait peut-être rentrer, suggère Matthias à Fanny, qui continue de me regarder fixement sans se soucier de la pluie.

— Oui, c'est plus raisonnable. Je parlerai de tout ça avec la direction demain, promet Fanny, sans me quitter des yeux. À moins que tu n'aies une explication à me donner ? Sur ce que tu fais ici à cette heure, et pourquoi tu traînes sur les parkings à la nuit tombée.

— Je répétais le spectacle avec Carole. Tu es au courant, Matthias. Dis-lui, je t'en supplie.

— Oui, c'est ce que tu avais prévu. Et alors ? Ça n'explique pas ce que tu fichais avec sa fille, ni pourquoi tu n'es pas avec l'infirmière. Peut-être parce que tu les préfères plus jeunes ?

— Non !

— C'est tout ?

J'ouvre la bouche, prêt à jurer que je ne suis pour rien dans cette histoire, que je ne faisais que passer, avant de raccompagner Margaux. Hélas, il me faudrait dénoncer Greg ; et ça, c'est impossible. Personne n'aime les balances. Je me souviens de l'école. De la mise à l'écart. Plus jamais. Quant à Carole, je ne veux pas la mêler à ça. Tous les deux, on a passé un moment incroyable dans la salle de spectacle. Je suis enfin parvenu à retenir la chorégraphie et à « me lâcher », comme elle me suppliait de le faire depuis des jours.

À un moment, épuisé, je me suis laissé emporter par la musique, et j'ai largué les amarres. Je n'ai plus pensé à mes bras, à mes jambes. Je ne craignais plus d'être ridicule. Je me suis même fait la remarque que c'était idiot, toutes ces barrières que j'érige en permanence par peur de décevoir ou de me tromper. Du coup, je suis entré dans une sorte de transe, et mon corps a pu se libérer de mon esprit. Une intense vague de chaleur a gonflé en moi et, pour la première fois depuis longtemps, le passé s'est envolé. Ivana, l'accident, la culpabilité, les mille terreurs qui me paralysent depuis toujours. C'était comme si je retirais une armure trop lourde qui m'avait jusque-là étouffé.

Quand la musique s'est arrêtée, j'ai croisé le regard de Carole et la réalité a repris ses droits. Le rouge m'est monté aux joues. Je l'ai senti tout de suite. Comme avant. Les oreilles qui brûlent, les regards qui se tournent vers moi. Qu'est-ce qui m'avait pris ? Rien qu'en repensant à mon corps devenu fou, j'ai tout de suite eu envie de fuir. Carole s'est approchée de moi. Trop près. Mon cœur s'est emballé, ma tête s'est mise à tourner. Et j'ai eu beau sentir qu'elle voulait peut-être que je la prenne dans mes bras, et lui accorde un peu de cette intimité à laquelle je me refuse de céder, je n'ai pas pu. J'ai fait celui qui ne comprend pas. L'idiot, le gentil réceptionniste à qui l'on peut faire confiance, le bon copain. Parce que ce rôle me rassure, qu'il m'a sauvé de la solitude de l'enfance. J'ai remercié Carole et suis parti très vite. Pour ne pas lui laisser le temps de me rejoindre au creux de la nuit. Pour préserver le quotidien confortable de ces étés que je me suis construit malgré mon inaptitude sociale, et la douleur d'avoir perdu ma sœur.

Désormais, plus rien ne doit bouger. Tout doit rester tel quel, dans le cocon rassurant d'une normalité sans surprise. Parce que le reste fait trop souffrir, et que chercher à modifier quoi que ce soit, c'est risquer de tout perdre. Alors je me tais. Je laisse les mots refluer, se diluer dans mon corps, pourrir avec le reste. Et le regard à la fois blessé et déçu de Fanny n'y change rien. Les mots sont partis, la machine s'est grippée. Je ne peux plus parler. Même si, avant de s'en aller, elle répète :

— Je te faisais pourtant confiance, Germain. Mais j'irai voir Jean-Michel demain.

Je la regarde s'éloigner sous la pluie qui à présent tombe à verse. Des gouttes énormes s'écrasent sans pitié sur ses épaules musclées et vaillantes. Et je repense à Ivana, lorsqu'elle m'avait pour la première fois reproché son sort, et demandé de ne plus l'approcher, jamais. Tristement, je tourne les talons et j'entends à peine Matthias me murmurer :

— T'es vraiment trop con.

De toute façon, il a raison.

Salon du panorama

Il ne manquait plus que cette pluie torrentielle. Pourtant, en se couchant hier soir, Matthias était plein de bonnes résolutions. Une fois dans sa chambre, il s'est rendu compte qu'il allait beaucoup mieux. Parler avec Fanny lui avait fait du bien. Il a compris qu'il était resté seul trop longtemps. En négligeant de s'intéresser aux autres, de confronter son point de vue au leur, il était incapable de voir le monde sous un angle différent, avec une autre perspective que la sienne. Cette femme avait vu sa vie lui échapper, et puis elle s'était relevée. Elle avait choisi de continuer son chemin avec de nouveaux paramètres. Comment lui pourrait-il se plaindre, se laisser abattre ?

Il a été abasourdi par l'attitude de Germain hier soir, il n'a pas compris pourquoi le jeune homme ne s'est pas expliqué, ni excusé. En le voyant s'empêtrer dans son silence, Matthias s'est convaincu qu'il fallait agir pour avancer. Ça lui a donné l'idée d'envoyer un message d'excuse à Camille Levard. Il a déjà récupéré un téléphone antédiluvien avec lequel il met un temps infini à écrire trois mots. Oui, il va écrire un beau texte qui arrangera tout. C'est en y réfléchissant qu'il s'est endormi, plein d'enthousiasme, résolu aussi à rejoindre le groupe de joggeurs matinaux, tiens, s'il se levait à temps. Oui, s'est-il dit, il laisserait un petit mot aux filles et les retrouverait pour le petit déjeuner, en forme, prêt à passer ces quelques jours privilégiés avec elles.

Mais voilà, évidemment, la pluie continue de tomber. À travers la large baie vitrée du grand salon intérieur où la quasi-totalité de la clientèle s'est réfugiée, Matthias contemple l'océan déchaîné. Autour de lui, les vacanciers, en short et au bronzage incongru face à la colère des éléments, errent comme des âmes en peine.

— L'hiver, ça n'arrive jamais, vous savez ?

Combien de fois a-t-il entendu cette phrase depuis qu'il a échoué dans ce fauteuil ? Tout le staff semble avoir été formé à la gestion de crise météorologique, répétant à l'envi que ça ne dure jamais, que ça n'arrive qu'en été, que de toute façon il y a mille trucs pour s'occuper dans l'hôtel et que, franchement, c'est pas mal de reposer sa peau, non ?

Chantal, la grand-mère des petits, s'est assise près de lui, en sueur, après son cours de fitness. Elle est contrariée par l'annulation de l'aquagym, mais a déclaré en souriant ne pas en faire un drame. Elle a débarqué alors que Matthias réécrivait pour la dixième fois son message à Camille Levard. Il aimerait que, lorsqu'elle le publiera sur les réseaux sociaux – ce qu'elle fera certainement –, les gens lui pardonnent, comprennent que tout ça n'est qu'un immense malentendu. D'ailleurs, sous les excuses qu'il compte envoyer, il veut glisser une plaidoirie qui le tirera d'affaire. Mais, avec Chantal à côté, il n'y arrive plus. D'autant que Fanny a elle aussi débarqué pour raconter à Chantal, dont elle semble très proche, leur mésaventure d'hier, son envie de dénoncer Germain, ses hésitations parce qu'elle n'aime pas faire ça, qu'on n'est jamais sûr, et que Margaux lui a juré qu'il n'avait rien fait.

— Dans ce type de cas, les victimes osent rarement parler, non ? fait remarquer Chantal. Est-ce qu'on peut vraiment croire ta fille ? Et qu'en pense le papa ?

Aussitôt, Fanny paraît se fermer. Elle d'ordinaire si gaie, qui lui a donné une belle leçon de vie, semble tout à coup perdre pied. Matthias lève les yeux de son écran, enregistre un brouillon de son pitoyable message et se joint à leur conversation. Le mari a disparu. Il est parti hier sur un coup de tête. Enfin, pas tout à fait. Matthias comprend à demi-mot que la situation se dégradait depuis plusieurs années. Il a l'impression que Fanny a peu ou mal évalué l'étendue du mal-être de son époux, qui lui a tout balancé.

Ça rappelle à Matthias le jour où Annabelle lui a annoncé qu'elle ne voulait plus vivre avec lui – elle n'en pouvait plus de son boulot qui, selon elle, le dévorait. À l'époque, il a souffert, bien sûr, mais il n'a jamais pris un moment pour réfléchir à tout ça. Il avait bien trop à faire – un gros appel d'offres auquel il devait répondre. Il lui a même reproché de venir le perturber en pareil moment. Ne faisait-il pas tout ça pour elles trois ? Et Annabelle était partie comme ça, sans qu'ils en aient vraiment parlé. Il écoute Fanny expliquer qu'elle n'a pas dormi de la nuit. Qu'elle n'a cessé de se repasser leur histoire, pour essayer de comprendre comment leur relation avait évolué et son propre ressenti. Elle s'en veut, parce qu'à certains égards son mari a raison. Elle a consacré trop d'énergie à prouver au monde entier qu'elle pouvait se débrouiller seule, qu'elle était capable d'être à la fois mère, femme et salariée, malgré le handicap. Dans un premier temps, Matthias a envie de lui répondre qu'elle a tort de se remettre en question, que dans sa situation elle a bien le droit de faire des erreurs, que son mari exagère… Mais il finit par se dire que Fanny a sans doute raison.

Alors qu'ils sont tous les trois, perdus dans leurs pensées et regardant la pluie dégouliner tristement le long des vitres, le fameux Thierry du tir à l'arc, qui dévore des yeux Chantal, se plante devant eux pour leur proposer un tournoi de Scrabble. En vain. Matthias, qui n'en peut plus d'être enfermé entre ces quatre murs, suggère plutôt une sortie en ville.

— Il faut qu'on se change les idées ! On ne va quand même pas passer huit jours ici sans visiter la région ?

Les deux femmes hésitent, parlementent, et puis finissent par céder à cette invitation inattendue. Tiens, oui, pourquoi pas ? Elles partent prévenir le mini-club, et reviennent en se moquant de la colère de Maryline face à ces parents qui fichent en l'air son organisation. Tout en gloussant, elles montent dans la voiture de Matthias, les cheveux trempés, heureuses de cette escapade improvisée.

Ils longent un moment la côte brumeuse qu'ils trouvent sublime, bien à l'abri dans le petit habitacle ronronnant sur fond de jazz, lancé par Fanny, installée devant, ravie de jouer les copilotes. À l'arrière, Chantal a posé ses avant-bras sur chacun de leurs sièges, comme le faisaient autrefois les enfants. Puis ils décident de prendre les petites routes pour s'enfoncer dans les terres et découvrir les paysages extraordinaires de cette région dont ils ne connaissent que la devanture pour touristes paresseux. Ils traversent des petits villages endormis, s'émerveillent devant les immenses maisons basques à colombages rouges, s'étonnent de la taille des terrains de pelote, admirent les immenses montagnes vertes piquées de dizaines de moutons.

Ils finissent par s'arrêter dans une petite auberge, parce qu'ils sont affamés, et qu'après la nourriture du club ils ont envie d'authenticité. Matthias et Chantal aident Fanny à s'installer dans son fauteuil. Elle ne refuse pas. La pluie tombe dru, il n'y a pas de temps à perdre. Les paroles de Victor continuent de résonner à ses oreilles. Mieux encore : lorsque ses deux complices, qu'elle ne connaissait pas il y a quelques jours, se penchent pour l'installer, Fanny sent une onde de chaleur la traverser.

Ils doivent avoir une drôle d'allure en entrant dans le restaurant désert, à en croire l'expression déconcertée de la patronne. Celle-ci les installe néanmoins près d'une vieille cheminée où un feu crépite agréablement. Ils commandent une planche de charcuterie, une omelette aux cèpes et une piperade, qu'ils se partagent gaiement. La conversation n'est plus un problème. Sans qu'ils s'en soient rendu compte, quelque chose a cédé entre eux. Leurs a priori, les barrières, les convenances aussi. On ne se confie jamais mieux qu'à un inconnu. Ils sont à la fois cela, tout en devenant étonnamment proches, poussés par le temps qui file. Dans deux jours, ils se quitteront, alors ils parlent sans retenue.

Chantal et Fanny expliquent à Matthias que, dans l'affaire Camille Levard, il a tout faux. Que s'il souhaite s'excuser, il ne doit pas chercher à justifier ce qui ne peut l'être. Que penserait-il si ses filles, plus tard, faisaient face à de tels préjugés ? Que serait-il arrivé à Fanny, si son patron n'avait pas fait preuve d'ouverture d'esprit, acceptant volontiers de lui donner sa chance sans penser que ça allait être « compliqué, quand même » ?

Soudain, quelque chose se déploie, chez Matthias. Comme si, brusquement, une porte s'ouvrait sur un horizon qu'il n'avait pas imaginé. Tout est possible, se dit-il. Après avoir réglé cette histoire, il pourrait tout à fait changer de vie, de métier… Puis il se reprend : il rêve, il s'emballe parce qu'il a bu un verre, qu'il est en vacances avec ces deux femmes si gaies.

— Allez, écris ! lui enjoignent Chantal et Fanny, prêtes à s'emparer de son téléphone.

Il s'exécute et rédige un message simple, qui résume sa pensée. Il est un sale con qui n'a rien compris. Il souhaite à Camille beaucoup de joie dans son métier, lui recommande de ne pas se laisser bouffer par cette vie-là, que tous les impératifs n'en sont pas. C'est dit sans aigreur.

— On sent la vérité, dans tes mots, s'exclament les deux femmes. Allez, sans regrets, envoie !

Puis Fanny se met à parler de Victor, qui lui manque, alors qu'il y a quelques jours, en arrivant au club, elle ne supportait même plus sa présence près d'elle. Elle se demande si tout est bel et bien terminé. Elle ne sait plus où elle en est. Elle sent un vide immense dans sa poitrine, parce qu'il ne répond plus au téléphone, qu'elle ne sait pas où il est, ni si elle lui reparlera un jour. Et s'il exigeait qu'ils se séparent comme ça, après une dispute dans la tristesse impersonnelle d'une chambre d'hôtel ? Elle a été tellement bête de se laisser enfermer dans ses certitudes, de continuer sa route sans se retourner, sans faire attention à ceux qui l'accompagnent. Elle se croyait forte, courageuse, admirable, reconnaît-elle. Mais elle était égoïste. En refusant l'aide de ses proches, elle a puisé dans son énergie pour tenir droit sans en garder assez pour les soutenir, eux. Jérémy a souffert, elle le sait. Mais elle désirait qu'il soit invulnérable, comme elle, qui a appris seule à passer outre le regard des autres, sans le concours de personne. Et puis Margaux, enfermée dans son silence d'ado, dont elle se pensait si proche parce qu'elle est une « mère-copine ». Pourtant, ce matin, elle est restée mutique, seulement capable de défendre Germain. Dit-elle la vérité ? Fanny se doute bien qu'il y a autre chose, que l'insouciance des journées précédentes s'est envolée. Elle se sent perdue ; tout lui échappe. Tout en se livrant, elle les regarde droit dans les yeux, comme si elle ouvrait le couvercle d'une boîte dans laquelle on a enfermé trop de secrets. Matthias et Chantal se taisent, la laissent déverser ses remords.

Et puis Chantal prend la parole. Elle aussi aurait dû lever la tête de son vélo. Elle ne comprend pas comment elle s'est laissée glisser comme ça. Elle voulait aider Suzanne. On doit tout à sa mère, n'est-ce pas ? Les médecins et les infirmières avaient beau le lui répéter : « Vous devriez prendre un peu de temps pour vous. Quelques vacances, deux trois jours pour vous aérer. Vous avez le nez dans le guidon, ce n'est bon pour personne. » Elle se contentait de plaisanter : « Le guidon, c'est le cas de le dire. » Elle promettait d'aller rendre visite à sa fille. Ça faisait bien longtemps qu'elle n'avait pas vu les petits, Lily le lui reprochait assez. Et puis les semaines, les mois, les années avaient passé. Et sa vision du monde s'était assombrie. Suzanne voulait mourir. Elle la suppliait. D'abord de temps en temps. Puis de plus en plus souvent. Chantal faisait mine de ne pas comprendre. Elle refusait d'entendre ses appels. Qu'est-ce que tu racontes, enfin. N'importe quoi. Ça va aller mieux, tu verras. Quand Suzanne n'a plus été capable de parler, elle l'écrivait. De sa main si faible, sur des petits bouts de papier, les mots croisés qu'elle ne faisait plus depuis longtemps. Et dans ses yeux qu'elle rivait à ceux de Chantal, il y avait la supplication.

Chantal avale une gorgée de vin. La patronne vient débarrasser la table, mais aucun d'eux n'y prête attention. D'ailleurs, elle ne leur demande rien.

— C'était un matin. J'y avais réfléchi toute la nuit. Et puis, comme chaque jour, je suis allée faire un footing dans la forêt. J'ai regardé l'aube se lever, si belle, qui me rappelait que dehors la vie continuait. La veille, maman m'avait une nouvelle fois suppliée. C'était son anniversaire. Le quatre-vingt-quinzième. J'avais compris qu'elle n'éprouvait plus aucune joie à fêter ces années-là. Ça avait été une soirée épouvantable. Des douleurs, des étouffements. Une de ces soirées où ni elle ni moi ne savions plus pourquoi on s'entêtait. Alors en rentrant, j'ai ouvert grand les rideaux, pour qu'elle voie le jour se lever une dernière fois. Ses yeux étaient clos. Elle était si maigre, si lasse. Déjà presque ailleurs. Je savais exactement quoi faire. Je lui ai pris la main, lui ai répété combien je l'aimais. Et je l'ai aidée à partir. Les médecins, Lily, tout le monde a cru qu'elle était morte dans son sommeil. Mais c'est moi qui ai fait ça. Moi qui lui ai ôté la vie. À elle qui me l'a donnée. Sur le moment, j'étais vraiment sûre de ma décision. Sûre de ne jamais regretter. C'était il y a quatre mois et, pourtant, je ne m'en remets pas.

On n'entend plus que le tintement des verres que la patronne range derrière son comptoir, et la pluie qui tapote aux carreaux. Et puis Chantal reprend :

— Je n'en ai jamais parlé à personne. Vous êtes les premiers.

Fanny pose sa main sur la sienne. Matthias, plus réservé, effleure maladroitement son épaule.

— Vous connaissez le kintsugi ? déclare-t-il brusquement. Annabelle ne parlait que de ça pendant un temps. Je n'y faisais pas attention mais, depuis quelques jours, j'y pense souvent.

— Non, c'est quoi ? demandent Chantal et Fanny, encore sous le coup de l'émotion.

— C'est un art japonais qui permet de recoller les morceaux d'un vase brisé. Pour le réparer, on utilise une laque dorée qui sublime les fêlures de l'objet. Et le rend plus beau que lorsqu'il était intact.

Matthias n'ajoute rien. Il pense aussi à la laque dorée qu'il pourrait appliquer ici ou là. Certes, il ne reviendra pas sur le passé. Mais, pour avancer, il peut choisir de bricoler joliment ce qui a été abîmé. La patronne leur apporte trois cafés.

— C'est pour moi, annonce-t-elle simplement.

Cette histoire de vase brisé lui plaît bien, tout comme le lien étrange qui a soudé un instant ces trois âmes endeuillées.

Lorsqu'ils sortent du restaurant, la pluie a cessé. Sur le chemin du retour, ils décident de s'arrêter à Bidart, pour se promener dans les rues qui s'éveillent de la sieste, puis de passer par Biarritz. Tiens, ils pourraient aller au casino, ce soir ? Non, ça ne serait pas raisonnable. Quand même. Quoique. Ils verront bien. Soudain, Fanny aperçoit les épaules larges de Victor, qui sort d'une boutique. Elle crie à Matthias de ralentir. Elle doit lui parler. Mais de l'autre côté du trottoir surgit une femme qui fonce vers lui. Ils se sourient. Le cœur de Fanny se brise. Son Victor, qu'elle croyait immuable, est sorti du cadre de la photo. Il est trop tard, songe-t-elle tristement. Elle ne pourra pas recoller les morceaux de leur amour avec de la laque dorée.

— Démarre, murmure-t-elle.

Ils ont tous les trois l'âme bousculée lorsqu'ils regagnent le huis clos de leurs vacances assistées. Là-bas, rien n'a changé. La musique joyeuse jaillit toujours des haut-parleurs, des enfants courent sur la pelouse, rient, encouragent leur équipe. Des adultes jouent au volley-ball, d'autres bouquinent tranquillement au bord de la piscine. Tout le monde attend le retour du soleil, qui pointe timidement derrière les nuages.

Chantal et Matthias partent ensemble récupérer les enfants au mini-club. Sur place, ils les prennent dans leurs bras, les embrassent avec effusion, comme s'ils ne les avaient pas vus depuis des jours. Héloïse, Pierre et Romy, d'abord surpris, ne boudent pas leur plaisir. Noémie, qui se tient à l'écart de ce brusque rapprochement physique, ne peut s'empêcher de sourire. Elle sent bien qu'il se passe quelque chose chez son papa. Elle retrouve celui qu'elle a découvert, il y a quelques jours. Et puis le portable de Matthias vibre dans sa poche. Il y jette un bref coup d'œil et se détend.

— Elle a répondu ? demande Chantal.

— Oui. Elle accepte mes excuses.

Ses yeux brillent. Il a l'impression d'avoir accompli un pas de géant.

Plage de la Chambre d'amour

Ils sont tous les trois assis sur la même serviette. Celle qu'ils ont volée à l'hôtel, parce que leurs paréos, restés accrochés à leur fenêtre, sont trempés. Fanny observe ses orteils pleins de sable, juste à côté de ceux de Margaux et de Jérémy. Elle leur a proposé de se poser un peu sur la plage après le dîner. Le spectacle ne va pas tarder, ils ont hâte de retrouver l'animation du club, mais ils ont compris que quelque chose clochait. Victor est parti, et même si en vacances on ne prête guère attention à la vie des parents, ils ont accepté. Les sauveteurs qui rangeaient leur matériel ont porté Fanny jusque sur le sable et lui ont proposé en riant de la hisser tout en haut de la chaise de surveillance. Elle a failli refuser, mais les enfants ont insisté. Allez, maman, ça doit être génial. Si tu n'y vas pas, c'est nous qui montons. Là-haut, elle a pu admirer le ciel et l'océan à perte de vue. Et compris une nouvelle fois l'importance du changement de point de vue.

De retour sur leur serviette, Fanny prend Jérémy dans ses bras et lui caresse doucement les cheveux.

— Tu es heureux ? demande-t-elle tout bas.

Il hoche la tête.

— J'ai plein de copains, ici.

Fanny a le cœur qui se serre, les larmes qui montent. Pour un peu, elle irait tous les embrasser, ces gamins qui n'ont pas repoussé son fils et lui ont ouvert la porte sur un échange possible. Ce soir, il n'a même pas pris de dessert, lui qui d'ordinaire ne peut s'empêcher d'en engloutir deux ou trois, voire d'autres sucreries en cachette. Puis, calmement, elle explique à ses enfants que Victor et elle se sont disputés.

— Comme souvent, commente Margaux.

Fanny ne répond pas. Que peut-elle dire ? Elle ajoute qu'elle ne sait pas si c'est définitif, s'il reviendra, mais qu'ils sont ce qu'elle a de plus cher au monde. Quoi qu'il advienne, rien ne changera ça.

— Et toi, tu veux qu'il revienne ? demande Jérémy.

Fanny hésite avant de répondre.

— Oui.

Elle n'a plus envie de se mentir, ni de délimiter leur monde et celui des enfants. Ils sont assez grands pour comprendre. D'ailleurs, Jérémy, qui semble rassuré, la supplie de le laisser rejoindre « la bande », avec laquelle il a prévu une chasse au trésor. À son côté, Margaux reste silencieuse. Alors Fanny accepte, pour qu'elles puissent parler tranquillement.

— Ma chérie, est-ce que Germain et toi, vous…

Margaux sursaute et fusille sa mère du regard.

— Maman !

— Quoi ? J'ai quand même le droit de demander. Tu n'as que quatorze ans. Et si certains jeunes gens pensent qu'à ton âge on est mature, ce n'est pas le cas.

— Non. On n'a rien fait. Il m'a simplement raccompagnée.

— Comment ça « raccompagnée » ? Où étais-tu ? Tu as quitté l'hôtel ?

Margaux se mord la lèvre. Et puis hausse les épaules.

— On est allées sur la plage avec Lena. Elle voulait retrouver un mec.

— Quel mec ? Quelqu'un de votre âge ?

— Arrête avec l'âge ! C'est si important ?

— Oui. Sinon tu ne serais pas encadrée par des animateurs, et je n'aurais pas à signer une autorisation de sortie. Ce que j'ai accepté de faire parce que j'avais confiance en toi.

— Je sais. Pardon, maman. Je voulais juste suivre ma copine. Je ne pensais pas que ça se passerait comme ça.

— Comme quoi ? Quelqu'un t'a fait du mal ?

— Non. C'est moi. J'ai dû lui laisser penser que j'étais intéressée. Peut-être que je l'étais ?

— De quoi tu parles ? Margaux, ma chérie, tu m'inquiètes. Tu n'as pas… ?

— Non, ne t'inquiète pas. C'est juste un mec. Il a voulu aller un peu trop loin, mais c'est bon, il n'est rien arrivé. Je n'aurais pas dû accepter de rester seule avec lui, c'est tout.

— Mais non ! Tu n'as rien à te reprocher. On n'est pas obligée de céder aux avances de quelqu'un sous prétexte qu'on est seule avec lui. Je pensais que votre génération avait évolué, là-dessus. Qui c'est, ce type ? Je vais aller lui dire deux mots. Enfin, Margaux ! Non, non. Personne ne peut te forcer à quoi que ce soit même si tu lui as accordé un baiser. Parce que c'est bien ça ?

— Oui…

— Qui est-ce ?

— Personne.

— Tu ne veux pas me le dire ?

— Non. Tout va bien, maman. Je peux y aller ? Je vais demander aux sauveteurs de venir te chercher.

— Tu es gentille, mais j'attends des amis.

— Des amis ?

Fanny sourit. C'est vrai que c'est amusant. D'ailleurs, est-ce que ce sont des amis ? Comment les appeler ? « Des connaissances » ? Est-on davantage amis parce qu'on se connaît depuis dix ans ? Elle a envoyé un message à Matthias et Chantal, leur proposant de la rejoindre sur la plage pour essayer de voir le rayon vert. Fanny garde le silence et Margaux, d'abord étonnée, finit par capituler, trop heureuse de s'en tirer à si peu de frais. Elle promet de rester dans le club, avec l'équipe, jure de retrouver sa mère pour le spectacle, de rester joignable sur son téléphone. Et puis elle s'en va, la laissant seule devant le ciel orangé.

Bar Océan

Elles sont toutes les deux sur la plage. Je les aperçois depuis le bar extérieur que je finis de ranger. Je sais que je devrais aller leur parler. Fanny n'a pas prévenu Jean-Michel. J'ai attendu toute la journée la sentence – mon renvoi probable. Il ne s'est rien passé. Je l'ai croisé tout à l'heure, il m'a souri. Maryline nous aide à entreposer les dernières chaises en plastique, mettre la chaîne, le verrou. Puis elle sort une cigarette de sa poche et s'installe en contrebas, pour que les enfants ne la voient pas.

— Tu m'en veux toujours ? je lui demande.

— Pour quoi ?

— Pour le spectacle. Je me suis beaucoup entraîné, tu sais ? Je ferai tout pour ne rien gâcher.

— Cette fois.

— Ce n'était pas ma faute ! (Je crie presque, parce que ça sort du tréfonds de mon âme.) Elle m'a demandé d'aller la chercher. Je lui ai obéi. C'était ma grande sœur.

— C'était ma meilleure amie, souffle-t-elle en même temps qu'un rond de fumée dans lequel elle envoie un second.

Elle faisait déjà ça quand elle venait à la maison – Ivana et elle passaient des heures à s'entraîner.

— Elle me manque, ajoute-t-elle dans un murmure.

— Elle me manque aussi, Maryline. Mais tu ne peux pas me reprocher ce qui s'est passé après. Vous tous, vous l'avez laissée tomber. Il y a eu le fauteuil, et puis la rééducation. C'était dur, long, et elle en a bavé. Et vous avez continué à sortir, à faire votre vie, en venant lui rendre visite juste de temps en temps. Ensuite, quand elle a fini par récupérer ce qu'elle pouvait, c'est là qu'elle aurait eu besoin des autres. Marcher avec une canne, ça la rendait folle. Elle ne voulait pas qu'on la voie comme ça. Pourtant, je lui répétais qu'elle revenait de tellement loin, qu'elle était debout, qu'elle pouvait encore faire tant de choses. Moins, d'accord ; mais on ne pouvait pas revenir en arrière. Vous nous avez laissés seuls. Tu nous as laissés tout seuls.

— Elle refusait de me voir ! Elle disait qu'elle gérait, qu'elle reviendrait quand ça irait mieux.

— Et toi tu l'as crue. Parce que ça t'arrangeait.

— Tu penses que j'ai l'air d'aller bien ? Allons, Germain.

— Non. Et moi non plus. Surtout quand je sens ton regard sur moi, tes reproches muets. J'essaye d'avancer sans elle, tu comprends ? Mais cette culpabilité me paralyse.

— On n'y est peut-être pour rien, marmonne-t-elle comme pour elle-même, en allumant une nouvelle cigarette sur la précédente.

— Ou peut-être que si. Mais est-ce qu'on va continuer à vivre avec cette question-là ?

Un groupe de clients passe devant nous en riant, et nous adresse des salutations bruyantes, auxquelles nous répondons machinalement.

— Elle a laissé un mot ? finit par demander Maryline.

— Oui. Elle réclamait qu'on la laisse tranquille et qu'on ne cherche pas à la contacter. Vivre ici, dans le décor du passé, en n'étant plus la même, c'était trop dur pour elle.

— Et tu n'as jamais cherché à la retrouver ? Tu continues à lui obéir sans rien dire…

— Oui… Elle me fera signe si elle en a envie. J'ai assez causé de dégâts.

— Tu sais ton problème, Germain ?

— Oh, j'en ai pas mal.

— C'est que tu t'abrites derrière ta prétendue faiblesse, ta putain de réserve qui justifie tout. C'est facile, pour toi. Tu ne tentes rien, tu attends. Que les choses arrivent, que les autres décident pour toi, comme Ivana l'a toujours fait. Et même sans elle, tu persistes. Ça me rend dingue. Tu penses que je suis dure, mais si personne ne te bouscule, rien ne bougera jamais. Tu continueras à attendre que la vie des autres se déroule devant toi, comme avec Ivana. Il est temps de sortir de ta coquille, Germain, de te libérer. De ton enfance, de ces heures passées à regarder les autres jouer, de ta peur de tout. Maintenant, il faut que tu vives pour toi, et que tu te défendes de ceux qui essayent de profiter de tout ça !

Maryline s'est rapprochée et se plante devant moi, ses yeux rivés aux miens. Sa colère sourde vient faire sauter quelque chose de cadenassé tout au fond de moi. J'aperçois Margaux qui remonte de la plage, la tête engoncée dans la capuche de son sweat-shirt. La fraîcheur de l'orage n'a pas encore été tout à fait balayée. Elle s'arrête devant nous et signifie d'un regard à Maryline qu'elle aimerait rester seule avec moi.

— Dépêche-toi, ma belle. On a une soirée de folie qui va commencer. Les autres t'attendent ; surtout Jean.

Maryline tourne les talons puis revient brusquement sur ses pas. Ses cheveux voltigent sous les rafales persistantes du vent. Elle se penche, récupère son badge posé sur le comptoir et dépose un baiser furtif sur ma nuque, avant de repartir sans rien ajouter. J'ai l'impression d'avoir reçu une décharge électrique ; plus personne ne m'a embrassé ainsi depuis longtemps. Ma sœur s'amusait toujours à le faire, parce que je sursautais systématiquement. Elle prétendait que ça me sortait de mon mutisme, et que c'était une façon de me réveiller. Maryline faisait pareil. Ça les faisait rire.

— Merci, pour hier soir, dit Margaux.

— J'étais là, c'est tout.

— Oui, mais tu ne m'as pas posé de questions. Ni critiquée. Et puis, sans toi, je ne sais pas ce qui serait arrivé.

— Il t'a fait du mal ? je demande, inquiet.

Je sais que Greg peut aller trop loin avec les gamines, mais je pensais qu'il savait se contrôler.

— Non. Oui. J'ai eu peur. Mais ça va, maintenant. Bon, je vais aller retrouver mes copains. C'est le dernier soir avant le dernier.

— Tu as raison, profite !

Elle est déjà partie en sautillant. Sur la plage, Fanny est toujours assise face à la mer. Je traverse la promenade et m'approche sans bruit, tandis que mes chaussures de toile se remplissent de sable. Puis je m'assois auprès d'elle, les retourne et les vide en silence. Elle regarde les grains couler vers le sol, et les quelques autres qui s'envolent, décidés à ne pas suivre le mouvement.

— Ma sœur s'est retrouvée en fauteuil après un accident, je commence pour rompre le silence, et parce que j'en ai assez d'envelopper tous mes mots de précautions. Elle ne l'a pas supporté. Pourtant, elle a pu remarcher. Après des mois de souffrances. Ça a duré longtemps. Deux longues années. De rééducation, d'abandons, de colère contre le destin qui s'acharnait, les autres qui continuaient de marcher sans elle. Elle s'est enfermée là-dedans. Elle a rejeté mon aide, et les solutions que ses médecins lui proposaient. Elle s'est sentie diminuée. Elle refusait cette injustice. Elle n'avait pas ta force.

— Qu'est-ce qui te fait croire que je suis forte ? réplique Fanny, en gardant les yeux fixés sur les vagues énormes qui se forment et se brisent sans relâche. Chacun réagit à sa manière. Des filles comme ta sœur, j'en ai vu plein. C'est normal. On ne se relève pas tous en même temps, ni de la même façon. Accepter, se libérer de tout ça, peut prendre du temps. Pour certains, cela reste intolérable.

— Elle a préféré s'éloigner de moi. J'aurais aimé qu'elle soit comme toi.

— Ne crois pas que cela soit si simple. On se débrouille tous comme on peut avec nos déceptions, avec l'avenir dont on rêvait que la réalité vient parfois bouleverser.

— Je n'ai rien fait à Margaux, je souffle.

— Margaux me l'a dit, et je la crois. Mais tu sais qui était avec elle, n'est-ce pas ?

— Oui. Laisse-moi régler ça.

J'hésite à lui parler de son mari, que je n'ai pas vu de la journée. Est-il reparti pour raisons professionnelles ? Ces quelques jours ont-ils agi comme un révélateur, comme c'est parfois le cas chez certaines familles que je vois débarquer ? Je n'ai pas le temps de me lancer, parce que des voix s'élèvent derrière nous. C'est Chantal et Matthias, en pleine conversation, qui tirent avec peine le fauteuil de Fanny. Ils ont une drôle d'allure, tous les deux. Ils sont toujours aussi désassortis, mais tellement différents par rapport à leur arrivée. J'ai l'habitude que les gens changent après un séjour au club. Mais à ce point-là ! Chacun paraît délesté d'un poids. Lorsqu'elle les aperçoit, Fanny a le visage qui s'éclaire et la petite ride qui creusait son front disparaît.

— On t'emmène au casino, déclarent-ils sans vraiment poser la question à Fanny.

Avec un naturel déconcertant, ils déplient le fauteuil et s'avancent, vers elle, les bras tendus, prêts à la hisser sans attendre sa réponse.

— Hé, mais vous êtes fous ? Qui va s'occuper des enfants ?

— J'ai tout arrangé, répond Chantal avec fierté. Maryline la terrible jette un œil sur eux jusqu'à la fin du spectacle. On a la permission de 23 heures. Le temps de devenir millionnaires !

— Maryline ? je demande, surpris. Tu es sûre ?

— Oui, moi aussi je suis plutôt étonnée. Mais c'est elle qui nous l'a proposé, en nous entendant discuter. Bon, pour une fois, je n'ai pas chipoté et j'ai vite accepté, avant qu'elle ne remette son masque d'ogresse.

— Arrête ! Tu crois qu'elle pourrait s'en prendre aux enfants ? s'affole Fanny.

— Ne t'inquiète pas, dis-je. Elle a l'air terrible comme ça, mais on peut lui faire confiance. Et, si étrange que cela puisse paraître, les gosses l'adorent. Un besoin paradoxal d'autorité, sans doute.

— Possible, répond Chantal. Quand on voit la façon dont les parents d'aujourd'hui élèvent leurs enfants.

— Oh, ça va, la grand-mère repentie !

— Dites-moi, vous m'avez l'air très proches, tous les trois. Qu'est-ce qui s'est passé ? J'ai raté un épisode ?

— Et moi donc, intervient Matthias. Je croyais qu'on ne parlait plus à cet individu.

— Il n'a rien à voir avec tout ça, Margaux me l'a confirmé. Et j'ai décidé de le croire.

Chantal et Matthias se contentent de me jeter un petit regard qui signifie « Si elle te croit, alors nous aussi ». Puis, voyant Chantal grimacer sous le poids de Fanny qu'elle peine à soulever, je me précipite pour l'aider.

— Attends, laisse-moi faire. Avec le sable, vous allez avoir du mal à faire rouler votre machin.

— Ah… C'est pour ça que tu l'avais laissé sur les planches.

— Eh oui, s'esclaffe Fanny.

Elle m'adresse un regard complice, auquel je réponds par un sourire. Heureux de pouvoir lui être utile, je la porte jusqu'au revêtement de bois. Son visage est tout près du mien. Elle est belle. J'aimerais le lui dire, mais cela ne se fait pas. D'autant que cinq minutes plus tôt, j'étais encore suspecté de tous les maux.

— On t'emmène ? me propose-t-elle alors que je m'apprêtais à retourner dans ma chambre, avant mon quart de nuit.

J'hésite. Pas très longtemps. Les paroles de Maryline résonnent en moi. Je dois arrêter de réfléchir, d'avoir peur de tout, de m'excuser d'exister. Et j'accepte.

Casino de Biarritz

Nous sommes tous les quatre devant ce bâtiment majestueux, tout en colonnes, balcons et larges verrières immaculées, éclairé comme pour un soir de première. Je n'ose pas leur avouer que je n'y ai jamais mis les pieds. Pour un natif de la région, c'est un peu embarrassant. Pourtant, je ne compte pas le nombre de fois où j'ai recommandé un passage en ce lieu emblématique des environs. Matthias a déjà sorti quelques billets, Fanny a les yeux qui brillent en pénétrant dans l'édifice, poussée par Chantal qui semble impressionnée mais fière d'avoir troqué sa traditionnelle tenue de sport pour une jolie robe de soirée. Les autres la taquinent gentiment. Elle rougit.

— Il faut bien que toutes ces séances de musculation servent à quelque chose, leur rétorque-t-elle.

C'est vrai qu'une fois débarrassée de son short et de son austérité, elle a de l'allure. L'endroit est sublime, et, même si le public est un peu moins élégant que ce à quoi je m'étais attendu, le lieu me transporte loin, très loin de ma réception ou de ma petite chambre chez Malia. Personne ne me regarde de travers, parce que personne ne me voit. Tout le monde garde les yeux rivés sur une machine qui fait un vacarme d'enfer, ou sur un croupier discipliné qui annonce sans relâche des chiffres, des couleurs, des impairs, passe et manque.

Nous tirons tous un peu d'argent.

— Pas trop, nous met en garde Matthias. Juste ce que vous êtes prêts à perdre. Parce que, sachez-le, on repartira les poches vides. Faites comme si vous vous offriez un tour de manège.

Fanny et lui filent vers une table de jeux. Chantal et moi nous laissons séduire par la salle des bandits manchots, dont la plupart n'ont cependant plus de manivelle à actionner pour faire tourner les rouleaux – Ivana les appelait comme ça, et quand j'étais petit je trouvais ça rigolo. Nous allons changer nos maigres cagnottes contre des gobelets remplis de petits jetons et flairons chaque engin avec l'espoir qu'il soit gagnant. C'est idiot. J'avise trois petites dames qui gavent constamment l'objet de leur affection sans que rien retombe jamais, ou tout juste assez pour continuer.

Au final, nous prenons place devant deux machines disponibles et côte à côte. D'abord timidement, nous nous mettons à actionner le hasard contre « monnaie sonnante et trébuchante », s'enthousiasme Chantal. J'en profite pour lui raconter que Thierry m'a posé pas mal de questions sur elle. Je crois qu'elle lui plaît bien. Elle hausse les épaules, mais je vois bien que ça la touche. Savoir qu'on a éveillé du désir chez autrui ne laisse jamais indifférent. Et lorsque je me permets de jouer les entremetteurs – rôle que j'endosse assez souvent –, c'est que je suis sûr de mon coup. Je me trompe rarement.

Une heure plus tard, nous sommes toujours là, à vider et remplir nos gobelets, oscillant entre espoir et déception tout en bavardant de tout et de rien. Chantal parle de ses envies. Des pays qu'elle n'a jamais vus, qu'il n'est peut-être pas trop tard pour découvrir. Elle m'avoue que venir au club lui a ouvert des horizons – elle sait à présent qu'elle est capable de sortir de chez elle, de faire une valise, de dormir dans un autre lit que le sien sans forcément savoir de quoi sera fait son lendemain. Je n'ose pas lui confier que, depuis quelques années, dans ma propre vie tout est inamovible.

— On a tout perdu ! crie Fanny, hilare, en fonçant vers nous.

— J'avais triplé ma mise ! râle Matthias, pas encore remis de sa malchance.

— Je t'avais dit qu'il ne fallait pas tout jouer sur le rouge !

— J'aurais pu doubler !

— Oui, mais tu pouvais tout perdre.

— Et c'est ce qui s'est passé ? se moque Chantal.

— Oui, soupire Matthias, tenté d'aller de nouveau solliciter le hasard, en témoigne son regard énamouré pour le distributeur automatique.

— Non, on s'en tient à la règle. C'est même toi qui l'as fixée, interviens-je.

— Mais, je…

— Allez, de toute façon, je dois rentrer. J'embauche bientôt. Et au cas où vous l'auriez oublié, vous êtes tous responsables de personnes de petites tailles qui ne goûteraient guère de passer leur nuit avec Maryline l'ogresse. Il te reste combien, Chantal ?

— Deux jetons. Et toi ?

— Un. On joue les trois ensemble, et puis on s'en va ? je lui propose.

— Allez ! déclare-t-elle en faisant glisser ses jetons dans ma main.

— Et vous faites quoi si vous gagnez, gros malins ? Vous partagez au prorata ? plaisante Fanny.

Chantal et moi ne prenons même pas la peine de lui répondre. Après tout ce temps passé à tester ces fichues machines, nous sommes bien conscients qu'au mieux nous récolterons le double de notre mise, qui sera rapidement avalé avant notre départ imminent. Je serre le poing sur les jetons, et je leur demande de souffler dessus. Nous fermons tous les yeux en souriant, tels des gamins, et soufflons sans y croire sur ces petites pièces de métal. Puis je les glisse lentement dans la fente juste avant que Fanny ne presse le bouton d'un geste gracieux. Que les rouleaux ne tournent, ne s'arrêtent les uns après et les autres. Et que l'alarme ne retentisse.

Salle de spectacle

Ils ont tous revêtu leurs plus belles tenues, celles qu'ils ont gardées avec soin au fond du placard à l'abri des affaires qui s'entassent, pleines de sable et de sueur, avant d'être remballées le lendemain dans la valise du retour. Pour l'instant, personne ne veut y penser. Le club bruisse d'excitation. En parcourant la pelouse qui longe l'immense édifice, Jean-Michel constate que la façade est une fois de plus recouverte de serviettes de plage qui pendent aux fenêtres. Les premiers jours, elles ne sont qu'une dizaine. Puis, peu à peu, chacun prend le pli, heureux d'avoir trouvé un endroit où les entreposer mais aussi de participer, à sa façon, à cette fresque commune où alternent les coloris, les tailles et les motifs – palmiers, fleurs, étoiles de mer, paréos qui volent au vent ou immenses serviettes aux couleurs de clubs de foot. Toutes différentes, elles forment collectivement un ensemble aussi improbable qu'émouvant. Comme chaque vendredi soir, le directeur sort son téléphone et prend en photo la façade. Demain, celle-ci sera de nouveau nue, et il faudra tout recommencer. Accueillir les nouveaux arrivants, les renseigner, panser leurs angoisses, leur stress, les aider dans leur quête d'un bonheur éphémère. En attendant, il presse le pas.

— Dernier soir, dernière chance ! répètent en chœur les habitués.

Tout comme l'équipe d'animation, formée à ce leitmotiv qui donne jusqu'au bout l'espoir de parvenir à ses fins. Remporter une médaille, tenir sur sa planche, trouver la paix, nouer une amitié ou rencontrer l'amour – quête ultime, même dans ce club familial. Les gamins sont surexcités. Leur spectacle est programmé avant celui de l'équipe du club. C'est l'acmé de leur séjour. Après les deux représentations, tout le club se transformera en boîte de nuit à ciel ouvert. Ils ont de la chance, ce soir, il n'y a aucun nuage à l'horizon.

*

— Tu es ravissante !

— Ravissante, c'est nul, répond Noémie.

— Pourquoi tu dis ça ?

— Pour être vraiment intéressante, faut être une bombe.

— Et toi, t'es pas une bombe ? demande candidement Héloïse en sautant sur le lit de Matthias.

— Bien sûr que c'est une bombe, et toi aussi. Mais vous êtes surtout ravissantes et c'est bien mieux. Non, vous êtes mieux que ravissantes, vous êtes des filles exceptionnelles. Des personnes exceptionnelles. J'ai tellement de chance de vous avoir !

Ils sont tous les trois très élégants. Matthias a repris une de ses chemises du bureau qu'il a laissée largement ouverte et porte au-dessus d'un jean prêté par Germain. Il se sent bien dans sa peau… Pas sûr qu'il ait encore besoin de son ancienne garde-robe.

Noémie et Héloïse se lovent contre leur père, plaquant leurs cheveux encore humides de la douche contre ses épaules. Sa chemise va être trempée ; il s'en fiche pas mal. Pour rien au monde il ne voudrait qu'elles bougent. Ensemble, ils contemplent la mer et le ciel infinis qui se dessinent dans le cadre de la baie vitrée. Matthias perçoit la tristesse de ses filles. Elles étaient bien, ici. Et lui aussi. Il ne sait pas de quoi sera fait son lendemain. Mais, étonnamment, cette incertitude l'angoisse moins qu'il ne l'aurait cru. Pour l'instant, il a juste envie de profiter de ce beau moment.

*

— Eh bien, tu t'es mise sur ton trente et un, mistinguette !

— C'est quoi un trente et un ? demande Romy.

— C'est mon poids, intervient Pierre, toujours en slip malgré les rappels à l'ordre de sa grand-mère.

— Mais non, nigaud. Un trente et un, c'est comme un réveillon ! On s'habille chic, avec des paillettes, on se fait beau, pour fêter la nouvelle année.

— Tu t'habilles chic, toi, pour le 31, mamie ? veut savoir Romy.

— Oh, non. Moi, tu sais, je ne le fête pas.

— Pourquoi ?

— Je suis souvent toute seule. Enfin, avant, j'étais avec votre arrière-grand-mère.

— Elle est morte ! Hein, elle est morte ! dit Pierre très vite, très fort, comme pour braver un interdit.

— Oui, elle est morte il y a quelques mois.

— C'est triste, murmure Romy en prenant la main de sa grand-mère. Ça te fait de la peine ? C'était ta grand-mère à toi aussi ?

— Non, c'était ma maman, répond Chantal d'une voix qui se brise.

Ce mot-là reste difficile à prononcer. Mais la main de Romy dans la sienne et les traits de Lily qu'elle distingue sous ceux de la fillette viennent éclairer le visage de Chantal d'un imperceptible sourire.

— Et elle est triste d'être morte, tu crois ?

— Bien sûr ! C'est horrible, d'être mort, s'exclame Pierre.

— Non, non. Elle était très vieille, vous savez. Elle a eu une belle vie. Je pense qu'elle n'est pas triste. Au contraire, elle est certainement heureuse que nous nous soyons retrouvés.

Les enfants se taisent. Romy aimerait savoir ce qui était perdu. Pierre comprend à demi-mot que Chantal essaye de leur dire quelque chose. Avec maladresse, certainement. Mais il a bien conscience de la douceur qui s'est insinuée dans leurs relations depuis le début de leurs retrouvailles forcées. Alors il enfile son pantalon, parce qu'il sait que ça exaspère sa grand-mère, lorsqu'il met trop de temps à s'habiller. Et il se plante à son côté, devant le miroir. Il aimerait trouver une ressemblance entre elle et lui, parce qu'on lui dit souvent qu'ils se ressemblent. Mais il ne voit rien. Rien d'autre qu'un garçon à côté d'une femme qu'il ne peut s'empêcher de trouver vieille, même si elle a remis sa belle robe d'hier soir et qu'elle n'est pas aussi âgée que les grands-mères des contes pour enfants.

— On pourra le passer ensemble, le 31, alors, maintenant que ta maman est morte…

Et parce qu'il a peur d'avoir été maladroit, il ajoute vite :

— … pas triste ?

— Oui, mon canard. Pourquoi pas. C'est une bonne idée. En attendant, on se dépêche, on a une belle soirée à honorer.

*

— Ah, elle arrive, regarde !

Fanny porte sa robe bleu nuit, celle qui fait ressortir ses yeux et que Victor aime tant. Elle a hésité, puis s'est dit que c'était idiot de fétichiser les objets. Sur son décolleté, de petites paillettes font ressortir son bronzage. Tout à l'heure, en s'examinant dans le miroir, elle s'est trouvée jolie, et a regretté que Victor ne soit pas là pour la voir. Et puis elle s'est souvenue.

Plus tard, peut-être, elle essayera de reconnaître ses erreurs, d'admettre qu'ils ont dérivé. Oui, elle se battra pour le récupérer. Elle aime les batailles. Celle-ci est sans doute la plus difficile qu'elle devra mener, mais sa perspective la réconforte. Elle a l'impression d'avoir déjà avancé. Jérémy et Margaux poussent le fauteuil. Pour un peu, ils se seraient battus pour le faire, tant ils veulent témoigner à leur mère qu'ils l'aiment. Même à trois.

Matthias et ses filles, Chantal et ses petits-enfants, Jean-Michel et même Germain sont tous là devant le restaurant à les attendre, sourire aux lèvres, le cœur un peu lourd des prochains adieux, mais heureux de grappiller encore quelques heures de bonheur.

— Qu'est-ce que tu fais encore là, Michael ? Tu n'es pas en train de t'entraîner pour ton show ? lance Fanny à Germain qui n'en mène pas large.

— Il est prêt, voyons ! Hein, Germain ?

— Oui, oui, murmure le jeune homme, les épaules paralysées par le trac, les pieds comme vissés au sol.

— Tu nous montres notre table ? lui suggère Fanny pour essayer de le détendre. (Puis, s'adressant au directeur, elle précise :) Germain nous a réservé une grande tablée pour le dernier soir. C'est la première fois que Chantal dînera dehors.

— Oh, non ! Pas la première, tu charries ! s'offusque cette dernière.

— Ah si, mamie. Tu veux tout le temps manger à l'intérieur, loin des gens.

— N'importe quoi…

Personne n'écoute sa réponse. Ils fendent tous la foule qui se presse déjà au buffet pour aller s'asseoir autour de la longue table dressée face à la pelouse derrière laquelle on devine l'océan.

— Écoute-moi bien, le Biarrot. Tu vas être génial, d'accord ? Et même si tu ne l'es pas, je serai au premier rang à t'applaudir. Et personne n'osera me contredire, parce que les gens sont comme ça. N'abandonne pas, fonce. Tu connais la chorégraphie par cœur. Cet après-midi, quand tu me l'as montrée, tu étais parfait. Il n'y a aucune raison qu'il en soit autrement.

Fanny tient Germain par le col de sa chemise et lui parle avec autant de tendresse que d'autorité. En guise de réponse, le jeune homme glisse ses bras autour de son cou et pose sa joue contre son épaule. Il aimerait lui demander pardon, lui dire qu'elle lui manque. Il confond tout, mais il se sent mieux.

Ensuite, tout passe dramatiquement vite, comme c'est souvent le cas lors des bons moments. Ils rapportent à leur table des assiettes pleines de crevettes, de frites, de jambon, de calamars, de fromage. Et puis du gâteau basque, des glaces, du rosé, du blanc, du soda, des glaçons, du chocolat. La table déborde de nourriture et de bonne humeur. Dans un joli ballet, les enfants sautent par-dessus la petite barrière de bois pour courir sur la pelouse, font des roues, retrouvent un instant leurs copains, reviennent prendre une frite, un verre d'eau, avant de repartir vers d'autres distractions.

Les adultes évitent les sujets définitifs. L'avenir n'a pas encore sa place, ils ne parlent que de la semaine écoulée, de leurs réticences originelles, de leurs expériences communes, si peu nombreuses mais tellement marquantes. Ils évoquent l'incroyable événement d'hier. Ces deux millions d'euros de la grande cagnotte du casino qui est tombée sur Chantal et Germain. Les clients qui les dévisageaient, le bruit assourdissant qui n'arrêtait pas, le personnel, et puis la direction, venue les chercher, leur offrir une coupe de champagne, leur expliquer comment la suite allait se dérouler. Et eux qui ne voulaient qu'une chose, partir, parce que les enfants et Maryline attendaient, et parce qu'ils ne comprenaient pas ce qui leur arrivait. Ils en rient encore, à s'en étouffer. Parce que l'excitation et la peur l'emportent. L'incrédulité, aussi. Ni Matthias ni Fanny n'éprouvent de jalousie. Quant à Chantal et Germain, ils devront se revoir, pour partager leur pactole. Les deux autres, qui ne se reverront probablement jamais, les envient. Chacun connaît le devenir des amitiés de vacances. On pense ne plus jamais vivre les uns sans les autres, on s'envoie des cartes, des messages, on s'appelle. On cherche une date pour se revoir, vite. Parce qu'il faut battre le fer tant qu'il est chaud. Et puis les semaines, les mois passent. Et le quotidien engloutit tout.

Les carafes de vin se vident. À chacun sa couleur. Rouge pour Fanny, blanc pour Matthias, rosé pour Chantal. Ils sont très gais, se sentent un peu coupables. Mais on a tous les droits, le dernier soir. Et autant noyer un temps la mélancolie. Et puis la voix de Maryline rugit dans les haut-parleurs. Le spectacle du mini-club va commencer. Ils regardent alentour, ils sont les derniers. Dépêchons-nous ! La salle est bondée. Fanny fend la foule et cale son fauteuil au premier rang. Autant abuser de ce que certains considèrent comme ses privilèges. Matthias s'assoit par terre, près d'elle, épiant les conversations des animateurs hilares qui paraissent confiants pour cette énième représentation d'enfants dont ils auront rapidement oublié les prénoms. Chantal est restée un peu à l'écart. Fanny donne un petit coup de coude à Matthias, et la pointe du menton. Elle est en grande conversation avec le fameux Thierry, celui auquel elle a juré de ne prêter aucune attention.

Le vieux rideau de velours rouge se lève sur Héloïse et Romy, maquillées de peintures champêtres qu'elles auront un mal fou à retirer. Elles se tiennent la main, font maladroitement virevolter les pétales qui ceignent leurs visages radieux. Aveuglées par les projecteurs, elles cherchent en vain leurs père et grand-mère. Puis la musique résonne, et des dizaines d'autres enfants rejoignent les fillettes emportées par une ronde folle. Les tableaux s'enchaînent, tantôt drôles, tantôt charmants, souvent franchement ratés. Mais dans la salle on rit, on s'émeut, on applaudit à tout rompre. À l'approche de la scène finale, beaucoup de parents ont rejoint Fanny et ses amis au premier rang, se pressant au plus près pour immortaliser ce moment dont ils parleront encore dans vingt ans. Ce soir, le photographe du club semble avoir capitulé. Et puis demain, personne n'aura le courage ni le temps de lui acheter ses clichés affichés sur le grand tableau près de la réception.

À l'heure qu'il est, Germain doit être au plus mal, songe Fanny.

Un entracte d'une vingtaine de minutes a été prévu entre les deux représentations. Ceux qui tiennent à garder leur place envoient leurs conjoints chercher un verre au bar. Matthias, Fanny et Chantal choisissent d'aller prendre l'air. Tandis qu'ils scrutent une dernière fois le ciel, les enfants débarquent, au compte-gouttes, grisés d'avoir brillé sur scène. La jeune Lena a été époustouflante. Elle a laissé le public bouche bée. Son père la serre fort dans ses bras et jette aux autres des coups d'œil pleins de fierté. Romy, Pierre, Noémie, Héloïse, Margaux et Jérémy arrivent tous ensemble et se précipitent vers eux comme s'ils étaient une grande famille. On se félicite, on s'embrasse, puis quelqu'un crie « Regardez ! » et tout le monde se retourne.

Salle de spectacle

Le soleil s'enfonce dans la mer à toute vitesse, comme happé par un monde inconnu, avant de disparaître complètement. Ce soir-là, ils ne savent pas s'ils l'ont rêvé, mais ils sont nombreux à l'avoir enfin aperçu. Le rayon vert.

31 décembre, cinq mois plus tard

— Vite, on va être en retard !
— Attends, je raccroche avec Luna.
— Mais tu l'as vue toute la journée.
— Et alors ?

Fanny lève les yeux au ciel. Que pourrait-elle dire à Jérémy ? Il est si heureux depuis cette rentrée scolaire. Pour la première fois, il s'est fait trois copains, qui sont les bienvenus à la maison. Quant à Luna, il l'a enfin embrassée, après des semaines de tractations et de stratégies élaborées avec sa petite bande dans la cuisine familiale. Depuis, on ne le voit plus guère. Quant à Margaux, elle a rompu en début d'année scolaire avec Jean, rencontré au club l'été dernier. Elle prétend ne pas l'avoir regardé du séjour. Et puis ce fameux dernier soir, celui du rayon vert et du feu sur la plage, elle a baissé sa garde. Ils étaient tous là, adultes, enfants, animateurs, autour des flammes qui dansaient en même temps que les corps, au son des guitares et des tambourins. Germain, qui était alors la mémoire du club, n'avait jamais vu pareille communion.

31 décembre, cinq mois plus tard

Un peu plus tôt dans la soirée, il avait fait un triomphe. Sur la scène, il était sorti de lui-même, s'était libéré des chaînes qui l'entravaient. Dès les premières notes de *Thriller*, toute la salle s'était levée et avait applaudi à tout rompre cette petite troupe d'amateurs, qui avait répété des heures, souvent de nuit, pour leur offrir ce spectacle. Ensuite, personne n'était allé se coucher. L'hôtel entier s'était mis à danser, puis avait investi la plage quand le bar avait dû fermer. La fête avait duré toute la nuit, prolongeant cette expérience particulière dont tous se souviendraient, quand bien même ils ne se reverraient jamais.

C'est aussi cette nuit-là que Germain avait convaincu Margaux de parler de ce que lui avait fait Greg. Elle avait tenté de minimiser les faits, argué que pour elle c'était déjà oublié. Elle bavardait avec Jean et s'en fichait pas mal. Et puis elle avait compris qu'il risquait d'y avoir d'autres victimes. La semaine suivante, l'année d'après. Qu'elles n'auraient peut-être pas sa chance ni sa maturité. Alors, d'un commun accord, ils avaient décidé d'aller le dénoncer. Mais Matthias, qui avait surpris leur conversation, n'avait pas pu attendre. Il avait attrapé Greg par le col, alors qu'il pavoisait au milieu d'un groupe d'adolescentes énamourées, et l'avait traîné jusque chez Jean-Michel. Ça l'avait aidé, avait-il expliqué ensuite. Une sorte de réparation. Désormais, il regardait le monde avec d'autres yeux que ceux d'un homme élevé dans un univers d'hommes, qui ne voyait rien d'autre que ce qu'on lui avait appris à voir. Après la fête, de retour dans sa chambre, Fanny, incapable de dormir, avait attendu plusieurs heures les premières lueurs de l'aube, heureuse d'assister une dernière fois à ce spectacle.

— T'es trop belle, maman !

Margaux a mis une jolie robe pailletée. Ce soir, ils feront tous la fête ensemble, bien décidés à croire aux promesses de cette nouvelle année.

Le café-théâtre est situé sur une place minuscule, éclairée par un lampadaire solitaire, loin des regards et du bruit des rues adjacentes. La neige, tombée hier, n'a pas tenu. Mais, çà et là, quelques petits oreillers cotonneux restent accrochés aux branches des trois sapins que Matthias et Germain ont souhaité disposer à cet endroit.

— Regarde, les voilà !

Matthias peine à suivre Chantal, qui trottine gaiement jusqu'à eux. Elle les embrasse un à un, s'attarde sur Fanny, radieuse dans son manteau d'hiver.

— On n'a pas l'habitude de se voir comme ça, rigole-t-elle. En civil !

— Oui, la dernière fois, tu portais un short de sport, tenais un enfant à chaque main, et moi, je me demandais comment j'allais atteindre la gare avec mon fauteuil lesté des sacs de voyage de toute la famille.

— On est bien plus chics comme ça !

Chantal n'a plus rien à voir avec la femme qu'elle était quelques mois plus tôt. Elle a pris un peu de poids, ce qui lui va très bien, et son masque d'angoisse et de tristesse a disparu. Thierry, lui, semble toujours aussi surpris d'être parvenu à ses fins. Ça n'a pas été facile. Même la dernière chance du dernier soir a été vaine. Et s'il n'avait eu la témérité de harceler le club – donc Germain – pour obtenir les coordonnées de sa dulcinée, ils ne se seraient probablement jamais retrouvés. Pourtant, il n'a fallu que quelques semaines à Chantal pour quitter cette maison qui fut aussi sa prison. Avec l'argent de la vente, et celui gagné au casino, elle a décidé de partir habiter près de chez Lily, et de ses petits-enfants. « Pas trop non plus », a-t-elle néanmoins précisé en riant à Fanny, qu'elle appelle désormais une fois par semaine, qu'il pleuve ou qu'il vente, tous les dimanches soir.

Elle et Thierry projettent de faire la tournée des Clubs Océan. Ils se sont donné cinq ans. Et tannent déjà leurs acolytes pour retourner tous ensemble à Anglet, l'été prochain. On verra.

Quant à Germain, il a vu son rêve se réaliser. Durant cette fameuse nuit, porté par l'ivresse de ces instants où tout paraît possible, Matthias lui en a suggéré l'idée. Pourquoi ne reprendrait-il pas une salle de spectacle ? Oh, un petit endroit de rien. Pas trop cher, ni compliqué à gérer. Un lieu avec des coulisses, des fauteuils à battant, un rideau de velours et une odeur de trac. Un lieu qui ne serait qu'à lui. Matthias pourrait l'aider. Qu'avait-il d'autre à faire ? Il voulait changer de vie. Privilégier le bonheur de ses proches, de ses filles, et puis le sien, bien sûr.

Ce soir, c'est la première. Ils ne sont pas très nombreux encore. Mais ça viendra. Fanny en est persuadée. À l'intérieur, la cloche retentit.

— Entrez, entrez ! Fanny, regarde, on a fait installer une rampe. Figure-toi qu'il n'y en avait pas.

— Y a intérêt ! plaisante-t-elle en poussant sur les roues de son fauteuil, impatiente de s'installer auprès de ses amis.

Pourtant, quelque chose l'empêche d'avancer. La neige ? Une pierre ? Margaux, qui fait entrer le public, regarde sa mère et lui sourit. Étonnée, Fanny se retourne et puis elle le voit. Victor. Il tient les poignées du fauteuil. Il a l'air ému. Ou intimidé.

— Ou tu me lâches pour que je fasse demi-tour, ou tu viens devant moi, lui murmure Fanny.

Victor fait quelques pas et se plante devant elle. Puis il se met à genoux, sans la quitter des yeux. Ils se taisent. Les années leur ont appris à se comprendre sans avoir à dire de banalités. Et s'ils ont raté bien des occasions de communiquer, rien d'autre ne compte en cet instant que ce regard échangé. Une boule se forme dans la gorge de Fanny. Victor enfouit son visage entre ses cuisses et serre très fort sa taille. Fanny lui caresse les cheveux et pose son visage contre le sien. Ils retrouvent leur odeur qui leur a tant manqué, et qu'ils ont failli perdre. Ils veulent s'offrir une chance de continuer. Ils s'embrassent sans pouvoir s'arrêter. Comme au début, lorsque la vie n'avait pas sournoisement tout érodé. Ou brisé.

31 décembre, cinq mois plus tard

Tandis que Victor pousse lentement le fauteuil à l'intérieur du théâtre illuminé, où trépigne déjà Yannick, le père de Lena, devenue une des têtes d'affiche de cette troupe pleine d'avenir, Fanny repense à l'histoire du vase brisé, dont avait parlé Matthias dans la petite auberge où ils avaient atterri ce jour d'orage, lorsque tout lui semblait perdu. Après tout, il avait sans doute raison. Il est possible de recoller les morceaux avec de la laque dorée.

Dans le hall, une femme se tient devant l'affiche où bondit un Germain enturbanné. Elle ne bouge pas. Elle a une canne, c'est étonnant. Après un bref coup d'œil à la billetterie, elle s'avance. La porte se referme derrière elle.

Le spectacle va commencer.

REMERCIEMENTS

Merci à Véronique Cardi pour sa confiance, son énergie, sa certitude que tout est toujours possible.

À Anne Pidoux, élagueuse de lourdeurs, mentor littéraire et bien plus encore.

À Guillaume, Tao et Kim qui me partagent si souvent avec un clavier.

À ma mère et Dominique, mes lecteurs les plus fidèles.

À ma sœur, Éric, Louise, Timothée et Chaussette. Vous êtes si importants.

À mon père.

À Évelyne, qui fut le déclic de ce nouveau roman.

À Olivia, de Lolinwheelchair.

À Romain Guérineau.

À vous tous qui me suivez sur les réseaux sociaux, sur mon blog ou ailleurs, qui m'inspirez, me poussez à m'interroger, partagez avec moi ces joies, ces peines et cet air du temps qui sont souvent le support de personnages qui prennent vie au gré de rencontres et de ces événements qui bousculent le quotidien.

MERCI.

DE LA MÊME AUTRICE :

« Je dis ça, je dis rien »… et 200 autres expressions insupportables, Leduc, 2013.

La Cour des grandes, Lattès, 2015.

Les Jeux de garçons, Lattès, 2015.

Les Devoirs de vacances, Lattès, 2016.

L'Odeur de la colle en pot, Lattès, 2019.

Frangines, Lattès, 2020.

« Je suis choquée ! De ouf ! J'avoue ! »… et 100 expressions malaisantes en mode 2021, Leduc, 2021.

PAPIER À BASE DE FIBRES CERTIFIÉES

Le Livre de Poche s'engage pour l'environnement en réduisant l'empreinte carbone de ses livres.
Celle de cet exemplaire est de :
250 g éq. CO_2
Rendez-vous sur
www.livredepoche-durable.fr

Composition réalisée par PCA

Achevé d'imprimer en avril 2022 en Espagne par
CPI Black Print
Dépôt légal 1re publication : mai 2022
LIBRAIRIE GÉNÉRALE FRANÇAISE
21, rue du Montparnasse – 75298 Paris Cedex 06

75/7723/6